崑崙の玉
漂流
井上靖歴史小説傑作選

inoue yasushi
井上靖

講談社文芸文庫

目次

崑崙の玉／漂流

井上靖歴史小説傑作選

崑崙《こんろん》の玉《ぎょく》

一

五代時代に西域から公式の使節が中国へ派せられて来たのはただ一回、後晋の天福三年(西紀九三八年)に于闐《うてん》国王李聖天《りせいてん》の使者馬継栄が、はるばる沙漠の海を越えて、紅塩《こうえん》、鬱《う》金《こん》、犛牛尾《りぎゅうび》、玉氈《ぎょくせん》などを朝貢したこと、是である。塩と金と犛牛と玉とはいずれも于闐国の特産物である。当時西域には于闐のほかに高昌《こうしょう》、亀茲《きゅうじ》といった国々が知られており、いずれも唐時代を通じて臣属の礼をとっていたが、唐滅亡後国内が乱れに乱れ、梁《りょう》、唐、晋、漢、周と次々に覇者が交替する五代争乱の頃には、西域諸国の中国に対する態度はすっかり異なったものになっていたのである。

従ってこの期に於ける李聖天の入貢は異例なこととしなければならなかった。これを受けた後晋の高祖は直ちに供奉官張匡鄴《ちょうきょうぎょう》、仮鴻臚《こうろ》郎彰武軍《しょうぶぐん》、節度判官高居晦《こうきょかい》等を于闐国に派して、李聖天を冊《さく》して大宝于闐国王たらしめることにしたのであった。

この高祖の命は、三人の使節にとっては決して有難いものではなかった。于闐までの道が遠いこともさることながら、国を一歩出れば、契丹《きったん》、吐谷渾《とよくこん》などの強大な異民族の出没地帯が拡っており、西域にはいるまでに、いかなる困難が待ち受けているか予想はつかなかった。高祖は国を樹《た》てて以来ずっと両異民族との和親の維持に汲々としており、事々に相手の乗ずるところとなっていたが、なお厄介なのは、その異民族同士が互に相争っていることであった。契丹の要求を容《い》れれば吐谷渾の咎《とが》めるところとなり、吐谷渾に友好的態度を示せば契丹の寇《こう》するところとなった。そうした両異民族の出没する地帯を脱けて、使者は西域にはいらなければならないのである。

使者たちは未知の遠い異域への旅のための準備に半歳の日子を費した。于闐からの使者も自国を出て晋の新都汴京《べんけい》にはいるのに二歳を費していたので、晋からの使者たちも目的地に行き着くのにそれだけの日子を予定しなければならず、その長期の旅の準備となると簡単には行かなかった。晋国としての威信を保つ上にも、途中の異民族の襲撃に備えるためにも、使者たちは少くとも数十人の従者を随えなければならなかったので、その食糧だけでも夥《おびただ》しい量にのぼった。従者の半数は兵団より選ばれ、残りの半数は巷《ちまた》から募られた。巷から募られる者はその大部分が雑役の要員であった。

使者の一人高居晦は巷から応募して来る若者たちを選ぶ任に当ったが、大勢の屈強な応募者たちの中に桑《そう》と李《り》という二人の繊弱な体軀を持った若者の居るのを見た。大部分の応募者が無頼の徒と言っていい連中であったが、二人だけは明らかに高居晦には異なって見えた。高居晦は二人を取り調べてみたが、別に怪しい者ではなかった。二人とも都に店を構えている商家の子弟で、異域の風物を眼にしたくて応募したというその言葉に偽りがあろうとは思われなかった。高居晦は桑と李の二人を書記として採用し、一行の中に加えることにした。桑は眼の鋭い、眉宇《びう》の秀でた気性の強そうな若者であり、李はまだその言動に初々《ういうい》しさの抜けぬところのある内気な若者で、共に二十歳であった。

後晋から于闐国へ派せられる使者の一団六十余名は、その年秋の初めに都汴京を発って西に向った。

桑と李が于闐行の一団に加わったのは、異国の風物を眼にしたいためではなかった。それなりの魂胆があってのことであった。于闐が玉の産地であることを聞いていたので、二人はその地に渡り、良質の玉を手に入れて母国に持ち帰り、一攫《いっかく》千金の巨利をせしめることを夢見ていたのであった。またそれ許《ばか》りでなく、于闐の地を踏むことに依って、その時の運次第では大玉商人として立つ道が開けないものでもなかった。

唐の滅亡後、長く争乱の世が続いて、都汴京にも、前都洛陽にも、玉を鬻《ひさ》いでいる店もなければ、玉を売買する玉商人もなくなっていた。店も商人もないくらいだから、勿論玉を刻む職人もなかった。

若しこの時代に巨利を得んとすれば、上質の玉を入手して売買することが最も早道であり、確実であることは、誰の眼にも明らかであった。世が乱れようが乱れまいが、この国の人の玉に対する執心には何の変化もなかった。上から下まで玉を珍重することは、古代から今に到るまで少しも変らなかった。一般に玉は天地の精、陽精の至純なるものと考えられており、玉には五徳ありとか、九徳ありとか言われ、玉屑《ぎょくせつ》を食せば長寿を全うし、玉を死者の口に含ましむればその屍は腐らないと信じられていた。悪声を聞かぬ玉もあれば、旱魃《かんばつ》を防ぐ玉もあった。古来、天子は白玉、公侯は玄玉、大夫は蒼玉を帯びなければならぬとされているくらいで、天子の場合、冠も玉で飾らなければならなかったし、刀の鞘《さや》も玉で飾らなければならなかった。

後晋の高祖の治世も短く、後晋という国の存立も極めて短かったが、それにしても、高祖が国を樹てて、都を洛陽から汴京に移した当座は、それまで長く続いて来た戦乱が、そしてまたその後も長く続く戦乱が、僅かながら鳴りをひそめた一時期であった。干戈《かんか》の響が遠のくと、玉は上からも下からも求められたが、肝心の玉そのものが全く姿を消してしまっており、墓の盗掘にでも依る以外、新しい玉は得られぬ有様であった。

大体、玉というものがいかなる経路によってどこからはいって来るか、正しくは誰にも判っていなかった。何人かの仲買人の手を経て玉は都へはいって来ていたが、その玉の人手に渡って来た経路を逆に辿《たど》って行くと、必ず途中で異民族の商人にぶつかった。東北の異族もあれば、西南の異族もあった。吐蕃《とばん》もあれば、タングートも、ウィーグルもあった。そこからあとは玉の入手経路を辿りたくても辿りようがなかった。その先きには底知れぬ闇が置かれてある感じで、その闇の中を転々として、玉はそこまでやって来たと言うほかはなかった。

商人たちは上質の玉はみな崑崙の玉と呼んだ。崑崙山で産する玉という意味であった。併し、その崑崙山なる山がどこにあるか、これまた正確には誰も知っていなかった。〝三江五湖を越えて崑崙山に至る。千人往きて百人帰り、百人往きて十人帰る〟というようなことが古書に記されてあったが、三江も、五湖も、それがいかなる名を持つ河であり、湖であるかは、誰も知らなかった。ただ往古から一般に信じられていることは、崑崙山が黄河の源に位置しているということであった。換言すれば黄河は崑崙山から流れ出しており、その黄河の河源地域に於て、玉は産せられるということになる。従って、黄河の河源さえ窮《きわ》めれば、崑崙山の在処《ありか》も、また玉の産地もたちどころに判明するわけであったが、黄河の河源を窮めるというそのことが、これまた容易なことではなかった。

春秋時代から戦国の世にかけては、黄河の河源は積石《せきせき》にありと言われていた。積石とは現在の甘粛省《かんしゅく》西寧附近、祁連山《きれんざん》山脈の東方支脈中のどこかであろうとされている。今でこそ甘粛省は中国の一省であるが、春秋から戦国へかけての頃は、遠い化外の地であり、異域の地であった。

戦国の末頃になると、崑崙は遠い化外の地から都近い場所に移され、現在の秦嶺山脈の一部に黄河の河源はあり、そこに崑崙山があるという見方が行われた。従って玉も中国内部で産するものと考えられたのである。

併し、こうした考え方を、突如として覆《くつが》えしたのは漢の武帝の建元二年（西紀前一三八年）から元朔三年（西紀前一二七年）まで、凡そ十三年に亙って西域地方を探険した張《ちょう》騫《けん》である。張騫はその大遠征を終えて帰国すると、直ちに武帝に奏上した。――西域にタリム河という大河があるが、この河は二つの支流を持ち、一つは葱嶺《そうれい》から流れ出し、一つは于闐の南の山の中から流れ出している。二つの支流は于闐国に於て合してタリム河となり、タリム盆地の沙漠地帯を流れて、ロブ湖に注いでいるが、その流れの方向は黄河と同じであり、その位置も黄河の上流に当っていると見ることができる。ロブ湖はタリム河という大河を容れながら、古来水の溢《あふ》れぬことを以て不思議とされているが、それはロブ湖の水が地中を伏流してどこかで地上に現われているためであろう。恐らくその伏流した水の地上に現われるところこそ、積石であろうと思われる。しかも、タリム河の上流に当る于闐国に於ては美玉を産している。こうしたことを併《あわ》せ考えると、葱嶺から于闐南方の山へかけての一帯の山系こそ崑崙山であるに違いなく、ここを黄河の真源とし、延々地下を伏流した果に、その水の現われる積石を第二源とすべきではないか。

武帝は張騫の説くところの雄大さに惹《ひ》かれ、その説を是として、これを普《あまね》く天下に布告した。このために黄河の河源は遠く異域にあることになり、崑崙山の在処も、玉の産地も、西域の一地方にすっかり取り上げられてしまうという結果になったが、併し、この説許りひとり行われたわけではなかった。張騫の所説を排して、従来通り積石を黄河の真源とする考え方も依然として跡を絶たなかった。張騫の遠征が行われた頃は、積石はもはや遠い異域ではなく、漢の版図《はんと》の中に収められていたので、河源を自国内の積石に置きたいという気持はこの時代の人々が共通して持っているものであった。

この問題の積石方面の実地踏査が行われたのは、張騫の西域遠征から七百数十年経った唐時代になってからである。太宗の吐谷渾征伐に従軍した将軍侯君集《こうくんしゅう》は積石附近を通過し、黄河上流に星宿海《せいしゅくかい》、栢達海《はくたつかい》という名称を持つ二つの地点のあるのを発見しているが、そこがいかなる所であるかは侯君集以外の者には見当が付かなかった。更に降って、穆宗《ぼくそう》の長慶二年（西紀八二二年）に大理卿劉元鼎《りゅうげんてい》は盟会使として吐蕃に使したが、途中黄河の上流地方を過ぎ帰国後奏上している。

――青海の東境河曲の地にある洪済梁《こうせいりょう》から西南二千里の地点で黄河の上流を渡った。水浅く、流れは次第に狭くなり、冬から春にかけて渡渉できるが、夏から秋にかけては水量が多くて舟を用いなければならぬ。この辺りが黄河の河源であり、その南三百余里に三山があり、名を紫山という。これがおそらく崑崙山であろう。長安を去ること五千里、河源は水澄んで、流れはゆるやかであるが、支流を併せ下るに従って色は赤くなり、やがて黄濁するようになる。

後晋の使者が于闐国に使することになったのは、劉元鼎の黄河の河源についての奏上が行われてから更に百年経った時のことである。

桑と李の二人の若者たちは侯君集のことも、劉元鼎のことも知らなかった。こうした二人の武将の名は一度も耳にしたことはなかった。併し、漢の張騫の西域遠征のことは幼時から英雄物語として、耳に胼胝《たこ》ができるほど、大人たちから聞かされていた。二人の若者許りでなく、どんな子供でも張騫の名を知らぬものはなかった。従って黄河が西域の于闐国に源を持ち、その河源に於て玉を産するという話も、その流れが沙漠の中の湖に消えて、地下に潜り、何千里も隔った遠い中国の積石の山地に再び姿を現わすという話も、よく知っていた。実際にそのようなことがあるか、ないかということは考えたこともなかった。それはもともと古い説話と同じようなものとしてしか受け取っていなかったし、説話として聞いている分には充分面白いものであった。

併し、この国に説話の中にある于闐という国から実際に使者が来、貢物《みつぎもの》として玉の敷物を持って来たということが巷間の噂話になって、それが若者たちの耳にはいると、ふいに古い張騫の話が、ある現実感を帯びた全く別の話として、二人の前に立ち現われて来たのであった。

桑は父方の縁者で、曾《かつ》て唐朝に玉人として仕えた老人のあることを思い出して、友人の李と一緒に、ある日、いまは零落しているその人物を巷の陋屋《ろうおく》に訪ねて行った。老玉人は腕輪、鼻煙壺等を作っては、その精巧さにおいて比肩する者はないと言われた人物であったが、今は大小の砥石《といし》が散乱している小さい仕事場で、弓の指当てを作っていた。

桑は、黄河の河源が于闐にあり、そこで玉を産するという話の真偽を老人に確めた。

「ほかのどこの国で玉を産しようや。上質の玉は于闐以外にはない。昔はこの国でも長安から程遠からぬところにある藍田山に於ても玉を産したことがあったが、いまはそれが語り草として伝えられているだけである。河北の燕山に於ても玉を産したことがあったが、品質が悪く、玉とは呼ばず、燕石と呼んだ。上質の玉はすべて于闐産である。古書に火は崑岡《こんこう》に炎《も》え、玉石ともに焚《た》くとある。崑岡とは崑崙山、于闐の山じゃ。西北の美は崑崙丘の璆琳琅玕《きゅうりんろうかん》にありという言葉もある。西域最大の美は璆琳琅玕、璆琳も玉、琅玕も亦玉じゃ」

老玉人は大昔の張騫の遠征報告を徹頭徹尾信じていた。玉については素人でない老人の言葉であるだけに、この話は若者たちの心を動かした。併し、二人の若者たちに于闐行きの志を懐かせたのは、老人のほかの言葉であった。

「漢の時代も、唐の時代も、玉は毎日のように胡人の手で運ばれて来たものじゃ。水は地下を潜ってこの国にやって来、玉は胡人の手で流沙を渉《わた》ってこの国へ運ばれて来た。それが国勢挙った時の相《すがた》じゃ。国が乱れると玉は来なくなる。いまに水の方も来なくなって黄河は涸《か》れてしまうだろう」

この言葉を聞いた時、桑はふいに眉を上げた。于闐使節の従者の募に応じようと思ったのである。玉を運んで来た胡人の役を、胡人に代って自分が為せないことはないであろう。桑は老人のもとを辞すると、その帰途友人の李を説いて、大玉商人の夢の片棒を温和《おとな》しい、凡そ冒険には不向きな友に担《にな》わしめることにしたのであった。

都汴京を発った使節の一行は霊州に達すると、そこに月余の滞在をし、異民族たちの動静を索《さぐ》った上で、その年の十二月霊州を発した。黄河を渡って三十里行くと、初めて沙の海に出た。ここはもうタングート人の居住地帯である。細腰沙《さいようさ》、神樹沙《しんじゅさ》、三公沙《さんこうさ》等と名付けられている半沙漠を次々に過ぎ、全く沙の上の旅を続けること四百余里にして、黒堡沙《こくほさ》に出る。半沙漠地帯ではここが最も大きく、沙嶺を上り、沙嶺を下り、白亭河を渡って涼州に着く。涼州から更に西行五百里にして甘州に到着、ここはウィーグル族の勢力地域である。甘州に於て馬の半数を駱駝《らくだ》に代え、甘州を過ぎて初めて本格的な沙漠へはいる。沙漠には水がないために、駱駝の背に水を載せて行く。甘州人に教えられて、沙上の歩行を便ならしめるために馬蹄《ばてい》には木靴をかぶせ、駝蹄の方は氂片《りひ》で包む。西行百里にして玉門関に達した。都を出てからここまでに半歳を要している。

玉門関を出ると吐蕃界にはいり、更に西行して、瓜州《かしゅう》、沙州に到る。瓜州、沙州ともに中国人の裔《すえ》の住む地帯で、晋使来たると聞いて、刺史曹元深《そうげんしん》等が郊に出迎え、天子の起居を訊ねた。沙州の南十里に鳴沙山という山があり、冬夏殷々《いんいん》たる音を響かせ、その音は雷に似ているということであった。

沙州を出ると、間もなく西域の大沙漠地帯へはいる。上に飛ぶ鳥なく下に走獣なしと言われる満目沙と塩の大沙漠の入口である。古くから流沙と言い、瀚海《かんかい》とも、沙河とも、沙海とも呼ばれているところで、これを横ぎるには、いかに旅慣れた隊商も一カ月を要すると言われている。

流沙に入った日から、一行は時ならず襲って来る沙嵐《すなあらし》に苦しめられた。沙嵐の来るのを予知できるのは駱駝だけで、駱駝が悲しげな声を上げて一カ処に集まって来ると、必ず間もなく疾風の襲うところとなった。疾風が運んで来る沙は口にも眼にも入り、風が通過してしまうまでは天日もために暗かった。沙漠の半ばに達する頃から沙嵐は衰えたが、それに代って一行は水の欠乏に苦しめられ、地を掘って湿沙を得、これを胃に当てて渇を和《やわら》げた。

この流沙の旅にはいる頃には、汴京の二人の若者は全く別人のような相貌になっていた。この行に加わることを先きに決意した桑は、四六時中悔に苦しめられていた。この旅を続けて行く限り、友も自分も于闐に達するまで生命を保つことはできないであろうと思った。併し、ここまで来てしまった以上、もはやどうすることも出来なかった。いかに苦難の日々が続くとも、使節たちと行を共にする以外はなかった。桑よりむしろ李の方が確《しっか》りしていた。確りしていると言うより、諦《あきら》めが早かったと言うべきかも知れなかったが、それにしても李は泣言一つ言わず、心気衰えた友を、〝崑崙の玉〟という言葉だけを口に出すことに依って慰めた。

更に西して陥河《かんが》を渡った。この時は冬になっていた。陥河を渡る時は檉柳《ていりゅう》の枝を伐《き》って、これを氷上に置いて橋とした。そうしないと人も駱駝も河中に落ちた。陥河を渡る頃は、桑と李はその立場を逆にしていた。李は目立って気力も体力も衰え、泣き声だけを口から出していた。桑は明けても暮れても曾て友が自分に為してくれたように、〝崑崙の玉〟のことだけを話題にのせた。〝崑崙の玉〟という言葉を耳にすると、李はいかにもそこに崑崙の玉が置かれてでもあるように、痩せ細った両腕を宙間に差しのべた。李の眼には青色の小さい玉が無数の塊《かたま》りとなって映っていた。この旅の初めに於て、若者たちは吐蕃の域にはいった時、吐蕃の男子が中国風の衣服を纏《まと》い、婦人が弁髪《べんぱつ》して瑟瑟《しつしつ》という玉を戴いているのを見たことがあった。瑟瑟は一珠よく一良馬に値すると言われる良質の珠であった。その瑟瑟の無数の塊りを、李は崑崙の玉として眼に浮べていたのである。崑崙の玉がどのようなものであるか、そうした知識の持合せはなかったが、李は兎も角、そのようなものを思い浮べることに依って苦しい旅を続けることができたのであった。

一行は更に西して紺州にはいった。紺州にはいるまでに二年近い歳月が流れていた。紺州は于闐国に属し、沙州の西南方に当って、京師を去ること実に九千五百里の地点にあった。紺州に到着した時は、桑も李も一時期の繊弱さはすっかり洗い落し、都にあった時とは別人のような逞しい若者に成長していた。二人の若者は今でも毎日一回は孰《いず》れからともなく、〝崑崙の玉〟という言葉を口から出した。二人は崑崙の玉のお蔭でここまで生き延び、崑崙の玉のお蔭で逞しい若者に生れ変ることができたのであった。

紺州から二日にして安軍州を経、一行はついに目的地の于闐に到着した。李聖天は衣冠を中国風に纏って晋使の一行を郊に出迎えた。宮殿は日に向うように東向きに建てられてあり、使節たちは七鳳楼と呼ばれる何層かの殿舎に招じ入れられた。蒲桃《ぶどう》を以て造った酒が出、青酒も出、紫酒も出た。その醸造法は判らなかったが頗《すこぶ》る美味であった。併し、宮殿内に足を踏み入れたのは使節たちだけであって、二人の若者は、城内西南隅の広場で駱駝の群れに混じって、他の兵や従者たちと共に何日かをただ眠りに眠った。

文字通り崑崙の玉に引張られて、桑と李の二人の若者は漸くにして于闐国に辿り着くことができたのであったが、肝心の崑崙の玉にお目にかかる機会はやって来なかった。使節の張匡鄴、彰武軍、高居晦等は滞留中に、この国を流れる三河、詰まり白玉を産する東の白玉河、緑玉を産する西の緑玉河、同じく西の黒玉を産する烏玉河《うぎょくが》に案内されたが、若者たちはそれに招かれよう筈はなかった。ただそれらの河に関する噂だけが耳にはいって来た。白玉、緑玉、烏玉の三河はもとは一つの河で、于闐南方の山より流れ出し、于闐に到って三つに分れ、毎歳秋河水の涸れる時を俟《ま》って、国王が先ず玉を獲り、然る後に国人も亦河にはいって玉を獲ることが許されるということであった。

晋からの使節の一行は無事使命を果すと、二カ月滞在した後に、再び帰国の途につくことになった。秋の初めであった。一行はこんどは往路とは異なった途を採った。そして于闐を発して二日目の朝に、使者高居晦は二人の若者の姿が隊列の中から消えていることに気付いた。どこで姿を消したか判らなかった。一行は二人の若者の行方を詮索することなしに東に進んで行った。汴京を発してから今日までの二年の歳月の間に、病患や疲労のために失っている従者の数はすでに十指を超えており、帰路に於ても亦何人かの生命を失わなければならぬに違いなかった。二人の若者の失踪は、さして大きな意味を持つ事件ではなかった。

使節の一行が去ってから一カ月経った頃、于闐では三河が涸れ始めた。王は例年の如く月光の盛んなる夜々を選んで玉を撈《ろう》する行事を行った。三河のそれぞれが幾夜かに亙って撈玉の回子《かいし》（土着ウィーグル人）たちによって埋められた。吏員や兵のある者は河岸に立ち、ある者は船に乗って河中に浮んだ。流れの中に一列に並んだ三十人ほどの回子たちは、肩を並べ、素足で河床の石を踏みながら、一歩一歩流れに逆らって上流へ上流へと進んで行った。回子たちは己が脚が玉を踏むと、水中に身を屈めてはそれを拾い上げた。すると兵に依って銅鑼《どら》が鳴らされ、それを合図に吏員に依って玉の数が帳簿に書き込まれた。

回子の列が上流に去って岸に上ると、新しい回子の列が下流に現われ、これも上流に向って進んで行った。そしてそれが上流に去ると、また新しい回子の列が下手に現われた。

桑と李の二人の若者たちは、回子の列の中に加わっていた。二人はまさしく今や崑崙の玉の河床を足で踏んでいた。桑も李も水中の沙を足でまさぐり、玉を踏むと、上半身を水中に屈めて、それを手に摑んだ。するとその度に銅鑼が一つ鳴った。続けて二度身を屈めると、銅鑼は二つ鳴った。川面には月光が白くきらめいていたが、川波のきらめきも二人の若者には暗く思われ、銅鑼の音も亦暗く陰気に聞えた。

併し、二人の若者たちは玉を自分の物とすることができないことで、さして落胆はしていなかった。玉を撈する技術を知るために二人は異族人たちの群れに身を投じたのであった。

国王の撈玉の期間が過ぎ、河が一般に開放されると、その日から忽ちにして三河は玉を獲る男女によって埋められた。が、河には玉はそれほど多く残されてはいなかった。沙中深く匿《かく》されている僅かな玉子《ぎょくし》を男女は争って探し出すほかはなかった。幸運な者だけが玉を獲、不運な者は幾夜に亙って河にはいっても一玉をも獲ることはできなかった。

桑と李は于闐人とは別の玉の獲り方をした。二人は夜、河岸に沿って、人の居ない上流まで遡《さかのぼ》って行き、流れの中に微かに光の射しているところを物色し、翌日、その場所へ行って玉を獲た。これは誰にでもできる作業ではなかった。水中から玉の放つ微光を探し出すこと自体が容易なことではなく、それをよくするのは、桑が生来身に具《そな》えて来たというほかない奇妙な勘であった。併し、桑のこの特殊な勘に依ってのみ玉が獲られたわけではなかった。李は李で、これまた余人の持たぬ技術を身に着けていた。李は河相を品定めするのに特別な眼を持っており、その岸に桑を立たせて流れを窺《うかが》わせた。李がここぞと思った場所に於ては、桑は必ずその流れの中から妖しい光を発している箇処を感じ取った。

二人の若者は、僅か一カ月程の間に、于闐人が想像することのできない程の多くの玉子を手に入れることができた。二人は衣服という衣服のあらゆる箇処にそれを縫い込んだ。大きな玉は売り捌《さば》き、上質の小さい玉子のみを故国に持ち帰ることにした。そしてもうこれ以上、玉を身に着けることも食糧の包みの中に匿すこともできなくなった時、二人はいさぎよく于闐の地を離れた。

若者たちは用心してなるべく人眼に付かぬ場所だけを選んで東へ向った。道のないところを通って間違いなく東へ向うには、タリム河の流れに沿って進んで行く方法しかなかった。そのタリム河の流れを捉えるのに何十日かを費さなければならなかった。二人の若者は十数頭の駱駝を引き連れ、それに食糧と水を背負わせ、ある時は聚落に出、ある時は聚落を避け、驚くべき日数をかけて、東へ東へと進んで行った。タリム河の岸に沿うこともあれば、何十日もその流れを眼にしないこともあった。暑熱と氷雪と洪水と旋風が交々《こもごも》二人の若者を襲った。

若者たちが、タリム河がその姿を消すロブ湖畔に辿り着いたのは翌々年の春であった。ここで若者たちはこれまで自分たちを導いて来てくれたタリム河と別れなければならなかった。往時張騫がこの岸で考えたことを真実とすれば、タリム河の流れはここから地中に匿れ、地下の潜流となって漢土へ向う筈であった。

桑と李は、ロブ湖畔に何日かを過してから、最後の行程である流沙の旅へと出で立った。沙の海を渡り、沙州、瓜州を過ぎ、玉門関まで辿り着けば、たとえその先がなお長いにしても、そこは他のどこでもない漢土であった。

二人の若者は玉門関に辿り着くのに、更に月余の日子を費した。漸くにして玉門関にあと半日行程の地点まで来た時、二人は吐蕃の聚落に於て、一カ月ほど前から玉門関が固く閉されていることを聞いた。信ずべからざることであったが、それが真実でないという保証はどこにもなかった。若者たちは知らなかったが、張匡鄴等三人の使節を于闐に派した高祖は、この年天福七年（西紀九四二年）に身罷《みまか》り、その子少帝が即位していたが、後晋と契丹との関係は日一日悪化して行く情勢にあった。いつ契丹が寇するか判らぬ時にあって、西域へ通ずる門は閉されてしまっていたのである。

それでも若者たちは玉門関へ向った。二人が玉門関の閉された巨大な門の前に立ったのは、深夜であった。二人は確かにその楼門が固く閉されており、いかにしてもそれを開くことができないことを知ると、その夜だけその楼門の石の壁の傍で眠り、翌日未明に、遠くに軍馬の嘶《いなな》きを聞いて、そこを離れた。胡族の寇略を怖れたからである。

二人は再び沙漠の中へ引き返すほかはなかった。若者たちは、一カ月後に再びロブ湖の湖畔に出た。玉門関に辿り着いたのも深夜であったが、ロブ湖畔に出たのも深夜であった。同じ深夜ではあったが、玉門関へ着いたのは暗夜であり、ロブ湖畔に出たのは月明の夜であった。

二人はタリム河が流れ注ぐ河口の沙州の一角に幕舎を張って、その夜はそこで眠った。桑は夜半夜鳥の啼声で眠りを破られた。丁度その時、桑の眼に幕舎から出て行こうとしている李の姿がはいった。

「どこへ行く?」

桑は友に声を掛けた。

「ロブ湖に身を投じ、タリム河の流れに沿って漢土へ歩いて行く。それ以外にいかなる郷土への帰り方もない。俺は信ずる。確かにこの水は黄河に通じているのだ」

振り返って言うと、李はそのまま幕舎を出て行った。月光に半顔を照らされた李の表情が、ただならぬものとして、桑の眼に焼きついた。

桑はすぐ李を追って幕舎を出たが、間もなく蘆荻《ろてき》の茂みの向うに烈しい水音を聞いた。桑は意味の判らぬ叫声を上げて、蘆荻の茂みに分け入って行った。于闐の玉河の沙中の燦《さん》光《こう》が認められるような同じ月光の盛んな夜であったが、桑の眼は撈玉の際の偉力を失って、湖の水の中からいかなる異変をも感じ取ることはできなかった。李はタリム河の潜道に沿って、早くも漢土に向って歩き去って行ったのかも知れなかった。

ひとしきり、桑の友を呼ぶ異様な叫声が、夜鳥の啼き声に混じって聞えていたが、やがて湖畔はもとの静けさに返った。この夜を境にして、桑の消息も亦判っていない。

二

黄河の河源を積石附近の高山とするか、あるいはそれは遠く異域に求めて、于闐《うてん》南方の葱嶺《そうれい》とするかは、誰にも判定のできぬことであった。

五代、宋、元、明、清各時代を通じて、常に両説が行われていた。黄河の河源がどこにあろうと、河源だけのことならさして問題はなかったが、それが玉と関係を持ち、崑崙山と関係を持っていた。殊に崑崙山は漢代には西王母《せいおうぼ》伝説と結びついて、そこに西王母の住む楽土があるとされていたが、時代が降るに随って、道教、仏教の思想が混入して、永遠不死の神仙郷が想定されたり、極楽浄土が想定されたりするようになった。

もはや単に玉を産する山としてだけでは崑崙は考えられなかった。道教信者も仏教信者も、できるなら崑崙山の所在を確め、そこを訪ねて行きたかった。そこが遠い異域の地なら、その土を踏むことは思いもよらなかったが、若し漢土にあるなら、そこを訪ねて永遠の生命を持ちたかったのである。

張騫《ちょうけん》の葱嶺を真源とし、積石附近を第二河源とする説は、張騫の実地踏査という事実に裏付けられており、しかも于闐が玉の産地であるという誰もが疑うことができぬれっきとした事実によって支えられている強味があった。五代史や宋史の記述もこれを肯定する立場に立っていた。

併し、一方で黄河の上流を窮める実地踏査も亦、長い歴史の流れの上では、何回も試みられていた。後晋の使節張匡鄴等が于闐国に使してから約三百年経った元の世祖の至元十七年（西紀一二八〇年）に、世祖の命を受けて、女真人都実《とじつ》が招討使として黄河の上流を索《さぐ》った。都実は河源と思われる無数の湖が散在する地帯に足を踏み入れ、そこが星宿海と呼ばれていること、そこから流出している水が大湖にはいり、更にそこを出て、三本の支流を併せて流れ降って行く様など、その見聞を仔細に上奏している。そして都実は崑崙山を黄河上流から臨める大雪山なる高山に想定している。

更に四百三十年後の清の聖祖の時、侍衛拉錫《ろうせき》も亦命を奉じて、黄河の源を窮め、都実と同じように星宿海に達し、その地点を崑崙を去ること一カ月の行程にありとしている。また拉錫の河源調査より少し前、康熙《こうき》帝の時異族征討の出征軍に依って、黄河の上流地方の地理はかなり詳しく明らかにされている。

ただこうした踏査の結果が特殊な知識として一部の者たちだけに蓄えられ、一般に行き亙らなかったのは、都実も、拉錫も、康熙帝の出征軍も、一個の玉も持ち帰って来なかったし、この世ならぬ仙郷のたたずまいも眼に収めて来なかったからである。

こうした調査団に不満だったのは一般の庶民許りではなかった。拉錫の河源調査より更に八十年経った乾隆四十七年（西紀一七八二年）に、高宗は侍衛阿弥達《あびたつ》を青海に派し、黄河の源を索らしめた。併し、阿弥達の青海行も亦、玉とも、崑崙山とも無関係であった。曾て都実が河源を窮めて来たように、また拉錫は拉錫で河源を窮めて来たように、阿弥達も亦、一つの新しい河源を窮めて来たというだけのことであった。従来の探険者が足を踏み入れた星宿海より更に上流の地点を窮め、曾て知られなかった一川を発見し、阿弥達はそれを河源として奏上したのであった。

この阿弥達の青海行きは当時としては大きな事件であった。中国の長い歴史の上で、黄河の源を探った人物は算《かぞ》えるほどしかなかったし、しかも何と言っても阿弥達は新しい河源の発見者であった。

この阿弥達の探険後暫くの間、黄河の源の問題が人々の話題に上った。久しく忘れられていた崑崙山や、崑崙の玉という言葉が人々の口から出た。併し、阿弥達の壮挙に最も強く刺戟されたのは都の繁華地区に大きな店を持って、玉器類を売買している玉商人の盧《ろ》であった。盧はこの時五十歳、十年程前に妻を喪《うしな》い、二年前にひとり息子を喪っていた。費《つか》いきれぬほど金は持っていたが、身寄りというものが全くない孤独な境遇にあった。世人は盧が余り金を貯め過ぎたので代りに不幸が彼を見舞ったのであると噂したが、その噂は必ずしも根も葉もないことではなかった。確かに盧は商売のためには因業《いんごう》な仕打ちもして来ていたし、理不尽な行いもして来ていた。

結局は一生を崑崙の玉に賭け、崑崙の玉を廉《やす》く仕入れては高価に売り捌《さば》いて来ただけの話であったが、第三者から見ると盧のやり方は悪辣《あくらつ》に見えた。相手が金に困っていると見ると、どんな高価な玉でも、ただ同様な値段で買い上げた。一時、盧に睨まれると玉は自分の方から彼の手許に吸い寄せられて行くという歌が酒宴の席で唄われたほどである。

世人は盧が、晩年の不幸のために、その人となりを変えるであろうと噂したが、盧はその点では完全に世人の期待を裏切っていた。ひとり息子を亡くしてから、一層商売だけに没入し、上質の玉器があると聞くと、それを購《あがな》うために、どこへでも自分自身で出掛けて行った。従来は盗品や盗掘品には手を出さなかったが、息子の死後はそうしたことにも頓着しなかった。

ある日、盧は店で客の相手をしながら、客が阿弥達の河源探険の噂をしているのを聞いていたが、ふいに、その表情を改めると、客をそのまま置き去りにして店を出て行った。盧はひとりで雑踏の街を歩いた。阿弥達が河源となるべき未知の新しい一川を見出したということを客の口から聞いた時、盧はふいに何の理由もなしに、恐らく河源はもっとその奥にあるだろうという考えに襲われたのであった。

盧は商売柄、玉に関する古い記述には全部眼を通していた。張騫のことも、劉元鼎《りゅうげんてい》のことも、都実のことも、拉錫のことも、それが古書に記述されてある限りのことは知っていた。劉元鼎の河源を都実が改め、都実の河源を拉錫が改め、拉錫の河源を阿弥達が改めている。こんどは阿弥達の河源を誰が改めるであろうか。

盧はこれまでに黄河の源に崑崙の玉があることも、崑崙山があることも、そうしたことは一切信用していなかった。いわゆる崑崙の玉なるものは于闐に於て産せられるに決っていたし、崑崙山なる神仙郷などがこの世にあろう筈はなかった。盧はそう思い込んでいた。ただ一つ信じ得る確実なことは河源があるということだけであった。河がある以上源がない筈はなかった。ただそこまで誰も辿り着いた者がないだけのことであった。阿弥達が一川を求めたならば自分は更にその奥の一川を求め得られるだろうと、盧は思った。どうしてこのような思いが突然降って湧いたように起ったか判らなかったが、兎も角、盧はその日からそうした思いの虜《とりこ》になってしまったのであった。

そうした思いに取り憑《つ》かれているうちに、盧は思いがけない気持が、自分の心の奥底に横たわっていることに気付いた。盧はこれまで自分が一度も真面目に取りあげてみたことがなかった永遠に生きられる神仙郷というものをそこに思い描いていたのである。もう金も欲しくなかったし、この世に為すべきこともなかった。五十歳の年齢から言っても、そう長い余命が残されているわけでもなかった。誰も足を踏み込んだことのない黄河の源を窮めたら、あるいはそこに心静かに坐っていることの出来る、孤独などというものの寄りつかぬ、そしてまた誰にも背を向けないで生きていられる、そのような楽土があるかも知れないと思った。いったんそう思い出すと、その考えから離れられなかった。いかにもそうした場所がありそうな気がした。盧は生れて初めて、金のことから離れて、一つの夢を持ったのであった。崑崙山がふいに盧の心の中に跳《と》び込んで来たのである。そこが玉の産地であろうと、なかろうと、玉の方にはさして関心はなかった。崑崙山が心に跳び込んで来た時を境にして、盧は玉商人ではなくなってしまったのである。

　盧は店はそのまま番頭に任せ、ひとりで青海に向けて旅立つつもりであったが、出立間際になると、同行を希望するものが何人か現われた。いずれも玉に関係を持つ仕事を業としている者たちであった。盧は青海地方に玉を探しに行くということにしてあったが、誰の眼にも盧が成算なしに遠い旅に出で立つ者としては映らなかった。盧が赴くところには必ず廉く購える上質の玉が盧を待っているに違いないと思われた。

盧は同行希望者たちに言った。自分は玉を探すといっても、黄河の源にそれを探しに出掛けるのである。玉はあるかも知れないが、ないかも知れない。恐らくないとする目算の方を大とすべきであろう。しかも幾ら短く見積っても、往復に二歳から三歳の日子を要する。道は遠く、苦難は多い。

行先きが黄河の源と聞いて、同行希望者の半数はたじたじとなったが、残りの半数は一層眼を輝かした。その一人が言った。

「自分も亦、河源に玉のあることを固く信じている。いかなる苦難があろうと、河源に至り、崑崙山に分け入って、良質の玉を獲たいと思う」

また別の一人が言った。

「自分は玉を刻むことを職としているが、現在では古代の玉佩《ぎょくはい》、玉器に見るような上質の玉を手に入れることはできない。攻玉を業とするからには一度でもそうした玉を手がけてみたいと、かねがね思っている。いまそれを求めんとするなら、危険はあろうと、古《いにしえ》から玉を産すと言われている河源を望む以外はないと思う」

盧は同行希望者の中から、三人の若者を選んだ。いずれも目的は崑崙の玉にあるにしても、兎も角も河源を窮めようという意志を持つ若者たちであった。同行して悪いということはなかった。大男は玉を刻む職人であり、小男は玉の仲買人、眇《すがめ》の若者は玉を磨くことを業としている者であった。

盧と三人の若者たちは秋の初めに、都を立ち、太原、平陽を過ぎて、潼関《どうかん》で黄河を渡った。それから古都西安を経て、黄河の支流である渭水《いすい》に沿って西行、蘭州に於て、再び黄河を渡った。

一行はそこから西寧に至って、そこで越年し、河源への旅の準備を調えながら春の来るのを待った。盧はこの地で多少でも河源地方の地理に詳しい人夫三十人を雇った。大部分が胡族の血を混えた土民であった。人夫は食糧運搬のためにも必要であったし、自衛のためにも必要であった。

春の初め、一行は冬の三カ月を過した西寧を後にした。これまでは盧は各地の商人や役人の世話を受ける便宜を持っていたが、これからはそうしたことは望めない旅であった。一行は黄河の川筋に沿って旅を続けた。明けても暮れても山の旅であった。一山越えると、その向うにまた一山が聳えていた。黄河の川筋から離れて何日も山の旅を続けることもあったが、人夫たちが言うように、黄河はやがてまた一行の前に姿を現わした。ただそのような現われ方をする度に、黄河は次第に河相を険しく鋭いものに変えていた。

西寧を立ってから四カ月にして、一行は人夫たちの言う河源地帯にはいった。昔から言い伝えられて来た積石の地にはいったのである。人夫の口から河源なる言葉が出初めた頃から、盧は夜毎奇異な陶酔感に襲われた。長い旅の疲れで体力はすっかり消耗し尽し、顔は痩せ細って別人のようになっていたが、気力は反対に生き生きとしていた。

盧は深夜何回も眼覚めた。誰かが自分を呼んでいるような気がして、その声で眼を覚すのであったが、眼覚めると何の声も聞えなかった。

「また聞えるが、まだまだ遠い！」

そんなひとり言を言って半身を起す盧にいつか若者たちは気付いていて、そうした老人の姿を見る度に、三人ともうそ寒い思いを持った。老人は狂っているとしか見えなかった。

盧は確かに自分を呼ぶ声を夢とも現実ともなく聞いていた。何ものが呼ぶ声か判らなかったが、早くやっておいで、一刻も早くここへやって来るがいい、そんな風に聞えた。妻の声のように聞えることもあれば、息子の声のように聞えることもあった。その度に、盧は、併し、まだまだそこへ行くのには隔り過ぎている、もう少し待ってくれ、もう三日、いや五日、いやまだ半月も一月もかかるかも知れない、そんなことを口の中で呟《つぶや》いていた。

盧にとって腹立たしいことは、毎日の行程が日毎短くなって、何程も山へ分け入って行かないうちに、一日が終ってしまうことであった。川筋はいよいよ細く急になり、両側の絶壁はますます嶮岨《けんそ》になっていたので、一日一日の進み方が眼に見えて落ちて来るのは当然なことであったが、進み方の遅いのはそのため許りではなかった。三人の若者たちがこの旅の目的である玉を探し求める作業に総ての労力を注ぎ始めたからであった。人夫たちも若者たちに倣《なら》って、川筋のあちこちに眼を配りながら歩いた。一人が何か叫び声を上げると、他の者もみなそこに集まってそこの石を覗き込んだりした。若者たちも人夫たちも、玉を求めて、やたらにあちこちを駈け回った。

夜、幕舎の中で、若者たちは玉の話許りした。玉は必ずこの山中に匿されている、川筋にあるか、川底にあるか、絶壁の中に匿されているか判らないが、兎に角この山中に埋っていることだけは確かだと、そんなことを口々に言い合った。

老人の眼にはそんな若者たちが、また狂人に見えた。どうしても玉に憑かれて、気が触れた人間としか思われなかった。こうしたところに玉などがあってたまるものかという気持だった。併し、盧は口出しして若者たちの心を傷つけないために、いかなる時でも黙っていた。今となっては、若者たちの力を借りなければ、これから先きの、一日一日烈しくなる深山の跋渉《ばっしょう》を遂行することはできなかった。老人が若者たちに言うことはただ一つであった。

「玉があるとすれば、もっと奥だ、もっともっと奥へ分け入らなければならぬ」

ある日、一行は小さい沢を伝って山の尾根に出、尾根伝いに歩いて行ったが、突如人夫の一人が異様な叫び声を上げた。盧は何事かと足を停めたが、次の瞬間、盧も亦すんでのところで叫び声を上げるところであった。無数の小さい湖が一面に散らばっている平原が行手に俯瞰《ふかん》できたからである。

盧は瞬間、都実の報告を綴った古書の記述を思い出した。

——泉百余泓《よおう》、沮洳《そじょ》散漁、逼《せま》る可からず、まさに方七、八十里、高山を踏んで下瞰すれば燦《さん》として列星の如し、以て名付けてオドンノールと言う。訳して星宿海。

一行はその星宿海のこの世ならぬ不思議な風景の中へ降りて行った。星の如く小さい湖の散らばった原であったが、その名の如く原といった感じより海と言った方が当っていた。それぞれの湖は静かに水を湛《たた》え、それから溢れる水は自然に集まって星宿海のあちこちに何本かの水の帯となっていた。無数の小さい湖が散らばり、その間に何本かの水の帯が置かれている。

一行は星宿海の一角に降り立つと、もはやそこからどこへ歩いて行こうという意志も全く喪っていた。誰も言葉を発する者はなかった。ただ死の風景の中の一点となって立ち尽していた。天日が輝くと無数の湖面は冷たく光る鏡となり、天日が曇ると、それは忽ちにして鉛色の銹《さ》びついた一枚の板になった。

日が暮れかけると、一行は我に返ったように星宿海の畔りを離れた。一行は何本かの水の帯の中の一本に沿って歩いた。その流れは途中で他の水の帯二本を併せて、次第に太い帯になって行った。

一行は、その夜、その水の帯の岸に幕舎を張った。夜鳥の声も聞えなければ、獣の咆哮《ほうこう》も聞えない夜であった。ここでは夜までが死んでるとしか思えなかった。このような水の帯は星宿海の周辺部になお何本かあるのではないかと思われた。それがどこにあり、どの方向に流れているかは全く見当が付かなかった。

一行は、翌日一日、次第に太くなるその水の帯に沿って進んだ。そして一日歩き詰めに歩いた果に、いつか水の帯が大湖に変じているのに気付いた。その夜は、その大湖の湖畔に幕営したが、翌日は一日その湖畔に沿って移動して行った。大湖はまん中でくびれており、一つの湖には違いなかったが、二つの湖が一カ処で接しているように見えた。都実が阿刺脳児《アル・ノール》（赤い湖）という名で紹介している湖に違いないと、老人には思われた。併し、水は赤くはなかった。青く澄んで、人が歩いて渡れるほどの深さであった。

その翌日、一行はその大湖から流出している一本の流れを見た。水は手を入れることができぬほど冷たく、底の砂粒の一つ一つが見えるほど澄んでいた。一行は、いまや流れの形をとった黄河の源に立っているに違いなかった。少くとも河源を形成している流れの一本の岸に立っていることだけは疑えないようであった。眇《すがめ》の玉磨きの職人は、ふいに言った。

「玉があるとすればこの川筋に違いない。あすからこの川筋に沿って下って行ったらどうだろう」

他の二人の若者も、人夫たちも、この眇の若者の言葉に賛成した。併し、盧は反対した。

「折角、ここまで来たのに、宝の山を眼の前にして帰るというのか。この川床によし玉があるとしても、そんなものは知れたものだ。ここから降りたければ降って行くがいい。わしはあの湖の原から見えたもう一つ向うの山へ登って行くことにする。あの湖の水はあそこで湧いているが、あれだけの水が、あそこで湧き出しているということそれ自体が不思議ではないか。泉というものは一カ処から噴き出すものだ。あれは泉ではない。どこからか地面の底へ水が流れて来ているんだ。本当の黄河の源はもっとほかのところにある。併し、それはそれ程遠いところではないに違いない」

盧にこう言われると、若者たちもここから引き返して行く決心はつかなかった。黄河の源は、なるほど別のところにあり、そこにこそ本当の崑崙の玉が見はるかすような広い川床となって拡っていそうな気がした。

盧は心にもないことを言ったのではなかった。阿弥達が星宿海のほかに新たに一川を得たということであったので、自分も亦阿弥達が到着した地点にまで達し、それから先のことはそこで改めて考えてみるべきだと思った。何にしても、阿弥達が見たというその一川を眼に収めないことには始まらなかった。自分が求める永遠不死の仙境は更にその一川の上部にあるに違いなかった。夜毎、自分を呼ぶあの遠い呼び声はそこから聞えて来るのである。

盧は星宿海を己が眼に収めた人間が、古い記述に名を留めている限りに於ては何人あるか知っていた。唐の劉元鼎は星宿海までは達しなかったと思われるが、少くとも元の都実、清になってからの拉錫、阿弥達、それから康熙帝の派した遠征軍の武将たちの何人かは、この地に足を踏み入れているのである。そしてそれぞれが新たな河源の発見を奏上しているが、阿弥達以外のそれは、星宿海から溢れ出している何本かの水の帯の中の、いずれかの一本を、己れが発見の河源となしているのではないかと思われた。

一行は星宿海に向けて引き返した。そして翌日、再び星宿海の一角に足を踏み入れ、更にそこから遥か西南方に見えている一峰を目差すことにした。一行は星宿海を大きく迂回して、樹木の全くない山の岩肌を這うようにして、次第に星宿海から離れて行った。

星宿海から先きの宿営場所は風の当らない山肌の凹処《くぼみ》に求めなければならなかった。幕舎は毎夜のように凄まじい風の音に包まれた。お互いの話す声が聞えないほど烈しい風の音であった。盧だけは、その風の音の中に、自分を呼ぶ何ものかの声を聞いていた。どんなに風の音が烈しくても、それは風の音の底から、何とも言えぬ優しい呼び声となって聞えて来た。もう大分近くなった。もう少しの辛抱で、やがてここへやって来ることができる。もう少しだ、もう少しの辛抱だ。呼び声は、盧にはそのように聞えた。

若者たちは、泊りを重ねて行くにつれて、次第に不安な表情を濃くして行った。

「こうして、いつまで同じようなところを歩いて行くんだ。西へ行っているか、東へ行っているかさえも判らないではないか。ただ尾根に沿って、深山のふかみへふかみへとはいって行っているだけのことではないか」

若者の誰かが言うと、

「いや、もう少しだ。もう少しで本当の河源へ出られる」

盧はいつも同じことを言った。

「そこには玉があるだろうな。玉の川床がのべつに拡っているだろうな」

小男の玉の仲買人の盧に話す言葉は、いつか詰問の口調を帯びるようになっていた。相手が詰問口調になると、盧の方も敗《ま》けずに断定的な言い方をした。

「ある。あるからこそこんな苦労をしているのだ」

「どこにある。水の流れ出しているところにあるのか」

「いや、水の湧き口だ。湧き出している口が七色の玉で覆われているのだ」

盧が言うと、それで相手は口を噤《つぐ》んだ。そんな時の盧は若者たちにはやはり狂人に見えた。狂人には見えたが、それだけに有無を言わさぬ真実感のようなものが、その言葉には感じられた。

星宿海を離れて十日程経った頃から、若者たちは毎朝のように、今から引き返すべきか否かで議論した。普通なら、当然引き返すべきであったが、人夫たちの何人かは、いま自分たちの居る岩山が切れて、樹木の生えている山との重なり合いの辺りに、若し泉があるとすればあるだろうという見方をしていた。若者たちは、もはや老人の言葉には耳を藉《か》さなかったが、人夫たちの方の意見をむげには退けなかった。そして折角ここまで来たのだから、一木一草のない山肌が終るところまで行ってみ、たとえそこに泉がなくても、その場合はそこから引き返そう、そんな取り決めが三人の若者の間に成立した日から、急に気温は降って、夜になると烈しい寒さが一行を襲って来た。

星宿海を出てから、一行は毎日のように尾根から谷へ、谷から尾根へと、苦しい登攀《とうはん》跋渉の作業に明け暮れていたが、何回目かに尾根に出た日、ひとり先きに立って歩いていた眇の玉磨きの職人が、ふいに狂人のようになって駈け戻って来ると、

「水、水、水」

と、ただそれだけ叫んだ。若者たちも、人夫たちも駈けた。

盧だけは駈けることができなかったので、のろのろと足を運んでいった。ふいに、山の稜線が切れて、視界が展《ひら》けたと思うと、盧は濃い碧《みどり》色の大湖が行手に置かれてあるのを見た。岩山のただ中に造られている大きな湖であった。岩が大きくえぐり取られ、その凹処に満々と水が湛えられているのである。もし湖の周囲を廻るとしたらまる一日を費さなければならぬと思われるほどの大きさである。

一行は、初めて星宿海を眼に収めた時と同じように、すっかり無口になり、どこへ行こうという意志も失い、ただ呆然と立ち尽していた。阿弥達が得た新しい一川というのはこ

れであったかと、盧は思った。

　翌日から二日間、一行はその大湖の周囲を経廻った。そして、その大湖の水が北側の大きな岩壁を伝って流れ落ちて湖にはいっていることを知った。岩壁の肌は赤褐色で、ためにそこを流れ落ちる水は黄金色に輝いて見え、湖にはいると、それは碧色に変じた。いずれにしても、水の流れ落ちている大岩壁の上に、水の湧き口はあると思わねばならなかった。人夫の何人かが自分たちは幼時から黄河の水は〝北辰の石〟と呼ばれている巨大な石の壺から湧き出していると聞かされているが、あるいはその〝北辰の石〟というのがこの大岩壁の上にあるかも知れないと言った。三人の若者も人夫たちも急に生き生きとした表情になった。長い辛苦の旅の果に漸くにして獲物をもう逃げ場のない一角に追い詰めたような気持だった。大岩壁を伝い流れている黄金の水を眼にした時から、盧は盧でまた、長く夢見てきた神仙郷がもうそう遠くないところにあるに違いないという確信を持った。

　一行は、その大岩壁の上に出るために、更に二日行程の大きい廻り道をしなければならなかった。そして漸くにして岩壁の上に出たのは、天日が真上に輝いている真昼の時刻であった。そこには新しい湖が置かれてあり、それは星宿海の一つの湖ぐらいの大きさを持っていた。一行の誰にも、そこが湖と見えなかったのは、水の面が絶えず大きく揺れ騒いでいるためであった。波立ちというようなまやさしいものではなかった。下から何ものかで突き上げられるように、何十カ処、何百カ処かで水は烈しく奔騰していた。盧たちは知らなかったが、阿弥達も亦この地点に立ったのであった。阿弥達は奏している。――池中流泉噴湧、別れて百道となり、みな金色を作《な》して阿勒坦郭勒《アルタン・クル》（黄金の川）に入る、と。阿勒坦郭勒というのは阿弥達が発見した一川、碧色の大湖の名である。

「ここから水は出ていたのか」

大男の若者は腕組をして、絶えず立ち騒いでいる不思議な湖の面を見ていた。確かにそこは巨大な水の湧き口に違いなかった。奇妙なことだが、若者たちは、自分たちが長い辛苦の日々を重ねて、ここまでやって来た肝心の目的を忘れていた。誰一人玉という言葉を口から出す者はなかった。が、若者たちも、人夫たちも、玉のことを全く忘れていたわけではなかった。ただ、玉を産する場所がここではないということだけが、この地点に立った者のすべての心に、一つの確実な思いとなって跳び込んで来ていたのである。

それは、盧も亦同じだった。崑崙山も、永遠不死の仙境も、ここではないという思いが、盧の心を占めていた。他のどこであっても、ここだけはそのような場所ではないという、これまた、一つの確実な形をとった思いであった。

「西域のロブ湖の水が地下を潜って何千里も流れて来て、ここに噴き出しているんだな」

盧は、ひとりごとのように言った。

「すると、やっぱり崑崙の玉はこの水道のずっと先きにある遠い異国の于闐でなければ手にはいらぬという勘定だな」

眇の若者は言った。他の二人の若者は何も言わなかったが、自分が言おうとしていたことを仲間が口に出してくれたので、言う必要はなかったのである。一行は、今や長い旅の終着点に立っていた。この先きどこへも行きようもなかった。それだけははっきりしていた。若者たちからは玉が墜ち、盧からは仙境が墜《お》ちていた。そしてそれと一緒に皆の心から刺々《とげとげ》しさも墜ちていた。

一行はやがて水の湧いている池畔を離れた。遠い都へ帰るために、その一歩を踏み出したのである。憑《つ》きものが落ちると、盧も、若者たちも、人夫たちも、今や自分たちが置かれている現実というものを正確に認識しなければならなかった。一行は今や黄河の源流の一番奥の地点に立っており、しかも厳冬期を迎えようとしているのであった。盧はもはや一歩も歩けなくなっていたので、若者たちが交替で背負った。崑崙の玉が墜ちると、若者たちは理性を呼び戻していた。現世の崑崙の玉は、てっとり早いところでは、死にかかっている大金持ちの老人の盧でしかなかったのである。

一行は再び二日後に岩をくりぬいて造られたような紺碧の大湖の岸に出、それから何日かしてから、三度星宿海の畔りに出た。星のようにちらばっている小さい湖の一つ一つは、氷結して、その湖面は玻璃硝子《はりガラス》の切口のように鋭く光って見えた。一行はすぐそこを離れた。眼に触れるものなべて凍結している世界は現世のものではなかった。生きて帰るためには一刻も早く、鋭く冬の牙を研《と》ぎ出した河源地帯から逃れ出なければならなかった。

星宿海の凍結した湖を見たのはこの盧と若者たちの奇妙な一団が初めてであった。これから十年経った乾隆五十六年に、大将軍嘉勇は西蔵《チベット》への出征の折、この地を過ぎ、帰国してから「池水凍りて鏡の如く、燦然はるかに列《つらな》りて、その数を知らず」と報告しているが、これが記述に現われているものでは最初である。

盧と三人の若者たちが無事に都北京へ帰っていたら、凍結した星宿海を眼にした最初の栄誉は、何等かの記述に於て、彼等のものになっていたであろうが、残念なことにそうなっていない。盧も、若者の一人も、再び北京には姿を見せなかったのである。

ロシアの将軍ニコライ・ミカイルヴィッチ・プレジャウスキーが、黄河の水源を索ったのは西紀一八八三年から一八八五年へかけてである。

プレジャウスキーはロブ湖の水位は七五〇〇メートル、星宿海の水位は三六〇〇メートルであることを確かめ、更にロブ湖が鹹湖《かんこ》であるに対し、黄河は淡水であることを指摘して、ロブ湖の水が地下に伏流して黄河の水となるという二千年前の張騫の説を否定した。

現在、誰もロブ湖の水と黄河の水とが繋《つな》がっているという話は、古代の説話としてしか受け取らないが、実に二千年近く、この説話は、ある者には否定され、ある者には肯定され、中国の歴史の中を生きて流れていたのである。

永泰公主の頸飾《くびかざ》り

建国以来二十代二百九十年の長きに亙った唐室が滅び、朱全忠が唐の社稷《しゃしょく》を奪って帝位に即《つ》き、国を梁《りょう》と号したのは西暦九〇七年のことである。これから約半世紀にわたって、中国の国内は分裂し、戦乱に明け暮れ、梁、唐、晋《しん》、漢、周と、短期間の征服者が次々に国を樹て、次々にめまぐるしく交替して行く。

後世この時代を五代と呼んでいるが、史書に依ると、この五代の頃に唐代の陵墓はその殆どが盗掘の厄に遇っていると言う。唐の都であった長安や洛陽が度重なる兵乱で荒廃し、荒廃したままに打ち棄てられ、政治の中心地が遠く北方に移って行った時期で、長安や洛陽の周辺の陵墓が荒らされたとしても誰も顧る者はなかったに違いない。往古の貴人の墓は特に長安の郊外に多い。長安から西方へ向かう道は渭水《いすい》を過ぎると程なく二つに岐《わか》れ、一つは甘粛《かんしゅく》省に、一つは四川省に通じているが、この分岐点附近から漢代や唐代の墓が大平原のあちこちに散らばり始める。墓はいずれも土を円形に盛り上げたもので、大きいのは小山ぐらい、小さいのは土饅頭《どまんじゅう》程度である。皇帝の陵もあれば、武人の墓もあり、また全く誰のものとも判らなくなった墓もある。五代の温韜《おんとう》という武将が静勝軍節度使の時、数多くの唐陵をあばいたという記録もあるくらいで、まして当時の市井無頼の徒にとっては、盗掘は多少陰気で危険な仕事であるにしても、充分もとのとれる魅力ある仕事であったに違いない。今日考古学者が発掘作業に使ってみて、その精巧さに驚くという盗掘専門の七ツ道具なども、やはりこの五代の頃に長安や洛陽あたりで作り出されたものであろう。

これから物語ろうとする永泰公主の墓の盗掘も亦この頃のことと見て誤りはないと思う。正確な言い方をすれば、永泰公主の墓は陝西《せんせい》省の乾県という町の近くの梁山という山の麓にあるが、おおまかに言って、先に述べた長安西方の大墳墓平原の西北端部に当たる地点だと思えばいい。長安から一枚の板のように広がっている大平原も、このあたりから次第に丘陵の波立ちが見られ始め、そうした丘の中で一番大きい丘に唐の高宗と則天武后を合葬した乾陵《けんりょう》がある。永泰公主の墓はその乾陵の東南部に当たり、乾陵のある山丘の麓に位置している。

できることなら、永泰公主の墓の盗掘の行なわれた時代も年月もはっきりと記したいが、残念なことに、それについての手懸りとなるものは何一つ残されていない。五代戦乱の頃、つまり今から千年程前の、とある年の、とある夜、――このようにこの盗掘事件を書き始めるしか仕方ないようだ。

盗掘団の首魁陳《しゅかいちん》は自分が眼を付けたその墳墓に誰が葬られているかということは知っていなかった。それとなく附近の部落の古老たちにも当たってみたが、誰もそうした知識の持合せはなかった。平原に点々と散らばっている土を盛り上げた墳墓の中で、それが特別目立っているというわけでもなかった。土饅頭式墳墓の中では大型に属する方ではあるが、特に際立って大きいというのでもない。

この附近で葬られている人物のはっきりしている墳墓と言えば乾陵だけである。ここに唐の高宗と則天武后が合葬されていることは誰にも知られており、平原のどんな遠くからでもこの山陵は望むことができた。長安の方からやって来ると、初めに二つの独立した丘が見えて来る。その丘はそれぞれ山頂に城壁の欠片《かけら》のような奇妙な突起物を持っている。乾陵の闕《けつ》であるが、この附近の部落の者たちは昔からそれを〝武則天の乳〟と呼び慣わしている。なるほど遠くから見るとその二つの丘は乳房のような恰好をして見える。突起物が乳首というわけである。更に近付いて行くと、やがて武則天の乳の向うにもう一つの丘が見えて来る。それが乾陵のある丘である。平原からは三つの独立した丘に見えるが、その丘に登ってみると、武則天の乳も乾陵も同じ一つの丘陵の上の三つの高所であることがわかる。

このように乾陵だけは葬られている人物がはっきりしているが、この乾陵だけにはいかなる盗掘者も手を付けない。この巨大な丘のどこに高宗と武則天が眠っているか見当が付かないし、たとえ地下の墓所の大体の在り場所の推定がたったとしても、百人や二百人の盗掘団では到底手に負える相手ではない。何千人かの人夫が何カ月かの日子をかけて、丘全体を崩してかからねばならぬだろう。

陳は併し、この乾陵の丘に何回か登っている。手に負えない相手であることは判っていても、何か手懸りでも摑めぬものでもないといった気持で、自然にこの丘へ足が向くのであった。武則天の乳から乾陵へかけて、昔は参道が作られてあったのであろうが、いまはどこも膝まで埋める雑草や蔓草《つるくさ》に覆われており、半壊れになった石人や石獣がそこここに立っていることで、僅かにそこに参道があったことが示されているだけである。もともと乾陵と言っても、そこに墓石一つあるわけではない。自然の丘全体が陵墓になっていて、山塊の内部のどこか奥深いところに一人の王者と一人の后妃の眠っている石の箱が匿《かく》されているというわけである。陳はいつも武則天の乳のところまで登って行くと、早くも自分の途方もない考えを放棄しなければならなかった。

併し、ここに登ったことは、陳にとって強ち《あなが》無駄なことではなかった。その丘陵からは一望のもとに大平原が見渡せるが、この春そこに登った時、何十となく平原に散らばっている土饅頭の中で、乾陵の丘の麓にある一つの墳墓だけが、その時陳には他とは全く違ったものに見えた。陳は思わず声を口から出しそうになった。あの土饅頭はいま自分が立っているこの乾陵の陪陵《ばいりょう》ではないかと思った。乾陵を護り、乾陵に奉仕するために、乾陵の近くに葬られた貴人の墓ではないかという気がしたのである。そう思ってみると、しきりにそう思われて来た。乾陵ほどの大きい陵墓が陪陵を持たない筈はなかったし、陪陵を持っているなら、その位置から判断して、いま自分が眼を付けている麓の墳墓が、それに当たるものとしか考えられなかった。

陳は急に眼を輝かすと、なおも執拗に平原をねめ廻していた。乾陵が自分の立っている一つの丘からはみ出して、急に平原に裾を拡げた大きいものとして感じられて来た。欲を言えば、いま自分が眼を付けている土饅頭のほかに、もう一つ別の土饅頭を、それと対称的な反対の場所に欲しかった。そうすると、乾陵というとてつもなく大きい陵墓の結構が、もっと形を整えたきちんとしたものになって来る筈であった。併し、この陳の望みは適《かな》えられず、それらしいものを発見することはできなかった。

併し、陳は自分が眼を付けている土饅頭が乾陵の陪陵であるという考えを棄てることはできなかった。若し陪陵であるとすると、そこに眠っている人物は皇族か貴族であるに違いなかった。陳には急にその土饅頭が他のものとは違って、妖しく光り輝いたものに見えて来た。雑草で覆い尽くされているが、その雑草の織りなしている色合まで、やわらかく気品があって、由緒ありげに見えた。石棺の蓋を開く時の、盗掘者だけの知っている期待と昂奮が、陳の五体に蘇《よみがえ》って来た。古い澱んだ空気の中に置かれている財宝の数々、碧玉の頸飾《くびかざ》りや金の象嵌《ぞうがん》のある短刀。

陳は乾陵の丘を降りると、その麓をぐるりと廻り、平原の中へ足を踏み入れ、目指すその土饅頭のところへ近付いて行った。往還から程遠からぬ地点にあることが、仕事をする場合、多少厄介だとは思われたが、何年も人の踏み込んだことがないように、あたりは丈高い雑草のはびこるままに任せられてあった。

陳は墳墓の周囲を倦《あ》かずうろつき廻った。土饅頭の前方十間程のところに方形の石が埋まっているのを見付けた。往時はこうした石が一面に敷き詰められてあったのであって、その一箇だけがいまに残っているものかも知れなかった。墳墓の土を盛り上げたその形もいいと思った。頂の部分もいまは何の変哲もなく円味を帯びているが、往時は椀《わん》を逆しまにしたように、頂に近い部分にはくびれができていたように思われる。陳は沓《くつ》で墳墓の裾に当たる部分の土を蹴ってみたり、土を手ですくい上げてみたり、何回も土饅頭の周りを廻ったり、はてはその上に登ってみたりして、さんざんそんなことをした挙句、その墳墓の正面に当たると思われる原野を、少し無気力と思われる歩き方で、ゆっくりと歩いて行った。

陳は歩きながら、いつも盗掘を決意した時の凄い顔をしていた。頬の線が固くなり眼が坐っていた。これなら掘れると思った。幸いにまだ盗掘された形跡はない。乾陵の陪陵であるとすると、相当なものが詰まっている筈である。十人の手間で七夜かかるだろう。幾ら戦乱の時代であるとは言え、盗掘が判ればやはり死罪は免れ得ない。仕事には深夜の限られた時間しか当てることはできなかった。

陳は、併し、そうしたことは些かも怖れてはいなかった。十六歳の時盗掘の手伝いをしたのを皮切りに、四十歳の今日までに算《かぞ》えきれぬ程の墓を手がけており、一度もへまをやったことはなかった。仲間の間では、どんな墓でも陳に睨《にら》まれると、地中の石棺が自分から自然に浮かび上がって来るとさえ言われていた。陳は思いつくと、すぐそれを実行に移さずにはいられない性格だった。早速今夜にでも人を集めて、準備の打合せをし、完全に月の欠ける日を待って、手を付けようと思った。幸いに長安からは半日行程の距離にあったし、時節柄昼間でもめったに人の通らぬ地帯であった。附近に小さい部落が五つ六つあるが、いずれも食うや食わずの貧乏部落で、若者は兵に徴され、部落に居るのは老人と女子供許りである。陳もそうした部落の一つの出で、長年長安に出ていたが、時勢が物騒になったこの二、三年、自分の生まれた部落に居ることの方が多い。

仲間はいつでも集められる仕組になっていた。どの部落にも、陳と長年一緒に仕事をして来た連中が居た。その多くは老人だったが、仕事は慣れてもいたし手堅くもあった。若い連中と違って口も固かった。幾ら困っても泥棒や殺人はしなかった。盗掘も泥棒以外の何ものでもなかったが、みんな不思議に己が仕事には盗みの意識は持っていなかった。地中に埋もれている持主のない物を掘り出すのであり、それのどこが悪い？ といった妙に開き直った気持があった。併し、口には出さないが、死者の墓をあばくのであるから気持のいい筈はなかった。盗掘者たちは、お互いの仲間にだけそれと判る一種独特の暗い眼の色をしていた。人と話す場合も、申し合わせたように声は低く、あまり笑うことはなかった。

竪穴《たてあな》を掘るのに三夜を要した。大抵の場合、土を盛り上げてある下は墓道になっていて、肝腎の石棺の収められてある墓室は土饅頭から反《そ》れた場所にあった。盗掘者たちの眼をごまかすために、墓道も、甬道《ようどう》も、墓室も、地上の土饅頭とは全く無関係な場所にある場合もあり、中には墓道や甬道が折れ曲がり、思いがけないところに墓室の扉があって、その扉を開けると、そこからまた下へと階段が付いていて、そこを伝わって行って、漸くにして墓室へ辿り着くことのできる場合もあった。こうなると、その墓室の所在を突き止めるだけでも容易ではなく、まして地下の副葬品を地上に運び出すとなると大変な仕事であった。勿論こうした墓は貴族か富裕者の墓の場合に限られていたが、全く盗掘者のあることを予想した上での措置であった。

盗掘の仕事が順調に行くか、予想を絶した難事業になるかは、地上においての最初の鍬《くわ》の入れ方であった。七十歳で腰が折れ曲がった格《かく》が、この方面では腕利きとして知られていた。いつも最初の夜は、格ひとりが忙しかった。何十回となく地面に這いつくばった。土饅頭のあちこちにぴたりと身を伏せて、顔を横向けにし、地底から聞こえて来る声を聞き取ろうとでもするような仕種《しぐさ》をとった。何回も眼を開いたり、眼を瞑《つむ》ったりした時の提燈の光の中に浮かび出ている格の顔は、仲間たちには例外なく頼もしく、神秘的なものとして映った。

──ここの下が墓道じゃろうが。

格の口から言葉が洩れると、一同はさっと色めき立った。実際に十のうち七、八まで格の言うことは当たっていた。大抵そこを掘って行くと、地下深く匿されている墓道や甬道の空洞へと突き当たった。

こんどの場合も、格は目指す墳墓の周辺に何回となく這いつくばった挙句に、土饅頭の東北側の裾に身を横たえた。そして顔をあちこちに向けて、左の耳と右の耳を交替に地面に擦りつけていたが、やがて、

「ここから掘り下げてみな。どのくらいか深さの程は判らねえが、天窓があるに違いねえ。──素直な墓じゃが」

と言った。素直な墓というのは盗掘者たちの眼をごまかすための特別の細工を施していない墓ということであった。盗掘者たちは毎晩のように夜更けてから仕事場へ出掛けて行

った。十人が交替で、三夜ぶっつづけに穴を掘った。格の言った地点から真直ぐに四十尺程掘り下げて行くと、天窓を覆っている三尺四方ぐらいの扁平な石に突き当たった。意外に墓所は深いところに造られてあったが、土饅頭の裾からその真下へかけて甬道が走っているところは、格の言ったように素直な墓かも知れなかった。石は重くて二人や三人の力では動かすことができなかったし、しかも狭い竪穴の中の作業だったので、それを起して、天窓の口を開けるだけに二夜を費した。漸くにして天窓の口を開けた時は、なお夜がしらむまでに多少の時間を残していた。すぐにも甬道の中に這入り込もうと言い出す仲間もあったが、陳はそれを制して、翌夜の仕事に廻した。穴から出ると、その穴の口を誰にも判らぬように塞《ふさ》いで、雑草で覆っておく仕事もあった。盗掘の仕事は時間の余裕を充分とっておくことが、失敗を防ぐこつであった。

いよいよ甬道の中へ這入り込むという夜は、曇った空の下を烈しい風の吹いている夜であった。盗掘者たちは作業衣を風にあおられながらどこからともなく仕事場へ集まって来た。寒くもなく暑くもない季節であった。提燈の光が闇の中で燈《とも》ったり消えたりしている。

陳は十人程の仲間を見廻すと、自分だけ抜けがけの利益を占めようとするような不心得を起さないように注意し、集まっている者の中でただ一人の女性である若い女と、背の高い若い男のところへ、それぞれ自分の顔を近付けて行くと、

「おめえら二人は見張り役だ」

と言った。女は陳の三番目の妻であり、若者は陳の弟であった。

「ほかの者はみんな墓へはいれ」

そして、陳はそれが首魁たる者の儀礼ででもあるかのように、提燈を片手に持って、自分が真先に身を屈めて、暗い穴の中へ体を落して行った。続いて三人の男たちがはいり、次に鍬やシャベルや槌《つち》や鶴嘴《つるはし》のような道具が運び入れられ、そのあとから残っている四人の男たちが、次々に穴の中に姿を消して行った。

男たちが墓の中へはいって行くと、地上の闇は深くなり、急に風の音だけが高く聞こえて来た。陳は自分の妻と自分の血を分けた弟とを、盗掘作業の見張り役として地上に残したわけであったが、この人選には陳らしい配慮があった。若し他の仲間を地上に残したら、天窓を覆っていた石をいつ再び倒されぬでもないという心配があった。幾ら信頼している仲間でも、人間である以上、いつ悪心が頭を擡《もた》げて来ないものでもなかった。天窓の覆いの石を倒すというただそれだけのことで、穴の中へはいっている者は再び陽の目を見ることはできなくなる筈であった。ものの十日もそのままにしておけば、盗掘者たちは一人残らず餓死者として墓穴の中に横たわってしまうだろう。財宝の尽《ことごと》くは裏切者一人の手にはいってしまうことになる。だから、盗掘者として墓の内部へはいって行く者たちは、いつも地上に残っている人物が誰であるかということに神経質であった。大抵の場合、仲間のうちの誰かの家族の者が見張役として召集されるのが普通だったが、併し、考えように依れば、これとて必ずしも安全とは言えなかった。亭主を呪っている女房も居れば、父を憎んでいる息子も居た。陳が自分の妻と弟との二人を見張役に選んだことは、他の仲間にも充分納得の行く人選であった。陳の若い妻は結構陳と仲よくやっていたし、それに気立てがよくて、誰にも優しかった。弟の方は幼い時から陳が親代りになって育てて来てお り、これも亦、悪党の陳と同じ血を分けた兄弟とは思われない程律義で、誰にも評判がよかった。

併し、陳のこの選択は、盗掘者たちが考えたほど、必ずしも正しいものとは言えなかった。地上に二人だけ残された時、女は闇の中を手探りで若者のところへ身を寄せて来ると、

「蓋をおしよ。思いきって」

そう低い声で言った。若者はぎょっとした。兄の陳から見張番の役を仰せつかった瞬間から、若者も亦その怖ろしいことを考えていたのであった。若者は一年程前から女と通じていた。兄の妻ではあったが、兄嫁といった感じはなかった。もともと陳がその身寄りのないことにつけ込んで、誘拐《ゆうかい》同様に連れて来て、自由にした女であった。

若者はざわざわ音を立てながら草叢《くさむら》の中にはいって行った。女はすぐ追って来た。

「おやりよ」

女はまた囁《ささや》いた。女も亦自分の口から出している言葉の怖ろしさを感じているのか、瘦せぎすの体を震わせていた。女は震えながらも熱を帯びた言い方で訴えた。二人のことはいまは陳に勘づかれていないが、どうせ遅かれ早かれ判ってしまうだろう。その時二人がどのような目に遇うか考えてみるがいい。墓穴の中に閉じ込められてしまうのはこっちなのだ。そうでなかったら二人共どんな殺され方をするか判ったものではない。あんたはまだ若いのだ。こんな墓泥棒の仲間にはいっていなくても立派に食べて行ける。黄河を渡った向うの田舎でわたしは生まれたのだ。そこは平穏でみんな静かないい生活を営んでいる。そこへ行って二人で楽しい世帯を持とうではないか。老人たちを一緒に閉じ込めてしまうのは可哀そうだが、あの人たちもこれまでかなり悪事を働いて来ているし、それにもう老先は短いのだ。そっとしておいても、何年もしないうちに死んでしまう人たちなのだから、結局のところは二、三年先に墓穴へはいって貰うだけの話ではないか。

若者は女の言葉を聞きながら、自分は自分で別のことを考えていた。兄貴は生まれ付きの悪党で随分非道なこともして来たし、自分も時にはひどい仕打ちも受けたが、併し、兄貴があったお蔭で自分はこれまで生きて来られたのだ。だが、女の言うように、このままでいたら、いつか自分は女と一緒に兄貴に殺されるようなことになるに決まっている。女も自分も、兄貴の居る限り幸福な暮しはできないのだ。若者は自分の体の方が、女より烈しく震え出していることを知った。若者は歩き出した。女は体をぴったり寄せつけたまま

一緒に歩いて来た。依然として平原には風が鳴っていた。若者は穴のあるところまで来ると、

「覗いて来る」

ただ一言そう言って身を屈めた。女は若者が自分が言ったことを遂行するために穴の中へ降りて行くと思ったのか、黙って息を詰めていた。穴には下へ降りて行くための足場が刻まれてあった。若者はそれに足を掛けては下へ下へと身を沈めて行った。そして天窓のところまで降りて来て、横手に立て掛けてある覆いの石に手が触れると、若者は反射的にそれから手をはなした。悪寒が若者の体を奔《はし》った。

そこから下には縄梯子《なわばしご》が垂れていた。地下の甬道へ降りるのはそれに依る以外仕方なかった。若者は縄梯子に足を掛けて、再びより下方へと自分の体を沈めて行った。若者は地下の墓場へ降り立った時初めて吻《ほっ》として人心地を取り戻した。若者が見張りの役を放棄して地下の仕事場へ降りて来たのは、自分の体を地上に置くことが堪《たま》らなく怖かったからである。いつでも天窓の石の蓋を横に倒す気持を起しかねなかった。立て掛けてある石を横に倒すことは、ほんの僅かの力で一瞬にしてできることであった。

地底は氷の箱の中にでもはいったようにひどく寒かった。石を割る音が聞こえている。何とも言えず陰気な厭な音だ。その音の聞こえる方へ、若者は手探りで歩いて行った。床には水が溜まっている。水のために足は感覚を失うほど冷たかった。何程も行かないうち

に、にぶい光が辺りに漂い始めた。幾つかの提燈が甬道の両側の壁に掛けられ、幾らか仕事場らしい雰囲気を作り出していた。盗掘者たちは一箇処に固まっていたが、いっせいに若者の方を振り返った。

「おどかすなよ」

一人が言った。陳も亦怯えた眼を若者に向けたが、弟と知ると、何も言わなかった。そこには脚榻《きゃたつ》が組まれてあって、その上で仲間の一人が大きな槌を揮っていた。その時気付いたのだが、参道はそこで石の扉に依って遮られていた。扉の向うが墓室になっている模様である。

「よし、俺が替わる。寒くてならねえ」

脚榻の上の人物は交替した。よいしょ、よいしょと、槌を打ち降ろす度に、低い掛声が不逞な破壊者の口から洩れている。石の扉はよほど頑丈に造られてあるものと見えて、小さい石の欠片《かけら》を辺りに飛ばすだけで、さゆるぎもしないようだった。次々に交替して、男たちは何回も脚榻の上に登って行った。青鬼や赤鬼が地獄で作業でもしているような恰好だった。

「おめえ、上がれ」

陳の声が若者にぶつけられた。若者はすぐ脚榻に登った。若者はどんなことでもしようと思った。じっとしていると、寒くて凍え死んでしまいそうだった。若者は仲間の持っている一番大きい槌を取り上げた。そんなでかいのは振り回せるものかと、誰かが言ったが、若者は脚榻から体を乗り出すようにして、それを大きく振り上げた。そして満身の力を籠めて振り降ろした。扉の一部が崩れる大きい音と一緒に、若者は反動で脚榻から投げ出されて、床の水溜まりの中に腰をついた。

若者が立ち上がった時、八人の仲間たちは次々に脚榻に登っては、扉の上部の破壊口から隣の墓室へと侵入しつつあった。男たちが幾つかの提燈を持って隣室へはいって行ったので、若者の居る甬道は急に暗くなった。若者も亦提燈の一つを持って、一番最後に自分が作った穴から隣の墓室へとはいって行った。小さい四角な部屋だった。部屋が狭いので、甬道よりここの方が幾らか明るかった。

なんだ、ここは前室じゃねえかとか、お隣さんだよとか、手数をかけやがるとか、いっせいにそんな言葉が男たちの口から飛び出した。なるほど石棺の置いてある場所はこの部屋のもう一つ隣の部屋らしかった。墓室は前室と後室の二つに分かれていた。

「おい、燈《あか》りを見せろ」

陳が呶鳴《どな》った。陳は部屋の中央に置かれてある四角な石の面を覗き込んでいた。そこには墓誌が刻まれてあった。

「おめえ、読めるだろう、読んでみろ。何と書いてある?」

陳が若者に言った。男たちはみなその石の面を覗き込んだが、若者を除いて、誰も文字の読める者はなかった。
——永泰公主、名は李仙蕙《りせんけい》、唐中宗の第七皇女。
そんな文字が最初に若者の眼にはいって来た。若者は陳のために、それを口に出して読んだ。
——久視元年郡主に封ぜられ、魏《ぎ》王武延基に嫁し、十七歳にして崩ず。
——初め長安の郊外に葬られるも、神竜元年則天武后薨《こう》じ、中宗復位するや、乾陵に陪
陵さる。
若者は石の面に刻まれているすべての文字を読んだわけではなかった。読める箇処もあ
れば、読めない箇処もあった。
「何かよくは知らんが、やっぱり乾陵の陪陵だな。——よおし」
陳はわが意を得たというような唸《うな》り方をすると、それから隣室との境の扉のところへ行
って、それに手で触っていたが、この方は簡単だ、一つ二つぶん殴ればすぐ開いてしまう
だろう、そんなことを言ってから、
「いいか、仕事は明日にする。あすひと晩かけて、根こそぎ運び出すんだ」
他の仲間たちもこれに異存はなかった。何はともあれ、誰も一刻も早く地上に出て、体
の震えだけを停めたかった。誰も彼も歯の根の合わぬ程がくがく震えている。陳の言葉で
一同は這入って来たと同じ穴から甬道へと出て、それからわれ先にと縄梯子に取りついて

行った。

盗掘者たちが地上に出た時、陳は女の名を呼んだ。闇の一部が動いて、女はすぐ近くの草叢の中から立ち上がって来た。若者は女の方は見ないで、仲間から少し遅れてひとりで歩いて行った。風は落ちたのか、先刻《さつき》までの烈しい風の音は聞こえなかった。途中で女が立ち停まって待っていた。

「だめね」

女は低い声でそれだけ言った。若者には女の態度が大胆に思われたので、すぐ話題を変えて、

「永泰公主というのを知っているか」

と、訊いてみた。

「ああ、あの則天武后の悪口を言って殺された——?」

その女の言葉で、若者もああ、そうだったかと思った。幼い時、彼も亦、誰からか永泰公主の話を聞いたことがあった。則天武后というのはこの界隈の人には〝武則天の乳〟で馴染《なじ》みの深い乾陵に葬られている女帝のことに他ならなかった。

その則天武后の孫娘が永泰公主であって、十七歳の時、祖母の武后の悪口を言い、武后の怒りに触れて、夫と共に鞭打たれて殺されてしまったという、そういう話が伝えられていた。永泰公主という若い妃の哀れな運命を物語っているというより、則天武后という男

勝りの女帝の、異常な性格を伝えるための話であった。若者も亦幼い頃この話を怖ろしい思いで聞いたことがあった。若者はいま自分たちが盗掘しようとしている墓が、他ならぬ薄命の唐の公女の眠っている場所であることを思うと、堪らなくこんどの仕事に気のすすまぬものを感じた。

若者は女のあとから歩いて行った。そして、地面を板で叩くような女の跫音《あしおと》を耳にしながら、いま盗掘団と一緒に暁闇の平原を歩いている女より、世の中にはもっと不幸な女も居たのだと思った。

翌夜は、平原に夕闇が立ちこめ始めると、盗掘者たちは永泰公主の墓の前に集まって来た。ゆうべのように風は吹いていなかったが、その代り、雨が落ちていた。朝から降ったり歇《や》んだりしていた雨が、暮方から本格的な降りになっていた。盗掘団の仲間たちは、地下の仕事場の寒さに耐えるために、しこたま着込んで、その上から雨合羽を羽織っていた。

誰も彼も同じように着脹《きぶく》れていて、提燈のにぶい光だけでは誰が誰とも区別が付かなかった。

「おめえ、見張ってろ」

陳は女に命じた。こんどはゆうべと違って女ひとりだった。地下の倉庫から品物を運び出すとなると、男手はひとつでも遊ばせておくわけには行かなかったのである。

陳が最初に穴の中にはいって行き、それに格が続いた。格は雨が降ると必ず痛み出すという左脚を先に穴の中に降ろし、それから時間をかけて不器用に体を落して行った。地下の空処を嗅《か》ぎ当てる時の生彩さはなかった。

若者は仲間の一番あとに続いた。若者が穴に這入るために身を屈めた時、

「だめね」

女の声が聞こえた。女は若者を使嗾《しそう》することはすっかり断念した風で、その短い言葉には諦めと自暴自棄的なものが入り混じっていた。それから、あすの晩行くから抱いておくれ、見付かったら見付かった時のことさ、とそんなことを囁いた。

若者は黙って穴の中へ這入って行った。雨が流れ込んでいるために、足場が崩れていて、よほど注意しないと、足を踏み外して、甬道の床までいっきに落下して行きそうだった。

甬道には、ゆうべの倍ほどの数の提燈が壁に掛けられてあった。ゆうべは暗くて判らなかったが、いまは甬道の内部がかなりはっきりと浮かび上がっている。単なる地下道ではなく、貴人の墓所らしく床は煉瓦《れんが》で畳まれ、両側の壁は壁画で埋められている。天窓は六つ、両側に小龕《がん》が四つずつある。六つある天窓の一つを格が嗅ぎ当て、そこへ竪穴をぶつけて、そこから盗掘者たちはしのび込んだというわけであった。甬道の一方は墓室につな

がり、他方は墓道へと通じている筈であるが、墓道へ通じている方は闇に吞み込まれていて、どのようになっているか見当は付かなかった。

若者は小龕の一つに近付いて行った。そこには夥《おびただ》しい数の人形が詰まっていた。彩釉陶《さいゆう》の男女の立俑《りつよう》、騎馬俑、三彩馬、そうしたもののほかに、恐らく日用品であったと思われる器や皿までが、雑然と押し込められてあった。そうしたものの何点かは龕から落ちて、床の上に転がっている。併し、こうした子供の玩具に類するものは盗掘者たちには魅力あるものではなかった。十七歳で不幸な果て方をした公主に対する、その周辺の者の思いやりが、こうしたものを副葬品に選んだものと思われた。

突然、煉瓦の壁の崩れる大きい音が、甬道の古い空気を震わせた。この音で、若者はわれに返ると、ゆうべ自分が作った石の扉の破壊口から隣室へと這入って行った。

そこもゆうべとは違って、幾つかの提燈の光で明るかったが、盗掘者たちの姿はなかった。後室との境の扉は大きく破壊され、そこら一面に煉瓦の欠片が飛び散っている。若者はそこから石棺の置かれてある墓室へと這入って行った。

そこへ一歩足を踏み入れた瞬間、若者は思わず息を飲んで立ち尽した。部屋には長方形の大きな石槨《せっかく》が置かれてあり、周囲の壁は一面に壁画で飾られてあった。若者は陳に連れられて、算えきれない程古い墓へ忍び込んでいるが、このように美しく飾られた豪華な墓室を見たことはなかった。

盗掘者たちは思い思いに石槨の周囲に散らばり、いずれも背を曲げて、いまや床の上に置かれてある副葬品の点検に余念なかった。副葬品はその殆どが箱にはいっていたが、箱がすっかり腐朽しているので、その内容物を取り出すのは造作ないことだった。

若者は仕事に取りかかる前に、石槨の周囲を一巡しながら、四壁の壁画を見て廻った。陳を初め他の盗掘者たちは、それぞれ自分の仕事に忙しかったので、若者が何もしていなくても、それを咎《とが》める者はなかった。若者はゆっくりと壁画を見て廻った。どこにも侍女や宮女の群れが描かれてある。東壁の壁画の前で、若者は他の壁に対した時より多少長い時間を費した。中央に赤い柱が立っていて、その左手に七人、右手に九人の侍女や宮女たちが、それぞれ手に思い思いの物を捧げ持って立っている。若者はその壁画を見ながら、これらの女たちはみな永泰公主に仕えているのであろうかと思った。若者は侍女たちの一人に、ふと地上で雨に打たれながら見張番をしている女の横顔を感じた。

天井を仰いでみると、そこにも何か描かれてあった。天井までは提燈の光が届いていないので、その図柄をはっきりと確めることはできなかったが、星が一面に散らばっていることと、太陽や月や鳥や兎などが描かれてあるのが見られた。夜空が描かれているのだな、と若者は思った。大きな石槨にも亦人物、花鳥、動物などが線で刻まれてある。

「おぬし、ここへ上がって蓋を開けろ」

頭上で陳の呶鳴り声が聞こえた。見ると、陳は石槨の上に立ちはだかって、大きな手袋をはめた手を左右に振り廻していた。若者には陳がなぜ手を振り廻しているか判らなかったが、烈しい昂奮が彼を襲っていることだけは明らかだった。若者が石槨の上に上がる前に、盗掘者の一人が上がって行った。更にまた一人が上がった。他の者たちは石槨の四周に取りつき、石槨の蓋を開ける作業に下から手を貸した。石槨の蓋は梃子《てこ》でも動かぬように見えた。

「なんだ、ふざけやがって、てめえ、見物しているのか」

若者は陳の二度目の吸声を浴びた。そこで、若者は初めてその作業に手を貸した。やがて石槨の重い石の蓋は一尺ほど、その位置をずらした。

陳は提燈の光で内部を照らすようにしていたが、

「頸飾りがある！」

そう呻くように、ずしりと重みのある声で言った。そしてすぐ、

「おめえ、はいれ！」

陳は自分と同じように石槨の蓋の上に攀《よ》じ上っている仲間に言った。

「お、おれはだめだ」

仲間ははっきりと拒否した。陳は次々に仲間の名を口に出して行ったが、誰もおいそれと石槨の内部へはいることを承知する者はなかった。柄になくみんな尻込みした。格が言った。

「よしなよ、な、それより、これだけの物を外に運び出すことの方が大切だ。外へ運び出して、家まで運ばなければならぬ。それだけで夜が明けかねねえ！」

すると、他の仲間が口々に、早くしないと運びきれないだろうとか、泥濘《ぬかるみ》でくるまが動かないだろうとか、いろいろなことを言い出した。実際に盗掘者たちに依って墓室内のあちこちに集められている副葬品の量は夥しいものであった。大きなものでは、ひと抱えもありそうな花瓶もあれば、何がはいっているか判らぬ櫃《ひつ》もあった。卓もあれば、壺もある。壺となると一つや二つではなかった。到るところにごろごろしている。

陳は諦めきれぬらしく、何回も提燈をかざして石槨の内部を覗き込んだ。その陳の顔に眼を当てていて、ああ、厭だと、若者は思った。自分と血を分けた兄を、若者が心の底から厭だと思ったのはこの時が初めてであった。

陳が石槨から降りると、すぐ一同は搬出作業にかかった。墓室から前室へ、更に甬道へと、盗掘者たちは荷物を抱えて何回も往復した。ゆうべ感じた寒さは、誰も感じなかった。途中で盗掘者たちは、墓室から物を運び出す作業を中止して、甬道まで移動させたものを地上へ運び出す作業に取りかかった。この方が、品物を確実に自分の手の中に収めるという意味では賢明であった。

盗掘者の何人かは縄梯子を伝わって地上へ出て、再び甬道へ降りて来て、それからまた地上へと上がって行った。そんなことを三、四回繰り返したが、地下から地上へ運び出された品物の数は知れたものだった。

「いっこうに、はかが行かねえな」

陳はそんなことを言って、一同に短い休憩をとることを命じた。みんな甬道の水溜りの中に腰を降ろした。その時、上の天窓のところから突然女の声が降って来た。

「馬の嘶《いなな》きが聞こえる。十頭や二十頭じゃないよ」

陳は立ち上がると、縄梯子に手を掛けて、

「どっちの方角だ？」

「東からも、西からも」

「一体、なんだ、それは？」

「判んないの。――合戦じゃないかと思う。北からも、南からも聞こえる」

盗掘者たちは全部立ち上がって、みんな天窓の下に集まった。

「みんな、すぐ出ておいで。逃げた方が安全だよ。――今なら、まだ逃げられる」

女の声は、それで聞こえなくなった。

「そうか、よし」

陳は言って、

「火の始末をしてから、みんな、外へ出ろ、そして、穴を塞いでから散るんだ」

こうした場合の陳の命令の降し方はてきぱきしていた。

盗掘者たちはもう一度前室や墓室へ引き返して、壁にかけてある提燈を外した。みんな言い合わせたように、縄梯子の下まで来て、そこで手に持っている提燈の火を消した。再び真暗になった甬道から、一人一人縄梯子を伝わって這い上がって行った。

若者は一番最後に地上へ出た。そして地下から出て来た仲間たちの顔を改めていたが、兄の陳の顔のないことに気付いた。なるほど軍馬の嘶きが聞こえている。しかも遠いところではない。大きな兵団が平原のあちこちに屯《たむろ》でもしつつあるような気配である。雨勢はさっきより烈しくなっている。

若者は再び穴の中に身を沈めると、天窓のところまで降りて行った。下を覗いたが、甬道は真暗だった。若者は兄の陳の来るのを待っていた。地上に出ない以上、陳は地下の墓室にいる筈であった。何をしているのであろうかと思った。

そうしているうちに、甬道の闇に微かな光が射して来て、それが次第に明るさを増して来たと思うと、やがて、そこに陳の姿が浮かび上がって来た。陳は手に提燈を持ったまま、顔を仰向けて、若者の方を見上げると、

「誰だ、そこに居るのは？　すぐ上がって行く」

と、言った。若者は返事をしなかった。

提燈の光が闇の三分の一を区切って明るくしていたが、その明るいところでは、陳は自分の手にしているものを改めている風だったが、すぐそうした仕種を打ち切ると、縄梯子

に手を掛けた。

陳が提燈の光の中で改めたものが一本の頸飾りであることを知った時、若者はさっき墓室の中で感じたと同じ厭なものを兄に感じた。その厭な思いは忽ちにして怒りに変わって行った。俱《とも》に天を戴かずといったような、どんなことをしても許すことのできぬ怒りであった。陳はあの石槨の中にはいったのだ。不幸な若い公主がいまは静かに眠っているその眠りの中に土足で踏み込んだのである。そして頸飾りを奪って来たのにちがいない。

若者は自分でも知らないうちに石の蓋に手を掛けていた。次の瞬間、石の蓋はさして大きな音も立てないで天窓の上に倒れ、そして、そこを覆った。腕利きの職人が作った器物の蓋のように、寸分の狂いのない覆い方であった。若者は緩慢な動作で地上に這い出たが、そこには盗掘者たちの姿はなかった。みんな逃げてしまったものと思われた。ふいに女が近寄って来た。女は若者が為したことを知っているのか、知らないのか、黙って、大きなシャベルで土を穴の中に落し始めた。篠つく雨の中に、盛んに矢叫《やたけ》びの音が聞こえ始めたのは、この頃からであった。

永泰公主の墓は、一九六〇年八月に新中国の陝西省文物管理委員会の考古学部門の学者たちの手で発掘された。

墓は盗掘されてあったが、それでもなお千数百点の副葬品が納められてあった。盗掘者の進入路となった天窓の下からは盗掘者のものらしい脛骨《けいこつ》が一本発見され、その附近には副葬品の宝石が散らばっていた。

夥しい数の副葬品もさることながら、この墓の発掘に依って最大の収穫は壁画であった。甬道の壁画のうち西壁のものは殆ど剝落《はくらく》していたが、東壁は比較的よく残っていた。墓の後室の四壁の壁画もその大部分が剝げ落ちていたが、僅かに東壁のみが旧態を偲《しの》ぶに足るものを残していた。

壁画はいずれも、線描に於ても、彩色に於ても、構図に於ても、空間の処理に於ても、非常に優れたものであり、唐代絵画史の上での貴重な資料であるとされている。壁画の剝落の烈しいことは、盗掘者の進入路から雨水や湿気がはいり込んだためで、甬道をも、墓室をも埃が厚く覆っていたと、発掘に立ち会った学者の一人は報告している。

永泰公主は夫武延基、兄召王重潤等と共に則天武后の逆鱗《げきりん》にふれて殺され、父の中宗が即位してから、三人とも追封され、長安郊外の最初の墓所から梁山山麓に改葬されたのであるが、王や公主の墓で陵と呼ばれるのは古来その例を見ぬ特殊なこととされている。父中宗の公主の死への哀惜がいかに甚だしかったかを示すものと思われる。

古代ペンジケント

私たち一行七人は、サマルカンド滞在中一日を割《さ》いて、六〇キロ離れているペンジケントという小さい町に、目下発掘中の古代ペンジケントの遺跡を見に行った。私はその遺跡がソグド人が経営した八世紀の城郭都市であるくらいの知識しか持ち合せていなかった。ただはるばる西トルキスタンの一隅までやって来たのだから、その序《ついで》に古代都市の遺跡が見られるなら見ておこうといった気持だったのである。

地図で見ると、ペンジケントはパミール高原のそれぞれが氷河を持った山塊群の端が漸く平原の中に没しようとするその裾にあって、山襞《やまひだ》の一つにこっそりと匿《かく》されているような町である。実際に行ってみると、三方を雪を頂いた山脈で囲まれている小さな町ではあったが、パミールの奥から流れ出ているザラフシャン川に沿っていて、陽の光も明るく、町を埋めている樹木を絶えず爽かな風が動かしている美しい町であった。

古代ペンジケントの遺跡は、現在のペンジケントをすぐ眼下に見降す丘陵の上にあった。丘陵といっても、それは低地にある現在のペンジケントの町から眺めた時の感じであって、いざその丘陵の上に登ってみると、丘陵などといったようなものでなく、トルキスタン山脈の支脈まで遮《さえぎ》るもののない広大な台地であった。

その台地の一隅に古代ペンジケントの都市が、その骸《むくろ》を剝《む》き出しにされてあった。一木一草も生えていない無数の塹壕《ざんごう》が身を寄せ合って並んでいるような眺めである。

私たちはひと塊りになって歩いて行った。市場の横を通り、隊商広場を斜めに突切り、商店街にはいって、メインストリートだったというゆるい坂道を上って行った。商店街には手工業の細工ものの売場もあれば、食料品を売っていた店もあった。そういう店があるといっても、勿論私たちにそれが判る筈はなかった。モスクワからずっと私たちについて来ている通訳のロシア人の青年が説明するのを、私たちはただ黙ってそれを鵜呑《うの》みにして聞いているだけのことであり、通訳の青年にしても、彼自身がそうした知識を持ち合せている筈はなかった。彼は彼で、自分の横に並んでいるタジク人の若者が口から出す言葉を、たどたどしい日本語にうつしているだけのことであった。

私たちはいつからその案内人であるタジクの若者が私たちと一緒になったか知らなかった。気が付いた時、彼はもうずいぶん前から私たちと一緒に歩いているような、そんな歩き方で歩いていた。色の黒い瘦せぎすの青年で、躰付きも顔も日本人とよく似ていた。髪も黒かった。黒いズボンを穿《は》き、タイなしの色ワイシャツの上にかなり疲れている上着を纏《まと》っている。彼は説明しようとして立ち止まった時、私たちの一行の誰かが遅れていることに気付くと、神経質そうな眼を光らせて、遅れている者が追い付いて来るまで説明するのをさし控えていた。

商店街から少し離れた小高いところに貴族の住宅と王宮があった。王宮には宮殿式の部屋が四十並んでいた。その辺りの土はいくらか白っぽくなっていて、疎《まば》らに雑草が生えている。しかし、王宮にしても、商店街にしても、住宅地にしても、私たちには同じように塹壕以外の何ものにも見えなかった。私たちは古代ペンジケントの遺跡の中を当てもなく三十分程歩き回り、それぞれが一、二個ずつの陶片を拾い、バゾリスタンという小さい白い草花を摘んで、その遺跡見物に終止符を打った。

私たちはそれから現在のペンジケントの町へ降りて行った。そして町の小さい博物館に行き、五十年配の館長と握手し、館内を一巡して、遺跡から出たという壁画と出土品を見、それから風通しのいい部屋へ招じ入れられて、そこでお茶をご馳走になった。

館長は私たちと一緒にお茶を飲んだが、やがて自分は所用があって近くの部落まで行かねばならぬので、これで失礼する。遺跡発掘の仕事を長年手伝っている町の青年が、今日みなさんを遺跡にご案内したが、もし発掘について質問があったら、彼に訊いて戴きたい。彼は本職はタイル業であるが、考古学に趣味を持ち、ここの発掘が始まってから今日まで十年以上も、調査隊の手伝いをし、本職の考古学者も及ばぬほどの知識と見識を持っている。館長はそうタジクの若者を私たちに紹介すると、部屋を出て行った。

館長が紹介している間も、アマチュア考古学者であり、タイル屋である青年はにこりともしないで、少し傲然《ごうぜん》とした感じで、身を反らして煙草を喫《の》んでいた。

私たちは彼に、古代ペンジケント発掘の意義と、出土品の価値について、極く大体のことを話して貰うように通訳を通して頼んだ。そうすることが礼儀でもあり、実際にまた古代ペンジケントの廃墟の上に立ったのであるから、それについての総括的な知識を持ち帰りたくもあった。若者はすぐ口を開いた。彼は卓の上に肘《ひじ》をつき、顔の前で両手を組み合せ、その組み合せた手に眼を当てながら喋り始めた。通訳のロシア青年へ自分の話を渡した時だけ、彼は私たちの方へ冷たく光る視線を投げるが、すぐまたそれを自分の組み合せた手許へ返していた。

――私はこのペンジケントに生れ、ここで育った者です。ご存じのように現在のペンジケントはザラフシャン川の河床に位置しています。この町からザラフシャン、トルキスタン両山脈が見えますが、その二つがぶつかり合っているところの氷河から、このザラフシャン川は流れ出し、長い峡谷を形成し、平野へはいってオアシス地帯を作り、そこにサマルカンド、ブハラといった大都市を育てています。人類に裨益《ひえき》すること多い美しい川でありますが、ひと度暴れると怖ろしい川になります。私の物心ついてからは洪水はありませんが、遠い過去においては、この町は何回か水禍に遭っております。

こういう場所にペンジケントという町があるということに、どこか不自然なものをお感じになりませんか。しかし、私たちの祖先はもう何百年もここに住みついて来ております。尤《もっと》も紀元十世紀頃のペルシャの記録に拠ると、ペンジケントはこれより更に何十キロか上流の地点にありました。その上流のペンジケントはいま土中に埋まっており、その位置もはっきりしていて、その発掘は考古学者の興味をそそるものですが、まだ当分手は付けられぬと思います。とにかく、そこからどうしてわれわれの祖先が現在のところに移ったかについては、歴史は記述されたものとしては何も語っておりません。土中に埋まっている遺物が陽の光に当るまで、私たちは待たなければなりません。――え？　掘ったら判るかとおっしゃるんですか。そりゃ判ります。物が詰まっている限りは判るだろうと思いますね。

まあ、その問題は姑《しばら》く措《お》きまして、今日ごらんになった古代ペンジケントの遺跡ですが、私たちの子供の時はあそこには城壁の欠片《かけら》と塔がありまして、よくみんなで遊びに行ったものです。むかし城か何かあったということは城壁の欠片や塔のあることからも判りますが、いつ頃の城か、どんな城か、そうしたことはいっさい判っていませんでした。村の大人たちはみな砦《とりで》か何かがあったくらいにしか考えていなかったと思います。

それなのに、この丘がどうして考古学界の注目を浴びるようになったか、——そのことをお話しする前に、この古代ペンジケントに関する歴史について簡単に申し上げておきましょう。

このザラフシャン川流域のオアシス地帯に最初定着した民族はソグド人であります。ソグド人は現在の私たちタジク人の先祖であり、一部のウズベク人の先祖でもあります。六世紀から八世紀の頃は、ソグド人たちの聚落《しゅうらく》はまだ一つの国家には統一されておらず、都市とそれに従属する地域が、それぞれ一つの小所領を形成していたに過ぎません。侯国というのはこれであります。ザラフシャン川の流域には幾つかの侯国がありました。ペンジケントもその一つでありますが、ほかにサマルカンド、ブハラといった侯国があり、他民族の侵略に対抗するために互いに同盟を結んでおりました。ペンジケントはサマルカンド、マイムルグ、その他の侯国とザラフシャン河谷同盟といったものを結んでおりました。この同盟のほかにブハラを中心に、やはりブハラ同盟といったものもできていたようであります。

現在ウズベク人はウズベク語、タジク人はタジク語を使っておりますが、その頃はソグド人はみなソグド語を使っておりました。そのソグド語が今日どうして失くなってしまったかの秘密は、残念ながらまだ解決されておりません。またソグド人たちはソグド文字を使っておりましたが、これまたすっかり死に絶えてしまって、地上から姿を消してしまいました。このソグド語が、不思議な、どこの国の文字とも判らぬ文字としてこの地上に現われて来たのは、二十世紀になってからであります。最初中国領トルキスタンで出土した経典の中に発見され、次にやはり同じ地方の古道に沿った廃墟から出て来た古文書の中に見付かりました。また北蒙古の古代ウイグルの首都の廃墟の記功碑にも同じ文字が刻まれてありました。やがてこれらはソグド文字として学者たちに依って解読されるようになりましたが、これでも判るように往古ソグド語は世界的通商路に沿って遠く極東まで分布していたのであります。

その頃のソグド人の社会はまだ封建制下にははいっていず、奴隷社会から封建制への移行期にありましたが、ソグド語の分布に依っても判るように商業は殷盛《いんせい》を極め、それぞれの侯国は富み、さして異民族の襲撃を受けることもなく、まあ平穏無事な生活を営んでいたと言っていいと思います。今日みなさんがごらんになった古代ペンジケントの遺跡こそ、その頃のペンジケント侯国の跡であります。

ところがソグド人たちの平和な生活は七世紀の終りから八世紀へかけてのアラブの侵入に依って打ち破られてしまいました。ムハメッドによってアラブが国家として統一されたのは、七世紀の二〇年代で、新国家アラブの誕生と共に、この強烈な回教信奉者たちに依って固められている軍隊の他国への遠征は始まります。

アラブの軍隊が中央アジアへ姿を初めて現わしたのは七〇年代で、それから毎年のように侵略は行われ、八世紀になるとアラブの大軍はこの地方に駐屯するようになり、ソグド人の定着地帯を完全にその支配下に置くようになりました。

古代ペンジケントの領主デワシュチチが住民全部を引き連れ、永年経営したペンジケントの城邑《じょうゆう》を棄てるという事件が起こったのもこの頃であります。古書はこの事件に関して極く僅かしか伝えておりませんが、言うまでもなく彼等はアラブの圧政に耐えかねて新天地を他に求めようとしたのでありましょう。デワシュチチに率いられて己が城邑から出たペンジケントの市民たちは、アブガル城という山の中の城にはいり、アラブの包囲軍と闘います。しかし、結局はアラブの大軍に抗すべくもなく、領主デワシュチチはアラブ駐屯軍の長官との会見を条件にしてひとり城を出ます。そして彼は捕えられて殺され、当時のアラブの習慣に依って首はイラクへ、左手は敵の司令官のもとに送られてしまいました。領主を失ったペンジケント市民の運命が悲惨を極めたものであったことは申すまでもないことでありましょう。市民は百家族の助命を歎願して降伏しました。助命を歎願した百家族の者の生命が安全であったかどうか、そのことは判っておりません。

以上のことだけがアラビヤの史家タバリーに依って明らかにされている事件の全貌であります。

古代ペンジケントがどこにあったか、彼等は正確には何のために城を出たか、またペンジケントの市民たちの悲劇的な終焉の地であるアブガル城という山城はどこであるか、そうしたいっさいのことは長い間謎として残されていたのであります。

勿論、こうしたアラビヤの史家に依って記述されている歴史も、一部の専門家だけが知っていたことで、私の子供の頃は、町の大人たちも自分たちの祖先の歴史については何も知らなかったのではないかと思います。

申し忘れましたが、ペンジケント市民の悲劇に前後して、丁度同じ頃サマルカンドの市民もまた己が城邑を棄ててパミールの向う側のフェルガナ盆地のホージェントに移住を企てております。これまたアラブの追跡するところとなり、激戦の果てに数千のソグド人が殺され、助かったのは中国から帰還したばかりのソグド商人四百人だけであったと、タバリーは記しています。デワシュチチがペンジケントを棄てたこととの間にいかなる関連があるか、これまた非常に面白い問題でありますが、これも大きい謎として残されておりました。

――一九三三年に、いまから三十二年ほど前のことでありますが、ここから六〇キロ上流にあるハイラバート村の牧夫が附近のムグ山の山頂で得体の知れぬ文字の書かれた棒切れを発見しました。これは一つの大きな事件でありました。調査の結果その棒切れの文字がソグド文字であることが判明すると、学界は色めき立ちました。と言うのも、ソグド文字は先に申しましたように中国領の辺境地帯や蒙古で発見され、解読できるようになっていましたが、肝腎のソグド人の定着地帯からは一個も発見されていなかったからであります。

その年の秋、ソ連邦科学アカデミーは、A・A・フレイマンを長とする考古学調査隊を組織しました。調査隊は晩秋の悪条件のもとでムグ山頂で発掘を遂行し、ために、ここがペンジケント市民終焉の地アブガル城であることが判明し、夥《おびただ》しい数の貴重な資料を掘り出すことができました。そしてこれがきっかけとなって、考古学者たちは、今日みなさんがごらんになった丘を古代ペンジケントの故地と想定し、その発掘にかかりました。これに依ってここが古代ペンジケントの遺跡であるということが判明し、しかも都市全部が殆ど完全な形で地上に現われるという夢のような幸運に考古学者たちは見舞われたのであります。

発掘作業は今日まで二十年続けられて来ましたが、僅かに四ヘクタール地上に現わすことができただけであります。古代ペンジケントの町の大きさは十四ヘクタールありましたので、現在まだその半分にも及んでいないわけであります。

私は今年三十六歳でありますから、この遺跡の発掘作業が始まったのは十六歳の時のことであります。それ以来、いろいろな形でこの発掘作業を外部から眺めたり実際にその手伝いをしたりして、今日に至っております。

さき程館長からご紹介がありましたように、私は考古学者ではありません。たまたまこのペンジケントという町に生まれたお蔭で、少年期から青年期へかけてを古代ペンジケントの発掘騒ぎの中に過しました。毎年のように何カ月か発掘が行われ、町の男たちもその都度作業員として駆り出され、有名な学者たちもモスクワやレニングラードやタシケントから入れ代り立ち代りやって来ました。そうした空気に刺戟され、私も頼まれたり、あるいは頼まれもしないのに自分から申し出たりして、いつか発掘作業を手伝うようなことになり、見よう見真似で発掘というものがどういうものかも知り、また発掘作業の面白さも理解するようになりました。

しかし、幾ら熱心に学者たちの間にはいって発掘作業に従事しましても、所詮アマチュアの身、アマチュアはどこまで行ってもアマチュアであります。ただ、自慢めいたことを申し上げることになりますが、私は一年中古代ペンジケントの遺跡の畔で暮していることは遺跡というものを理解する上で、発掘作業の期間だけ現地にやって来る学者たちに較べて幾らか有利な点があるのではないかと思います。遺跡というものは、生きものが遠い昔に死に絶えてしまった文字通りの廃墟だとお考えになるでしょうが、私には必ずしもそうとは思えないのであります。こういうことを申しますと、そういうところがアマチュアのアマチュアたる所以《ゆえん》だとお笑いになるかも知れませんが、なかなかどうして、遺跡というものは死んでいるどころか、立派に生きております。

序にもう一つ同じようなことを申し上げれば、私にとっては古代ペンジケントは自分の祖先たちが長く生き、生活した遺跡であります。現在私の体には往古ペンジケントに生きたソグド人の血がたとえどんなに薄まってもまだ流れていると思います。私たちタジク人の血の処方箋というものは頗《すこぶ》る複雑なものでありまして、モンゴルの血も、アラブの血も、ペルシャの血もはいっているのではないかと思います。それ以外の雑多な血もはいっているかも知れません。しかし、ソグド人の血もまたはいっていることは確かなのでありますす。その点ソグドの血を持たない人たちのこの遺跡に対するものと、私のこの遺跡に対するものとでは、当然そこに差異があって然るべきだという気がします。

私は発掘作業の行われない時期でも、暇な時には遺跡に登ります。奇妙にお考えでしょうが、登らずにはいられない気持になるんです。実はゆうべも行ってみましたが、月が美しく何とも言えぬ素晴らしい眺めでありました。

怖くはないか⁉　そう、そのように申す人も沢山あります。よくひとりで深夜あんな淋しい遺跡の上になど登って行くものだと、そのように申す人もあります。私はこれまで、何十回夜の遺跡に立ったか算《かぞ》えることはできませんが、未だ曾《かつ》て一度も淋しいという思いを持ったことはありません。あそこが古代都市の死滅した遺跡であり、建物はすっかり取り払われ、その骸だけが拡っている原だと思えばこそ、淋しいという思いも起るというものでありますが、実は私にはあそこはそのような廃墟としては映らないのであります。他の考古学者たちのことは知りませんが、――しかし、真の考古学者なら、私は、私と同様であるべきではないかと思うのでありますが、さあ、これはいかがなものでしょう。私が夜遺跡へ登って行くのは、昼間の場合より、遺跡がはっきりと生き生きとして見えるからであります。伽藍《がらん》も、建物も、塔も、城壁も、広場も、街路も、月光に依る光と影の隈《くま》どりで、くっきりと浮かび上がっているからであります。少し極端な言い方をすれば、そこに生き、働いている人々の生活の響きも、彼等の挙げる声も、手工業工場から響いて来る金属音も、馬や駱駝《らくだ》の嘶《いなな》きも、私には手にとるように聞えて来るように思われます。

古代ペンジケントは都市部《シャハリスタン》と砦の二つの区域を高低ある台地の上に載せて、それを一つの城壁でくるりと囲んでおります。また、都市部には都市部の城壁が内側にありますので、城壁のラインはかなり複雑であり、門の位置も、また所々に配されてあった望楼の位置も、一見不規則でありますが、それぞれ防備のための要所要所を占めております。幾つかの望楼の中では西の望楼が最も堅固に造られてあります。塔と城壁の材料は発掘の結果、日干し煉瓦《れんが》であることが判っています。城壁に登る階段もあります。これは一九五〇年の夏、初めてその一つが発見されました。

都市部の主要道路は東から西へ通じています。東にも西にも門がありますが、東門の方はまだ掘られておりません。西門の方は土地の起伏から判断して徒歩および騎馬の人だけしか通れないもので、二輪の荷車すら通過できません。小道は都市部をかなり沢山縦横に走っております。

私はいつも夜遺跡に登って行く時は、遺跡を大きく包んでいる城壁の西側の第一の門からはいり、比較的足場のいい砦の横の広場を突切って、都市部を包む城壁にぶつかり、それに二〇〇メートルほど沿って歩いて、そこにある東門から繁華地区にはいって行きます。この辺は少し高くなっていて、古代ペンジケントの町を一望に収めるに都合のいい場所であるからであります。

都市部で一番好きなところは、今日みなさんがお歩きになったメインストリートが、繁華地区を抜けて次第に上りになり、それと直角に走っている道とぶつかる十字路に出ますが、その交叉点のあたりです。ここだけが、左右にザラフシャン、トルキスタン両山脈を遠望できる場所です。

都市部の西側、少し東壁に寄って、古代ソグド人の祈った神殿があります。一方が内側に凹《へこ》んだ蹄鉄型の建物で、これが完全に掘られるには一九四六年から毎年二カ月四年間かかりました。壁画を持った六四平方メートルの広間が四本の木材の柱によって支えられています。この神殿に備えつけられてある祭壇や神具は、珊瑚《さんご》、琥珀《こはく》、水晶、青金石、軟玉、トルコ石、柘榴《ざくろ》石、瑪瑙《めのう》、蛇紋石《じゃもんいし》、そうしたもので飾られています。そうした小さい宝石は散乱したまま土中から掘り出されました。——このようにしてお話ししていったら切りがありません。古代ペンジケントの商店や、寺院や、住宅の全部について語らなくてはならないからです。

私には、いずれにせよ、古代都市ペンジケントが、このようにお話している間も、はっきりとまとまった形で眼に浮かんでおります。

そうですね、人口は四、五千ぐらいでしょうか。現代の都市を考えると、小さい町でしかありませんが、王宮、貴族の住宅地、――これが先程の砦の部分です、――それに賑《にぎや》かに庶民が生活している都市部、それがきちんと堅固な城壁に囲まれ、城壁の中には青々と桃、李《すもも》、胡桃《くるみ》、杏子《あんず》、葡萄《ぶどう》、ポプラ、柳、アカシヤなどの樹木がいっぱい生い茂っております。

ここの街には水道の設備もありました。月夜に遺跡の上に立つと、地下を流れている水の音が、私には聞えるように思われます。水は山から引いて、それを地中の土管で各方面に運び、住民の生活の用に供していました。

都市部の中央には市場があり、それに隣接して、銅器工、刃物師、陶工、木工、金銀細工師、裁縫師などの手工業者の区域があります。市場では雑多な商品が売買されるばかりでなく、そこは取引きの場でもありました。毎日市民が甘いものにたかる蟻のように集まっていましたが、市民以外に城外からやって来る農民たちが、農作物を車や馬に積んで運んで来ています。

この都市には奴隷もいましたが、しかし、ある面では非常に自由ではなかったかと思います。回教の遺品は出ませんから、回教はまだはいっていませんでしたが、回教以外のいろいろな宗教が許されておりました。マニ教、ゾロアスター教、仏教、その他に現地の神々を祀《まつ》るいろいろな信仰も行われておりました。発掘品はこのことを雄弁に物語っています。

私には古代ペンジケントという都市の息遣いまでがそのまま聞えて来ます。たとえ深夜遺跡を訪れても、どうして淋しいということがありましょう。古代ペンジケントの映像は、私には幻覚でなく、れっきとした現実であり、実際に何から何まで肌で感じられるように、それはそこに存在しています。

――そうです。お話が長くなりますから、拝火教の寺院について、水道設備の技術について、西南隅の大きな墓地について、いっさいそういうことについてのお話を略しましょう。そして最後にただ一つのことについて、お話をしぼることにいたします。

それは、さきほどお話ししました悲劇の人物、この平和なペンジケントの領主デワシュチチのことであります。私にはこの古代の勇敢な王が、――え？　勇敢ということだけが考古学的検証に依らぬ私の想像であるとおっしゃるのですか。デワシュチチが勇敢であるということは、なるほどそれを実証するいかなる記述もありません。しかし、この遺跡発掘のきっかけになったムグ山の発掘に依って、デワシュチチの楯《たて》が発見されております。

この山城で発見された物質文化の遺産の中で最も貴重なものであります。それは騎士の像を描いてある革張りの木製の楯で、残念なことに完全な形ではなく、そのため騎士の頭の部分は欠け、馬の足の部分はありません。長さ六一センチ、幅二三センチ、騎士像は淡い黄地に描かれています。馬も良種であり、馬具も立派なものであります。足まで覆う長い戦闘用のカフタンに身を包んだ騎士は、前屈みの姿勢で馬に跨《また》がっています。騎士は長刀と短刀を帯び、矢筒を吊り、矢筒には矢が収められています。そして騎士は左手で鎚矛を、右手で手綱を握っています。惚れ惚れするような勇しい騎士像であります。この楯は学者の間では〝デワシュチチの楯〟と呼ばれています。他にこのみごとな楯を持つ人物は考えられないからです。

この楯の学問的価値は素晴らしいものでありますが、それはさて措いて、私にはこの楯がデワシュチチの楯であるばかりでなく、そこに描かれてある人物がどうしてもデワシュチチその人であるかのように思われてなりません。彼は若い日の自分の戦闘の場面を自分が持つ楯に描かせたのではないでしょうか。いま申しましたように、騎士の頭部は欠けており、その面貌を窺《うかが》うことはできませんが、私は私なりのイメージでその顔を補っております。

私はこの領主デワシュチチが宮殿の王者の椅子に腰を下ろしている姿をいつでも眼に浮かべることができます。また広い宮殿の長い廊下をゆっくりした足どりで歩いている姿も、その人物がすぐそこに居るように眼に描くことができます。

デワシュチチの住まっていた宮殿の発掘は一九四九年に始められました。そしてその年と翌年の二度の夏の作業で宮殿の半分が掘り出されました。これもまた日干し煉瓦で積まれた建物であります。そして翌一九五一年までに二十六の部屋が地上の光線に当てられました。その一部は復原できるほどの原形を留めており、円天井の残っているものもありました。廊下の片側はどこも五メートル以上の高い壁で縁どられております。学者たちが〝王冠の部屋〟と名付けた部屋の壁は多色の美しい壁画で埋められてあります。聖火の燃えていたと思われる部屋もあります。建築学上の価値だけから言っても、この宮殿は貴重なもので、階段のない坂道の構築、日干し煉瓦による穹窿《きゅうりゅう》積みの技術等がすでにこの時代にでき上がっていたことは驚くべきことであります。

私は遺跡へ上がった時は、いつも一度は宮殿内へ足を踏み入れます。上を仰ぐと実際には星空がかかっていますが、私にはそれを遮っている円天井が見えます。私はこれまで何回デワシュチチその人と言葉を交したことでありましょう。私は彼の威厳を具《そな》えたよく透る声を聞くのが好きです。

私たちは自然にタジクの若者の顔に眼を当てるようにして、彼の話を聞いていた。彼は明らかに途中から自分の話している話に昂奮しているかのように見受けられた。

私は彼が自分の話を通訳して貰う間、彼が口を休めていることで安心していた。もし彼が口を休める時間を持っていなかったら、どのようなことになるだろうかという心配があった。彼の昂奮は明らかなことだったが、昂奮するに従って、私にはタジクの若者の顔がもの悲しげに見えた。彼はアマチュア考古学者として、あるいは学者と言うのが当らないというならアマチュア考古学研究者として、何ものかに反抗しているに違いなかった。それがその時々で彼の顔を傲岸にも、またもの悲しげなものにも見せていたのである。

私たちは彼の話が面白くはあったが、もうそろそろ引き揚げなければならぬ時刻が迫っていることを知っていた。私たちは六〇キロの道をがたぐるまでサマルカンドまで帰らなければならなかったし、夜は夜で出席しなければならぬ会合があった。しかし、それを誰もが口に出さなかったのは、迂闊《うかつ》にはそれを口にできないようなもののあるのを相手に感じていたからである。火のついたセロファン紙のように、それがすっかり燃え尽きるまでは、それを黙って見ている以外仕方のないようなものがあった。私はタジクの若者の話を本論の方に引き戻すために発言した。

「こんどの発掘で、古代ペンジケントが無人の城邑になった年代は判るでしょうか」

私は訊いてみた。相手は話の腰を折られた不快さをちらっと眉のあたりに見せて、それまでどこか悲しげであった顔を急に傲岸なそれに変えた。

「考古学者は言うでしょう。そのことについては出土品は何も語っていない、と」

「ペンジケントの市民はペンジケントの城を出て、一体どこへ行こうとしていたか、それも結局は判らないことでしょうか」

私はまた訊いた。

「考古学者は判らないと言うでしょうね。実際にそれを語る何ものも出ておりませんから」

そう言ってから、タジクの青年は、

「ただ差出人は不明ですが、誰かがデワシュチチへ宛てた手紙がムグ山城から出ています。それには〝ソグド王にしてサマルカンドの領主よ〟というような呼び方でデワシュチチを呼んでいます。実際にデワシュチチはこのような呼ばれ方に相応《ふさわ》しい地位にあった何年かを持っているのでありましょう。考古学者の言い方をすれば、その正確な年代はまだ学問的には確立されていないわけであります。が、彼がソグド人の間に人望のある貴族であったことは容易にこのことで想像できるであろうと思います。彼は勇敢で心温い人物であったに違いありません。そしてサマルカンド王であった時代があったとすれば、サマルカンド市民のフェルガナ盆地への移住にも無縁ではなかったと思われます。しかし、これは考古学者の立場から逸脱して初めて持ち得る想像であります。ムグ山城に於てはもう一つの貴重な文書が発見されております。それはデワシュチチ自身がアラブの代官であるマヴェランナハル・アルジャルラフ・イブン・アブナラなるひどく長い名の人物に宛てた手紙で、曾てサマルカンドの領主でザラフシャン河谷同盟の指揮者であった亡きタルフーンの遺児たちのことについてよろしくご配慮を得たい。できるならスレイマンの手から彼等を代官の手に引き取って戴きたい、そういうことがそれには認《したた》められてあります。スレイマンというのはソグド人で、アラブに取り入って回教に改宗し、アラブのうしろ楯で権力を持ち、とかく同族ソグド人たちに裏切的行為の多かった人物であります。手紙の文面だけでは詳しいことは判りませんが、何となく、当時のソグド、アラブ、それにアラブへ内通しているソグド、この三者の複雑な関係が自ら示されているように思われます。勿論、示されているように思われるだけのことでありますが」

「では一体、ペンジケント市民が自分たちが多年経営した城邑を棄てるに至った直接の原因は何でしょうか」

するとタジクの青年はふいに眉を上げて、

「そのことをお知りになりたいですか」

と言った。

「判るものでしたら」

私が言うと、

「そりゃ、判りますよ。古代ソグド人がいかなる理由で己が城邑を棄てたか、それはいつの時代であるか、そして彼等は城を棄ててどこへ行こうとしていたか、彼等が去ったあとの古代ペンジケントはどのようになって土の中に埋もれたか――お話ししましょうか。ペンジケントの遺跡を誰よりも多く自分の足で歩いた者として、そして古代ソグド人の子孫として」

タジクの若者は言った。若者の顔は急に生き生きして見えた。それをあなたが望むなら、では話そうといった一種の気概のような烈しさがその口調にはあった。

――ある年の秋、一人の若者がペンジケントの城邑の西門をはいって行きました。正確に言うなら七一七年か七一八年かのどちらかの秋のことです。アラブの代官アブダラーがその代官の任にあったのは七一七年、七一八年の二年で、あらゆる事件は彼の在任期間に起っているからです。

いま一人の若者と言いましたが、私が眼に浮かべている若者の顔は王宮内の一部屋の壁画に描かれてあった美貌の若者の顔です。その壁画には若者の他にもう一人寝台に躰を横たえている女性があります。その女は高貴な一族の者に違いなく、ゆったりと腰をくねらせて豊満な躰を横たえ、手を挙げて若者を招いています。若者は女から逃げ去ろうとしているかのようで、高い燭台を倒しています。しかし、逃げようとしている若者もまた、女の方に燃えるような眼を向けています。この壁画の発掘に当ったM・M・D博士は、美貌の義母スダベに若者シャプンが誘惑される場面であろうと推測していましたが、私はいまそのようなことに捉われず、その壁画からその美貌の若者を借りて、彼にペンジケントの悲劇を目撃させ、それに立ち合せることにしようと思います。

若者は眼利きの宝石商人で、毎年のように秋になると、この城邑へ宝石を買いにやって来ます。この城の中の宝石市場で宝石の市が立つからであります。宝石市場は普通の市場とは違って、二十軒程の店がすっぽりと大きな屋根をかぶり、東西南北に小さい出入口を持っていますが、内部は牢獄のように暗く、取引きしている相手の顔もよくは見えません。しかし、宝石の冷たい輝きだけはどこで見るよりもよく光って見えます。

宝石市場は商店街と南の城壁に挟まれた地区にあります。若者は城にはいると、まっすぐにそこへ行き、持って来た金を何個かの宝石に替えます。彼は廉《やす》ものには眼もくれず、一番上質のものだけを選びます。これは毎年のことで、商人たちは彼がその宝石をどこかで何十倍かの高値で手放すに違いないと思い、彼が若いくせにいい金蔓《かねづる》を摑んでいることを羨しく思います。

若者は、しかし、宝石の商売だけが目的でこの城市にやって来ているわけではありません。彼は夜遅く宿を出ると、貴族の住宅地に近いところにある貯水池《ハウズ》の畔の木立の中へはいって行きます。そこには一人の女が立っています。闇の中にほのかに香料の香が漂い流れています。若者が壁画の若者であるとするなら、その女は壁画の中で寝台に横たわっていた女だとしなければなりません。

若者は昼間彼が手に入れた何個かの宝石を惜し気もなく女に与えます。女は震えながら男の愛の顕証《あかし》としてそれを受け取ります。絶えず戦慄が彼女を襲っていますが、それはこの一夜に女は女で生命を賭けているからです。男が愛の顕証として、莫大な価格の宝石を与えたように、女は女でやはり愛の顕証として己が貞操を無鉄砲な若者に与えます。二人は木の葉一枚のゆらぎにも神経を配りながら、一年振りに愛の誓いを交します。こうしたことはもう何年も続いていることで、男はここで女に与える宝石を得るために、一年中働いて金を貯めています。

宝石の市は三日だけで終りますが、若者は宝石の市の立っている間だけ、この街に滞在する許可を得ています。男はイラン系の混血児で、タジク人ではないので、タジクの城邑に留まることは禁じられています。この女と若者の関係を取引きだとお考えになりますか。私は一概にそうは思いません。男は眼利きの宝石商人としての一年の儲けの全部を僅か三夜だけの女との短い逢瀬《おうせ》のために女に与え、女は女で単に不貞を犯しているばかりでなく、他民族の若者と通ずるという神への冒瀆《ぼうとく》に身を投げ込んでいます。謂《い》ってみれば生命の全部を提供しているようなものです。

若者はこの城邑にはいった翌日、巷《ちまた》を歩いてこの城邑に何となく腑に落ちない奇怪なものを感じました。それは昨日まであった住宅地の一劃がそこへ行ってみると藻抜けの殻となっていたからです。それも一軒や二軒ではありません。一区劃がごっそりと無人の家になっています。確かにきのうそこに人が住んでいたことを若者は知っているのです。若者はその翌日も他の地区で同じような経験をしました。こんどは手工業の職人の居る地帯がごっそりと無人の街になっているではありませんか。

三日目の夜、若者は女に自分が眼にした奇怪な巷の異変が何を意味しているかを問い質《ただ》しました。女は城邑の外へ新しい市街ができるので、人々はそこに移転したのであり、何も不思議に思うことはないと言いました。その夜、若者は女の健康に不安なものを感じました。もともと女はその豊満な体軀にも拘らず、心臓に疾患を持っていましたが、その夜の短い逢瀬の中に、女は二回胸の苦しさのために身を屈めなければなりませんでした。若者は薬品を持って、再び近くここを訪れることを女に伝えました。若者はこの城邑の役人に多少の手蔓を持っていましたので、この城邑にはいる許可を得る自信がありました。女は素直に頷《うなず》きましたが、訪ねて来るなら半月あとのことにして貰いたいと言い、あとは声を忍んで泣きました。若者は女に再会を約して別れました。

翌朝、若者はその城邑を去りました。そして半月後、男はトルコの宝石商から手に入れた薬草を持って、再びペンジケントの城邑へやって来ましたが、驚いたことに、ペンジケントの街は全く無人の街に変っていました。若者は人一人居ない空虚な白い陽光が降っている通りを歩きました。野犬の数がやたらにふえており、辻々には砂塵が高く舞い上がっていて不気味でした。若者は貯水池の畔へ行き、いつも女と一緒に会う木立の中へ行ってみました。二人がよく腰を下ろした石の横に柳の枝で作った小さい籠が半ば土に埋められてありました。それを開けてみると、内部から一枚の樹皮が出て来、それには「フェルガナ」とだけ書き記されてありました。若者にはそれが何を意味するか判りませんでした。若者は呆然として無人の城邑を出ました。しかし、ペンジケントが無人の城邑になってからまだ何程も経っていないらしく、ペンジケントとサマルカンドの間にあるアラブの屯所でもこの異変には気付いていないようでした。

若者はサマルカンドへ近付いた時、もう一度驚かされました。サマルカンドの城邑が一夜にして無人の街になったという噂を、会う人々の口から聞かされたからです。アラブの兵の動きが活潑になっていることは道を歩いているだけでも判りました。若者はサマルカンドの事件を知ってから初めて樹皮に書かれた謎のような文字の意味を知りました。二つの城邑の民たちは、恐らくデワシュチチの指揮のもとに、それぞれ違った道をとって、フェルガナ盆地を目指して移動して行ったのです。

若者はパミールの一角を越えてフェルガナを目指すことを決心しました。女の病気が心配で、手に入れた薬品を届けずにはいられなかったのと、女が自分の行く先きを記しておいた気持を思うと、やはり訪ねて行かずにはいられなかったのです。若者は途中でアラブの軍隊に捉えられ、その不審の行動を咎《とが》められましたが、フェルガナ盆地へ馬を買いに行く商人であると言い張りました。しかし、結局若者は雑役夫として、アラブの軍隊に投入され、そのままフェルガナに連れて行かれました。

それから十日後に、フェルガナ盆地のホージェント郊外で、若者が見たものは、世にも凄惨なソグドとアラブの闘いでした。アラブの軍隊は、ホージェント郊外でサマルカンドの市民たちの集団に追い付き、そこで両者の間に死闘が展開されたのです。サマルカンドの市民たちにとって不幸だったことは、ホージェントの領主が彼等との約束を破って、新しい移住者を応援しなかったことです。サマルカンドの市民たちは男も女も最後の一人まで闘って死にました。傷ついた者、幼い者だけが捉えられて殺されました。

若者はアラブの軍隊と共に再びパミールの山中にはいりました。初めはどこへ行くか判りませんでしたが、やがて兵たちの口から叛旗をひるがえしたペンジケントの市民たちがシャハリスタン峠附近に拠っているので、それを討つための移動であるということでした。

若者が連れて行かれたのはアブガルの山城でした。ペンジケントの市民たちはそこに拠っており、先着のアラブ軍がそれを囲んでいましたが、フェルガナから回って行った若者の属したアラブ軍もまたその包囲軍に加えられました。

若者がここで見たものを詳しくお話しする必要はないでしょう。ペンジケントの市民たちは、男は勇敢に闘って尽く討死し、女子供は城から出されて一人残らず斬られました。若者は勿論戦闘には関係しませんでしたが、しかし、二カ所でソグド人が殲滅《せんめつ》される戦闘を身近に見ました。ホージェント郊外においてアラブとソグドの間に展開された死闘に勝る凄惨なものでありました。若者はまたペンジケントの非戦闘員が、女も、子供も城から出されて斬られる地獄絵を見ました。貴族の女たちは貴族の女たちで、一カ所に集められて斬られました。若者はアラブの軍隊から放免された時、精神に異常を呈していました。若者は頭が狂っている時は何も喋りませんでしたが、時に頭が正常な状態に戻ると人に語りました。

「ソグド人たちはアラブ人からイスラム教への改宗を迫られ、そのために城を棄てたのだ。アラブはソグドをみな殺しにしても、アラーのための聖戦だと思い込んでいるし、ソグドはみな殺しにされても、イスラムには改宗しまいと思い込んでいる。ああなると、もう人間と人間との争いではない」

若者はそういうことを言ったあと、いつもすぐまた異常人特有の眼に戻りました。アラブとソグドの戦争の烈しさがよほど強い印象で若者の心に刻み込まれていたのでありましょう。

実際に若者の言う通りであったと思います。ソグド人が自分たちの住み慣れた城邑を棄てる決心をしたのは、イスラム教を呪う気持が強かったために違いありませんし、ペンジケントの市民たちが街ぐるみの移住を事前に漏れることなく、みごとにやってのけたのも、やはりそれが宗教に関した種族の共同の仕事だったからでありましょう。

ペンジケント市民の悲劇が起ってから一年程して、狂った若者は無人の城邑ペンジケントの城門へはいって行きました。僅か一年ほどの間に、曾ての城市はすっかり見るかげもない廃墟に変り、雑草は到るところに生い茂り、鳥や獣がそこここに巣食っておりました。

若者はそうした中を歩いて貯水池の畔へ行きましたが、池の水は涸《か》れ、足許からは野鳥が飛び立ち、到底曾てのあの逢瀬の場所とは思えませんでした。

若者は宮殿の中へはいって行きました。宮殿の部屋部屋を次々に経廻って行きました。途中で若者は足を停めました。すると、次の部屋から出て来た三人のアラブ兵が、これまたぎょっとしてその場に立ち竦《すく》みました。アラブの兵たちは突然若者が姿を現わしたので胆を冷やしたのです。

「お前は何者だ」

兵の一人は呶鳴《どな》りました。それに対して若者は不気味な笑い声を挙げました。兵たちはやがて若者が常人でないことを見て取ると、若者にはかかわり合わないで、自分たちの仕事を始めました。

三人のアラブ兵は部屋の四周を埋めている壁画を壊し始めました。丸太で壁画をぶん殴ったり、剣で壁画の一部を切り取ったりしています。切り取っているところは尽く描かれてある人物の顔の部分でした。イスラム教では人物、鳥獣の絵を描くことを厳しく禁じていますが、それは描かれた人間や鳥獣が悪魔の働きをするという信仰があるからです。そんなわけで、アラブの兵たちは壁画の人間の顔を削り取ることを、その日一日の仕事として課せられていたのでありましょう。あるいはその日だけでなく毎日毎日やって来てこの作業に従事していたのかも知れません。

若者は暫くそうした仕事をしている兵たちにくっついて一緒に歩いていましたが、いつか姿を消してしまいました。兵たちはそのことを別段気にも留めていませんでした。

兵隊たちは暫くして一方の出口から煙が流れ込んで来るのに気付きました。濛々《もうもう》たる白煙が雲でも湧くようにはいって来ます。

三人の兵たちは反対の出口へ駈け寄りました。しかし、扉は固く閉ざされていくら押しても微動だにしません。三人は煙のはいって来る出口に突進しましたが、忽ちにして煙に押し返されてしまいました。

若者はその頃己が為した放火の成行きについてはいささかも気を奪われることなく、二つ隔った部屋で、そこに嵌《は》め込まれてある壁画に見惚《みと》れていました。その壁画はソグドの領主がいままさに式場に到着しようとしている光景を荘重に描いたもので、三人の騎士がそれを迎えています。冠を頭に載せた領主だけが何色かで描かれ、三人の騎士の方は一人が赤色で、他の二人が黒色で描かれてありました。

若者はここに描かれてある領主の顔に見覚えがありました。それが誰であったかははっきりしませんでしたが、確かに曾て一度会ったことのある人物に違いなく、何となく旧知に対する懐しさが感じられ、その場から立ち去り難いものを覚えていたのです。が、やがて、若者は、壁画の領主の顔にアブガルの山城から討って出、合戦場を駈け回っていたソグドの指揮者デワシュチチの血に塗《まみ》れた精悍《せいかん》な顔が重なった時、弾かれたようにそこから離れました。

若者はその王宮の一室を出ました。王宮の一部を火焔が嘗《な》めていましたが、烈しい陽光が降っている最中でしたので、火焔は陽炎《かげろう》でも立っているように見え、遠くからはいっこうにそれが火災であるようには見えませんでした。

タジクの若者は言葉を切ると、

「王宮の柱と屋根の一部は木造でしたので火は回りましたが、他の部屋には延焼しなかったと思います。

アラブの兵ですか。勿論焼け死んだでしょうが、人間というものははかないもので、百年もするとその痕跡すら失くなってしまいます。貨幣のような小さいものでも、千余年の歳月を少しの損傷なく生き延びる場合もあります。貨幣と言えば、古代ペンジケントの遺跡からは八世紀初頭以後の貨幣は一枚も出ておりません。これが古代ペンジケントにいつから人間が住まなくなったかという一番はっきりした決め手になるのではないでしょうか。

それからまだ申し上げてありませんでしたが、実はこの古代ペンジケントの遺跡の下に、もう一つの五世紀の遺跡が眠っています。これは、古代ペンジケントの遺跡発掘によって判ったことであります。どうして五世紀の遺跡が廃墟になり、その上にいま発掘されている古代ペンジケントが建設されたか、これについてはいかなる記述も残されていません。さきに申しましたが、ザラフシャン川の上流に沿って、もう一つのペンジケントが地下に埋まっていますので、結局ペンジケントは、全部で四つあることになります。そしてその中の五世紀と十世紀のとが、まだ地下に眠っているわけであります。私たちの知らぬデワシュチチが、まだまだ何人もおり、それがソグドの歴史を作っているのでありましょう」

若者は言って、身を起した。この最後の結末の部分だけが考古学研究者らしい冷静な口調だった。

塔二《とうじ》と弥三《やさ》

蒙古《もうこ》から国信使赫徳《かくとく》、副国信使殷弘《いんこう》等八人が日本へ通行を求める牒書《ちょうしょ》を持って対馬の西海岸へ到着したのは文永六年（西紀一二六九年）の一月中旬であった。案内役として、高麗《こうらい》の知門下省事申思佺《しんしせん》、侍郎陳子厚《ちんしこう》等四人が同行し、他に従者七十余人を従えていた。船はすぐそれと判る高麗船で、百人近い人間を乗せて来たのであるからかなり大きなものであった。

船は無数の岩礁が散らばっている荒磯の一角に半ば乗り上げるような恰好で着岸し、乗員が船から砂浜へ降り立つのにかなりの時間を要した。殆ど全部の者がいったん海中に降り立ち、波しぶきを浴びながら岩伝いに浜に上がって来た。

異国人たちは警固所の役人が来るまでに、島民たちに遠巻きにされた。島民たちは刻一刻数を増し、浜続きの松林の中や、荒磯の北側に迫っている断崖の上に屯《たむろ》して、時折、荷降している異様な風体《ふうてい》の一団の人たちへ向って石を投げた。

高麗船が浜へ着いたのは朝であったが、警固所の役人十数名が到着したのは夕刻であった。異国人たちは宿舎の提供を求めたが、警固所の役人たちは自分たちの一存では決めかねるとして彼等が乗って来た船を宿舎とするように命じた。この交渉が長引いて、異国人たちが船へ戻った時は夜になっていた。

翌日は早朝から前日より多い島民たちが荒磯を遠巻きにした。この日も浜へ上がった彼等の上に、時折、石が飛んだ。警固所の役人たちは投石を禁じたが、それを完全に停《と》めることはできなかった。この日も役人と異国人の間では一日中折衝が行われた。警固所の役人たちは、彼等が携えて来た牒書を入手しようとし、異国人たちは牒書を渡さないわけではないが、渡すには確《しか》とそれを渡すにふさわしい責任ある地位にある者でなければ困ると言った。

蒙使たちが島に姿を見せてから五日目に、警固所の責任者がやって来たが、こんどは彼は上司からの命であると言って、牒書を受け取ることを拒んだ。そして相手方の付近の部落で宿泊したいという希望も容《い》れなかった。従って警固所の役人の言うことは、異国人たちに早くこの島を立ち去ってくれということに他ならなかった。

蒙使赫徳の方は、併し、そう簡単に引き退がるわけには行かなかった。卑しくも蒙古の元首から国信使たるの命を拝して、多勢の従者を引き連れて、はるばる波濤天を蹴る海域を渡って来た以上、国としての体面もあり、使者としての責任もあった。赫徳は前々年の文永四年に高麗人の起居舎人潘阜《しゃじんはんふ》が蒙古皇帝からの国書と、高麗王からの牒書を持って日本に渡り、それを日本の朝廷に奉ってあるので、それに対する返牒《へんちょう》を得たいと申し出た。そしてそれを得るまでは引き退がることはできないという態度を示した。

前回の使節高麗人潘阜はこんどの赫徳たちの一行にも加わっていた。潘阜は文永四年九月初め高麗の都を出て、九月下旬合浦《がっぽ》から発船して、やはり同じこの対馬に渡り、ここに滞在すること月余、ついに日本の役人に案内されて九州の太宰府に到り、蒙古および高麗からの国書を呈し、そこに留め置かれること五カ月、返牒を得られないで空しく帰国していた。潘阜が高麗へ帰り着いたのは前年の七月初めであったから、それからこんどの使節の一行が来るまでに半歳余の時日しか経っていないわけであった。

それから数日の間、蒙古人、高麗人の他に、少数の回回人、女真人《じょしんじん》等を混じえた異国人の一団は、毎日のように朝になると浜へ上がり、夕刻になると船へ引き上げて行った。見物の島民たちは相変らず荒磯を遠巻きにした。老人たちの中には弁当を持って来て、異国人たちを遠くから眺めながら、それを食べる者もあった。子供たちは一日中やたらに喚声を上げて附近を飛び廻っていた。投石は日ごと少くなって行ったが、それでも毎日のように何回かは石が飛んだ。

異国の使節対馬来着の報はすぐ太宰府に報じられ、太宰府守護所から京の六波羅《ろくはら》に、更に六波羅から鎌倉へと送られた。そして廻り廻って鎌倉から京都の朝廷へ、このことが上奏されたのは三月七日の午刻であった。

併し、赫徳等はこの報告が京都の朝廷へ達し、それからの返事を得るまでは到底待っていられなかった。高麗船は対馬の荒磯にあること僅か十数日にして、再び海上に浮かばなければならなかった。どういうものか十日程経った頃から投石が急に殖えて来て、何となく身辺に険悪なものが感じられ始めたので、蒙使の一行は返牒を得ることは諦《あきら》めて引き上げて行くことにしたのであった。そして、その発船作業が夜を徹して行われている時、島の若者塔二郎と弥三郎の二人が、異国船へ野菜を売りに行ったことは、何と言っても、彼等の不運であったとしなければならなかった。

塔二郎は漁師であった。対馬の対岸ともいうべき金州、合浦附近の海域まで船を持って行ったことは何回もあり、遠く巨済島《きょさいとう》まで行って、そこへ上陸した経験もあった。そんなことから塔二郎は高麗人には慣れており、片言ではあるが、高麗の言葉も喋ることができた。小柄で痩せていたが、向うみずで大胆なところがあった。弥三郎は九州と取引きしている海産物問屋の一番下っ端の使用人であった。海産物問屋に勤めてはいたが、生れつき無口であり、機敏に立ち廻るといったところは微塵もなかったので、いつまで経っても下働きから解放されなかった。その替り体躯《たいく》は大きく、力は強かった。

塔二郎と弥三郎は家が近い関係上幼少時代から友達であったが、二十歳を越える頃から疎遠になった。お互いに居酒屋で酒を飲む年齢に達しており、どちらも酒が好きだったが、それぞれがそれぞれの仲間を持ち、二人が一緒になるようなことはなかった。生活も全く違っていたし、性格も異っていた。

その二人が突然道で顔を合せたことが、こんどの事件の発端であった。塔二郎はいいところで会ったというように、これから異国船の奴等のところへ野菜を売りに行こうと思っているが、手伝ってくれないかと、弥三郎に言った。異国船の一行はもうこの島へ来て半月程になるのに荒磯の一画からどこへも行くことは許されず、船の中で寝起きしているので、野菜類に飢えているのに違いない。いま野菜を持って行ったら、彼等が所持している珍しいものや高価のものと交換できるだろう。これが塔二郎の考えだった。弥三郎の方は相手が異国人であるので、何となく不気味に思えて、さしてその仕事に乗り気ではなかったが、

「手伝ってくれよ、な、頼む」

と、塔二郎に言われると、それを断ることはできなかった。

弥三郎が野菜類を積んだ荷車を引き、塔二郎がその先きに立って歩いて行った。深夜のことではあり、砂浜だったので、弥三郎はひどく車が引きにくかった。異国船の黒い船体がすぐそこに見えて来た時、弥三郎はこの仕事の片棒をかついだことを後悔した。

「おらあ、もう、ここから帰る」

弥三郎は二、三回同じ言葉を口から出したが、塔二郎の方は諾《き》かなかった。

「このくるまに金目の物をいっぱい積んで帰るんだ。大根や菜っぱがどんな物に化けるか、おめえ、それを見たいとは思わんか」

塔二郎はそんなことを言った。そんなことを言われると、弥三郎も亦慾が出た。

荒磯には何十人かの異国人たちが降り立って、満潮の時、船がらくに滑り出せるための作業に従事していた。

材木を運んでいる者もあれば、石を運んでいる者もあった。全裸で潮の中にはいっている者も何人か居た。春はすぐそこまで来ていたが、それでも夜の海浜は真冬と同じ寒さだった。

塔二郎は彼等のところへ近付いて行くと、そこに居た一人に、野菜を持って来たが買ってくれないかと言った。すると、相手は初めて塔二郎と弥三郎が島民であることに気付いた風で、待っているように返事をすると、すぐ船の方へ立ち去って行った。間もなく、二十人程の男たちが船から降りて来た。そして彼等は二人を取り巻くと、名前を訊《き》いた。塔二郎が自分の名と弥三郎の名を告げた。

「間違いなく島の者か」

また、一人が訊いた。そうだと塔二郎が答えると、別の一人が、いきなり口調を改め

て、
「汝ら船へ乗れ」
と命ずるように言った。塔二郎はいきなり逃げ出そうと思った。何となく逃げた方が安全だという気がした。身を翻して駈け出そうとした瞬間、塔二郎は丸太で足を払われて、地面に倒れた。そして起き上がろうとした時、何人かの男たちの手で、空中高くかつぎ上げられた。塔二郎は暴れることも、身をもがくこともできなかった。数人の男たちの突き上げている手の上に、塔二郎の体は水平に横たえられていた。塔二郎は満天を埋めている星と対い合ったまま、自分が荒磯から船の中へ運ばれて行くのを感じていた。弥三郎の方も同じようにして船の中へかつぎ込まれた。日頃力自慢だったが、力というものは何の役にも立たなかった。

暁方近くなって、高麗船は十数日ぶりで潮の上に浮かんで、対馬の西海岸を離れた。船はその日の午後、強風に吹かれて、小さい島の船泊り《ふなどま》へはいった。そしてそこで二日を過し、また別の島に留まった。どの島も高麗人の居る島であった。そして赫徳等の一行が合浦の奥まった長い入江へはいって行ったのは二月半ばのことであった。

合浦へ上陸する頃から、塔二郎も弥三郎ももう自分たちが対馬へ帰ることはできない運命にあることを知った。塔二郎も弥三郎も船中では死んだように無気力になっていたが、高麗の土を踏んでから、自分たちの持った運命にやや従順になった。どこかへ連れて行かれ、そこで首を斬られるに違いないが、一体、そこはどこであるか、そのことだけが二人の頭を占めていた。

「今日かあすの生命だ。高麗の国の土を踏んだからには、ここで首をちょんぎられるだろう」

塔二郎はそう思い、そのことを弥三郎にも言った。弥三郎は対馬で船に運び込まれてからは何も喋らなかった。たまに口から言葉が飛び出すと、それは、

「なむまいだ」

という短い言葉だけだった。塔二郎が何を話しかけても、〝なむまいだ〟で押し通した。

二人は十数日、合浦の海に迫っている丘陵の麓にある寺に置かれた。監視人は居たが、さして窮屈ではなかった。自由に出歩くことができないだけで、食事は三度三度運ばれ、いつ寝ようが、いつ起きようが、一切そんなことは干渉されなかった。

塔二郎は、毎日のように監視人に、自分たちはいつ斬られるのかと訊いた。監視人は毎日のように替っていたが、どの監視人もそれに対して塔二郎が満足するような答えは口から出さなかった。あすあたり処刑されるだろうと言う者もあれば、都のある江華島まで連行され、そこで取り調べがすんでから、罪が決まり、その上で杖で打たれるか、無人島に流されるだろう。めったに斬られることはないだろうと言う者もあった。

三月初め、赫徳等は陸路江都へ向けて合浦を発した。三十名程の一団だった。その中に

塔二郎も弥三郎もいた。一行は半数の者が馬に乗り、半数の者が徒歩だった。塔二郎と弥三郎も列の丁度真ん中頃に入れられて歩かされた。

合浦から江都までは十数日の行程だった。この旅の間に、二人は一団の隊長とも言うべき赫徳から言葉を掛けられた。職業を訊かれたり、家族の者たちのことを訊かれたりした。通訳には年老いた高麗人が当った。老通訳は日本語はうまかったが、性格は邪慳《じゃけん》で、赫徳の言うことはどんな短い言葉でも通訳したが、塔二郎が何を話しかけても、それに対しては答えなかった。

塔二郎は旅の前半は比較的のんびりしていた。江都へ着くまでは斬られることも杖打たれることもないことが判ったので、異国の風景に眼を見張ったり、珍しいものを見ると、それを弥三郎に耳打ちしたりした。併し、弥三郎の方は相変らず〝なむまいだ〟以外の言葉は口から出さなかった。どんな珍しい岩山を見ても、どんな奇妙な形のいなむらを見ても、いささかもそれに気持を移すことはなかった。いつも自分の足許《あしもと》だけに眼を落して、大きな体から微かな溜息だけを洩していた。

江都へあと二日の行程だと聞かされた時から、塔二郎はまた暫く忘れていた死の恐怖に取り憑《つ》かれ始めた。もうあと二日の生命だと思った。その日漢江を渡し船で渡った。この時、弥三郎は珍しく言葉らしい言葉を口から出した。

「でかい河だな」

と、弥三郎は感嘆の声を上げた。その弥三郎の気持を奪った漢江の下流を翌日一行は船で渡って江華島の都にはいった。島全体が城壁で囲まれてあった。そしてその城壁の内部にまた城壁があり、その城壁の内側にまた城壁があった。一番内部の城壁の中に都城があった。店舗も立ち並んでおり、男も女も、兵たちも歩き廻っていた。

一行が江都へはいったのは三月十六日であった。ここでも塔二郎と弥三郎は寺の一室に入れられた。そして四月一日に王宮に王に謁するために連れて行かれた。赫徳、殷弘の蒙使たち、中思佺、陳子厚、潘阜等高麗の使節たちも一緒だった。

塔二郎と弥三郎は初めから終りまで平伏していた。そのようにすることを、係りの者から命じられていたので、そのようにしていたのである。

塔二郎は頭を下げたままの姿勢で、何回も、

「頭を上げるなよ。どんなことがあっても頭を上げまいぞ」

そう弥三郎に小声で注意した。頭を上げたが最後、殺されるのではないかと思った。併し、そこを退出するように命じられた時、塔二郎は正面の王座に就いている人物に大急ぎで眼を当てた。邪慳な通訳の老人がそこに坐っているのではないかと思った程、塔二郎には王が通訳の老人と同じように見えた。寺へ帰ってから、塔二郎はそのことを弥三郎に話した。すると、弥三郎は、いや、自分の見た王はひどく若かったと言って諾かなかった。そして自分たちに合浦で食事を運んで来た若い兵に似ていたと言った。あとで判った

ことであったが、塔二郎はまさしく高麗王その人である元宗を見、弥三郎の方はその時三十四歳であった太子諶を眼に入れたのであった。

四月三日、二人は処刑場には連れて行かれないで、馬へ乗せられて、旅装した三十人程の一団の中へ入れられた。これから一カ月程の行程で蒙古の都へ向うということであった。

馬というものに乗ったことのない二人は、馬の背でひどく難渋した。もうどこへ連れて行かれ、どこで殺されてもいいから、馬から降りて歩きたいと思った。塔二郎はそのことを何回か申し出たが、取り上げて貰えなかった。こんどの一団は蒙使赫徳と、高麗使申思佺の二人以外は、江都から加わった新しい兵たちで、一人の顔見知りもなかった。そんなわけで、塔二郎はどんな小さい要求を口に出す場合でも、赫徳か申思佺のところへ申し出た。

十日程すると、二人はどうにか馬の旅に慣れることができた。眼にはいって来る風景は合浦附近とはまるで違っていた。春という感じは全くなく、荒涼とした原野がどこまでも続いていた。何時間も行って、小さい部落にはいったが、どの部落にも夥《おびただ》しい数の兵たちが屯していた。農夫の姿は殆ど見られなかった。大同江と鴨緑江を船で渡った時、弥三郎はそのいずれの場合でも眼を見張り、感嘆の声を口から出した。

「でかい河だな！」

鴨緑江を渡る頃から、弥三郎は次第に元気になった。〃なむまいだ〃も口から出さなくなり、一日中、馬の背の上で、自分の眼にはいって来る風物を倦《あ》かず眺めていた。この頃になると、塔二郎の方が反対に見る影もない程憔悴した顔を見せていた。口から出す言葉と言えば、

「どうせ殺されるにしても、こんな遠いところまで連れて来られて、その上で殺されるのは厭だ」

と、そんな言葉に決まっていた。

江都を出て二十日目に東京《とうけい》（遼陽）へはいった。ここは大きな城壁で囲まれた大都会であったが、全くの軍都であり、兵と馬がぎっしりと詰まっていた。大部分が蒙古の兵であったが、高麗兵もおり、また別の種族の兵たちも居た。この街の中を通ったが、道を歩いている人たちから、二人は少しも好奇の眼で見られなかった。二人がどこの国の人間であるか注意してみようというような人間は一人も居なかった。

併し、ここで塔二郎と弥三郎の二人が一番驚いたことは駱駝《らくだ》を見たことであった。駱駝が向うから一人の兵をのせて、ゆっくり歩いて来た時、弥三郎は全く胆を潰《つぶ》した恰好で、馬の背から滑り落ちた。塔二郎もまたすんでのことで馬から落ちるところであった。

この駱駝で驚いたのを最初にして、それから二人に驚くべきことが次々に見舞って来た。東京から燕都《えんと》（北京）へ向う途中で、一行は大兵団の移動するのにぶつかった。殆ど

朝から夕方まで、その日一日中、兵団とすれ違っていた。甲冑《かっちゅう》に身を固め、長槍を持った兵たちの集団であった。騎馬部隊もあれば、徒歩部隊もあった。砂塵はもうもうと立ち上り、ために自分たちがいかなるところを旅したか判らない程であった。

五月三日、丁度一カ月かかって燕都へはいった。ここでもまた寺院の一室が二人の日本の若者の宿舎に当てられた。燕都へはいってから、二人は夜床に就く時、僅かな言葉を交すだけで、あとは口をきく暇もなかった。見る物のすべてが二人の心を奪った。城壁の大きさも、街路の立派さも、王宮の屋根の大きいことも、寺院の壮麗さも、道を歩く人々の服装も、何もかもこれがこの世のことであるとは信じられない程であった。

燕都へはいった翌日、赫徳、申思佺の二人に引き連れられて、塔二郎と弥三郎の二人は何棟《なんむね》あるか見当のつかないひどく大きな王城の内部深くへ導かれて行った。二人は自分たちが誰に引見されようとしているか知らなかった。

大王宮の奥まった大広間で、二人は与えられた椅子に腰を降ろした。塔二郎も弥三郎もふらふらと椅子から立ち上がりそうな自分を、必死になって押えていた。王宮の広間には文武百官が居並んでいた。二人には、どこにこの国の皇帝が居るか見当がつかなかった。どこを見ても皇帝と言っていっこうに差しつかえないような人物許《ばか》りが並んでいた。

二人は何も聞いていなかった。言葉はどこからともなく聞えていたが、いかなるところからその声が落ちているか判らなかった。言葉そのものも二人に判ろう筈はなかったが、誰が喋っているのかさえ判らなかったのである。

恐ろしい程緊張した時間が過ぎた。塔二郎は蒙古の役人が自分たちの前へ近付いて来るのを見た。瞬間殺される！　と思った。併し、身動きはできなかった。弥三郎の方はどういうつもりか立ち上がって頭を下げた。それで塔二郎もまたそれを真似た。

――汝ノ国、往時中国ニ朝観《チョウキン》セルコトヒサシ。今、朕《チン》、汝ノ国ノ来リ朝《チョウ》センコトヲ欲ス。以テ汝ニ逼《セマ》ルニハ非ザルナリ。タダ名ヲ後世ニ垂《タ》レント欲スルノミ。

はっきりとそれは日本語で話されたが、二人には何が何だか少しも理解できなかった。二人はぼんやりとして、いつまでも立っていて、たれかに坐るように注意されて、そこに坐った。二人は時の蒙古の皇帝フビライに謁したわけであったが、そのフビライがいかなる人物であったかも、またその人物が王宮のどこに坐しており、いかなる風貌を持っていたかも判らなかった。

二人の接待役に当てられた三人の吏人は、皇帝の命令であると言って、その翌日から毎日のように二人を都の名所に案内した。塔二郎も弥三郎も初めは見るもの聞くもの物珍しく疲れを忘れたが、そのうちに二人とも、何も見たくなくなった。どんな珍しいものを見ても少しも驚かなくなった。

何日目かに二人は万寿山《まんじゅざん》の玉殿に案内されたが、二人とも少しも感動しなかった。柱も床も、天井も、その尽《ことごと》くが美しい石で造られてあり、蒙古の皇帝も亦これを一番自慢にし

ているということであったが、塔二郎は大広間の入口で、欠伸《あくび》をし、弥三郎の方は中庭の池を眺めながら、

「一体、俺たちは国へ帰して貰えるんかな、塔二、どう思う?」

と言った。この日から弥三郎は生国のことばかり口走るようになった。塔二郎の顔さえ見れば、帰りたい、帰りたいと言った。

塔二郎の方は、いついかなる時、彼の心に居坐り始めたのか判らなかったが、必ず生れ故郷の土を踏むことができるに違いないという自信を持ち始めていた。そして、自分たちがこの国を去る時皇帝がくれるかも知れない土産物のこと許り口に出し始めていた。

二人が蒙古の吏人ウルダイに連れられて、高麗に向うべく燕都を発したのは六月初めであった。二人は約一カ月、蒙古の都に留まっていたわけであった。

二人は一カ月前に通った同じ道を、来る時と同じように馬の背に揺られて旅をした。

七月初め、一行は江都に着いた。江都にはいって知ったことであるが、僅か三カ月程の間に、高麗には政変が起きていて、元宗は廃され、王の弟である安慶公淐《あんけいこうしょう》が王位に就いていた。併し、そうしたことは二人の日本人には無関係なことであった。二人に江都と称《よ》ばれている高麗の都が、蒙古の都を見た眼にひどく貧しく小さく見えた。

二人の日本の若者は江都で半月を過し、高麗の吏人金有成、高柔《こうじゅう》の二人に伴われて七月末にそこを発した。そしてこの一行が対馬に向けて合浦を発船したのは九月の初めであ

った。合浦の港を発ってから、塔二郎も弥三郎も、生国の土を踏む悦びと、郷里へ帰ってから罰せられるのではないかという不安な思いに取り憑《つ》かれた。

「言うまいぞ」

塔二郎は言った。自分たちが見たり聞いたりしたことは、何も言わないでおこう、その方が安全だという気持であった。弥三郎もこれに対しては素直であった。

「言うもんか。夢で見たこと喋っても、ばかにされるだけだぞ」

弥三郎は言った。弥三郎には一切が夢としか思えなかった。実際にまた、自分は夢を見たのではなかったか、と、そんな気持になり始めていた。

二人の対馬の若者が対馬の伊奈浦に着いたのは九月十七日であった。

『歴代鎮西要略』には、「文永六年己巳、蒙古ノ船対馬ニ来リ、塔二郎、弥三郎ヲ捕ヘ帰ル、日本ノ事ヲ尋問スルタメナリ」とあり、『五代帝王物語』には、「対馬の二人、とらへられて高麗へ渡る。高麗より蒙古へつかはしたれば、王宮へ召し入れて、見て、種々の禄をとらせて、本朝へ返送」とある。塔二郎と弥三郎の二人が帰国後どのようになったかについては詳《つまびら》かにされていない。

桶狭間

天文十九年三月三日のことである。

この日は、喪を一年に亙《わた》って秘めていた織田信秀の法要が万松寺で行われることになっていた。信長は父の法要であるから厳粛盛大に取り行うように命令していたが、万松寺へ出掛ける時刻が来た時、ふといつもの癖が出て、莫迦莫迦《ばかばか》しくなって来た。なるべくなら出掛けたくなかった。

「お時刻でございます」

と、三度目の近習の催促である。

「やはり出掛けねばならぬか」

「御冗談は――」

「冗談ではない、何か面倒臭くなった」

「他のことと違います」

「よし、直ぐ支度する」

そう言っておいて、信長はなかなか腰を上げなかった。

「十七歳にもなって、何というたわけだ！」

と、老臣どもや城下の町人たちが又うるさく言うだろう。それを思うと、行くだけは行かなければならないかと思う。

父の霊を軽んずる気持は毛頭ない。父の死に依って一番大きい打撃を受けている者は自分である。合戦をする度に父が生きていてくれたらと思う。

父の死を一番深く悲しんでいる者も自分である。父の事を思い出す度に、もうあれ程自分に深い愛情を持ってくれる人物はこの世の中に生きていないのだと思う。胸に大きな穴ができて、そこを風が吹き抜けて行くような気がする。

それでいいではないか。なぜ衣服を整え、香を焚《た》き、坊主の経を黙って聞いていなければならぬのか！

そういう世間の慣習だから、俺も亦そうやらなければならぬのか！　法要は盛大にやる。何百人の家臣は恭しく焼香せねばならぬ。併し俺だけは別にしてくれ！

本当を言えば、俺自身にも、なぜこんな気持になるのか判っていない。判っていないが、兎に角嫌なものは嫌なのだ。

「中務様が御迎えでございます」

「出たと言え」

信長は立ち上がった。平手中務政秀は苦手である。幼時からこの人物によって訓《おし》え育てられているので頭も上がらないが、そんなことではない。この老人の一徹な律義《りちぎ》さがうるさいのである。中務が来た以上出掛けねばなるまいと思う。

「お支度を――」

近習の一人が肩衣《かたぎぬ》、他の一人が袴《はかま》を捧げ持って来た。

それを見ると、信長は、無性に腹が立って来た。荒々しいものが身内に沸き立って来た。

「馬の用意をせよ」

そう呶鳴《どな》っておいて、席を立って行った。

暫くして、城の大手口へ姿を現わした信長の風采は異様だった。髪は茶筅《ちゃせん》に巻いたまま直してない。袴はつけていない。長柄の太刀脇差を縄でぐるぐると巻いている。

誰も何とも言わない。うるさい老臣どもは既に万松寺に詰めていて、今日は城内はからっぽである。

馬へ飛び乗る。見事である。

見ていて見事な許りではない。信長自身馬へ乗る瞬間が、下半身がさあっと馬の腰に沿って宙に閃くその瞬間が好きである。自分がいかにもあるべきありようをしている感じである。併し惜しいことには、この感じは一瞬である。何事でも行動に移ろうとする瞬間が堪まらなく好きである。四、五年前まで、三月から九月まで、毎日のように川で泳いだが、あれも水へ飛び込む瞬間が好きなのである。

馬が駈け出す。信長の気持はさっと立ち直る。これも惜しいことに瞬間で消える。信長はぐんぐんと馬を走らす。振り向いてみると、誰もついて来ない。

桜はいつか散り終って、春と言うより初夏に近い感じである。城下を斜めに突っ切る。万松寺の土塀に沿ってまっしぐらに駈け、大きな高張提灯《たかはりぢょうちん》を吊《つる》した山門の前でぴたりと馬をとめる。

一歩寺内へ入ると黒い幔幕《まんまく》が張り廻されてある。両側に家臣と寺の僧侶たちが並んでいる。筵道の上を信長は悠々とした歩き方で歩いて行く。まっ直ぐに本堂に入り、右手に設けられてあるそれと判る自分の席に着く。

本堂の中には、何十個処かに燈明の火が赤々と燃え、信長が座へつくと同時、読経の声がわき起る。何百人の僧侶たちの唱和する低い音声が、独特な人間の心を圧迫するような盛り上がり方で次第に高まって来る。

袖が引かれたので振り返って見ると、林佐渡守が、

「御服装が——」

と言う。それに対して信長は返事をしない。聞えない振りをして横を向くと、二間程先きの大きな柱の横に坐っている平手政秀の眼にぶつかった。

怒っている眼である。

そこから眼を外して戸外を見ると、本堂の前の広場には柵がしてあり、黒山のような人である。

今度は軽く背をつつかれた。信長は今度も亦知らん振りをしている。

「御着換えを――」

又林佐渡守である。

「着換えはせぬ」

「なりません」

相手の顔は必死である。

「せんと言ったらせん」

少し怒りと悲しみを帯びた顔付をして、諦めたのか、相手はそのまま引き下がって行った。

俺の気持が解らんとは情ないことである。併し、自分にも解っているとは言えない。自分の場合、世のしきたりとは少し違った斯《こ》ういう事をしないと、自分の気持が納得しないのだ。何か斯うせずには居られないものが、身内を充《みた》しているのだ。

父上には解っている筈だ。父上も若い時はこんなだったかも知れない。

僧侶の一人が信長の前に進み出て来た。

「御焼香を」

信長は立ち上がって祭壇の前に進み出た。

堂外の群集の中からどよめきが起った。そのどよめきは次第に高くなって行く。異様な信長の風体に驚いた喚声である。

仏前で丁寧に頭を下げてから、

「父上！」

と、信長は心の中で言った。

そして、次の瞬間、抹香《まっこう》を右手で握ると、いきなり信長はそれを仏前へ投げつけた。

微かな驚きの声が堂内のあちこちに起り、大きい喚声が堂外から起った。

父上は憤《おこ》って居られないと思う。父上はこんな俺が好きだったのだ。ざまを見ろ、俺は別物なのだ。そんな気持である。

信長に続いて、信長の弟勘十郎が席を立って行った。折目高な袴肩衣の装束である。その尤もらしい恰好と威儀を正した立居の仕種《しぐさ》が、信長にはひどくくだらなく思われた。そしてそのくだらなさは、いろいろな人間に依って、それから次々に引き継がれ、いつ果てるとも思われなかった。

信長は又老臣どもがうるさいかなと思ったが、席を外すと堂外へ出た。父信秀の法要も、これで恙《つつが》なく終ったというものである。

信秀の喪を明らかにして、法要を行った以上、駿河の軍勢は雪崩《なだれ》を打って尾張へ殺到するだろう。一族の中でも離反するものは離反し、反抗するものは反抗するだろうと思う。

俺も来年は十八歳である。何かをしなければならぬ。自分が体の中に持っているものが、燃え上がり、燃え尽きるようなことをしたいと思う。父もそうした自分と同じようなものをもっていたであろうか。又そうした事を父はしたであろうか。生きているうちに訊いておくべきだった。

父の死の思いが、暫らくの間、信長の心を静かにした。信長は万松寺の長い廻廊を、大股で奥の方へ歩いて行った。信長がどこまで歩いて行っても、本堂の読経の声はある華やぎを持った哀調で彼を追いかけて来て、彼を包んでいた。

三年経った天文二十二年一月のある日のことである。

信長は一騎駈けに名古屋より三里程の田舎へ駈けた。信長の好きなものははっきりしていた。第一が合戦の話、第二が鷹狩と川狩、第三が馬である。小さい時からこの順序は変らない。父の生存中も死後も少しも変っていない。これ以外に自分の心を文句なく引きつけてくれるものはない。

馬も一騎駈けが好きである。行きたいところへ行き、駈けたいところへ駈けることが出来る。その時の気分次第でどこまでも駈けることも出来るし、急に馬首を回《めぐ》らして城内へ駈け込むことも出来る。

信長は馬がひどく疲れていることに気付いた。川の縁りで、信長は馬から降りると、馬の口を洗ってやった。

馬の口を取って地上に降り立っていると、全身の汗が急に冷たく感ぜられて来る。川の水の色もまだ黝《くろ》ずんで冷たい。まだ帰りの三里の途があるので、信長は暫らく馬に休養を取らせ、又一息に名古屋まで駈け帰ろうと思った。

その時遠くで馬蹄《ばてい》の音がした。振向くと、街道を一騎こちらに駈けて来る。騎乗の姿は関口太郎兵衛ではないかと思う。なかなか見事である。

冬の冷たい大気の中を馬蹄の音が冷たい澄んだ響で次第に大きくなって来る。何か急用でも出来たのであろうか。よし引き離してやろうと思う。

近寄って来るのを見ると、やはり関口太郎兵衛である。関口の馬が、田圃の小川を大きく跳躍して跳び越え、馬首を回らすとまっ直ぐにこちらに駈けて来る。

関口が駈け込んで来た瞬間、信長はひらりと馬の背に跳び乗った。

「殿！」

背後で関口の声が聞えた。が、その時は既に信長の馬は駈け出していた。

「殿！」

又声が聞える。一丁程駈けた。関口は執拗について来る。時々「殿！　殿！」を連発している。ひどく苦し気である。

次第に信長は関口太郎兵衛を引き離して行った。が、その時、信長はふと馬の速度を抑えた。関口が背後から叫んでいる声の中に、平手という声が聞えたと思ったからである。と、その信長の耳に、こんどははっきりと関口太郎兵衛の大柄な体に似合わぬ、細い衝《つ》き透るような声が響いて来た。

「平手政秀様御自害！」

信長は耳を疑った。そんなことがあって堪まるか。中務とは昨日顔を合わせた許りである。

次の瞬間、

「平手政秀様御自害！」

その叫びと一緒に、関口太郎兵衛の馬は駈け込んで来た。勢込んで駈け込んで来たので、急に信長の前で馬勢を止めることが出来ず、半丁程駈け抜けて、関口はそこから引き返して来た。そして馬から降りると、頭を下げたまま言った。

「平手中務政秀様、未《ひつじ》の刻、志賀村で御自害なされました」

陽の翳《かげ》ったうそ寒い厳寒の平原のまん中に信長は立っていた。四方に霜枯れた冬の田圃が拡がっている。一本の樹木らしい樹木も見当らない。

平手はあるいは本当に自害したかも知れないと思う。自害したと聞くと、いかにもいつかは自害しそうだった気がする。なぜ自害したのだろう。俺が父に代ってあのように頼りにしていた平手はなぜ自害したのだ。

「しかとそれに間違いはないな」

「間違いはございません。太郎兵衛、急のお報せでお邸に伺い、この眼で御生害《ごしょうがい》のお姿を見届けました。ただいま御老臣みなさま、詰めかけて居られます」

「遺言があったろうな」

「そう承って居ります」

「俺宛の――」

「はい」

「平手は俺以外は遺言は認《したた》めんだろう」

信長は、

「続け！」

とひと言言うと、いきなり馬に跨《また》がり名古屋に向かった。

その翌日、信長は早朝から鷹狩に出掛けていた。

御行跡不正ニ付テ憚《ハバカ》ル所ナク申上ゲ候

癖のある平手政秀の遺書の表に書き記されてあった字が眼にちらつく。御行跡不正とは何だろう。老臣平手政秀が自刃しなければならぬ程、俺の行跡は不正だったろうか。

差し当って平手が自害したその翌日、鷹狩に出るのが行跡不正とでも言うのであろうか。この信長は改心して喪に服しているべきなのであろうか。平手の死に手痛くやっつけられたのは、天下でこの俺一人だ。俺にとっては、千万の兵卒を失うよりも辛い。鷹でも放っているより他に、気持の晴れようがないではないか！

山裾の沢から出た雉《きじ》が捕えられた。

「それをもて」

と信長は近くの者に向かって叫んだ。

雉は喉笛をひどく咬《か》まれている。一咬でやられている。まだ体温はある。そのなま暖かさが信長の手に伝わると、信長はいきなり口に手をかけて、それを引き裂いた。そして、

「平手、これをくらえ！」

と、高く叫んで、宙に投げた。いかにも、その空間のどこかに相手でもいそうな、そんな力の籠ったぶつけかたであった。

雉を投げつけると、信長は供の者に移動を命じた。もう一里程先きの山の部落へ行ってみたくなったからである。二つ目の部落を横切った時、何人かの村童が、冷たい川へ入って、川を乾して魚をすくっているのを見た。信長は馬を停めて、暫くそれを眺めていた

が、子供たちの居る少し上手で、一匹の魚が浅瀬に乗り上げてはねているのに目を留めると、

「あそこじゃ、あそこじゃ」

と子供たちにその魚の方を指し示してやった。子供たちが二、三人その方へ、足で水をはねながら進んで行った。やがて一人の子供が魚を摑まえて、それを両手で捧げて、信長の方に示した。

「それをくれぬか」

信長は言った。

「嫌じゃ」

子供は驚いて、その魚を背後に匿《かく》した。堤にいた子供の親らしい女が周章《あわ》てて半分川へ入り込んで、子供の手から魚を奪《と》ると、怖る怖る信長の前に進んで来た。

「ただ今、藁《わら》で巻きます」

「いや、そのままで結構だ」

そう言って、近くの供の者に、

「子供たちに何か取らせろ」

と言うと、信長はその七、八寸の山女《やまめ》らしい魚を手で受取り、それを摑んだまま、その場所から離れた。そして半丁も行かぬうちに、

「平手、これをくらえ！」

と叫ぶと、その魚をまた宙に投げつけた。魚は左方に一間程空を切って飛び、溝の横の草叢(くさむら)の中に落ちた。

次の瞬間、信長は又駈け出していた。何のために平手は死んだのだろう、その疑問が又、信長の心の中にむくむくと頭を擡(もた)げて来た。

悲しみと怒りの混じり合った気持が、信長に馬をめちゃくちゃに駈けさせた。御行跡不正とは何だろう。火打袋と瓢簞(ひょうたん)を腰に結びつけることを言うのか。茶筅に頭を結ぶことを言うのか。馬の尻に逆しまに乗ることを言うのか。父の法要の時、袴を履かず、抹香を摑んで仏前に投げつけたことを言うのか！俺にはすべてが自然なのだ。わざとやっているのではない。あのようにしていないと、心というものが静まらないのだ。あれ以外、どのような仕方もないのだ。俺の持っているものが、あのようなものなのである。ああしなければ、信長らしくなくなるではないか。平手政秀には、それが解らなかったのだろうか！

その日、信長は夜になって帰城した。

平手中務政秀の家の前を過ぎた時は戌(いぬ)の刻であった。邸内にはあかあかと火が点(とも)され、門前を人の出入りが烈しかった。

「平手！山鳥はうまかったか、魚はどうだった？」

信長は、そんなことを心の中で呟きながら、鷹狩の衣裳のままで、平手政秀の邸内へ入って行った。

「殿のお越し！」

そうした声がどこかで起ると、それは次々に奥に伝えられて行った。

大勢の武士たちの平伏している玄関の式台を踏んで、信長は奥へ入って行った。咎《とが》めるような烈しい幾つかの視線を信長は顔に感じた。感じたが直ぐ、それを忘れて仕舞った。忘れたのではなく、平手政秀が既にこの世にいない淋しさが、信長の足の運びを急に大きく荒くさせたのであった。

鳴海城主山口左馬助及びその子の九郎二郎が、大たわけ者の評判の高い信長の将来を見限って、今川に款《かん》を通じたのは、信秀歿後間もなくであった。

この報を聞いた時は信長はたいして驚かなかった。多くの武将の中で、何人かは自分から離れて行くだろうと思っていたからである。その中の一人がたまたま、山口左馬助であったというだけのことに過ぎない。

信長は山口の離反の報を受けた時、一人の娘の顔を思い出した。その娘は山口左馬助の娘であるか、妹であるか、はっきりは知らなかったが、左馬助の縁者であることだけは確かであった。

信長はその娘に一度だけ会ったことがあったが、信長は妙にその女の顔を忘れることが出来なかった。眼が潤んだように黒くて色の白い女であった。少しぽかんとしたような気の抜けた感じだったが、信長はその女の珍らしくこせこせしていない感じを得難いものだと思った。天晴れだと思った。

山口左馬助がいつか名古屋の城に伺候して来た時、その娘は彼に従って城中に姿を現わした。信長は本丸の奥の座敷で、その女と擦《す》れ違った。

信長は立ち止まって、その女が頭を上げるまで待っていた。やがてその女は頭を上げた。信長は、その女がふと苦しそうに笑いをこらえているのを、不思議な気持で見詰めていた。やがて信長は、くるりとその娘に背を向けると歩き出した。笑いをこらえている顔が、妙に印象に残った。自分は少し股を開き多少口を開けていたかと信長は後で思った。それで、そんな自分が可笑《おか》しくて、あの娘は笑おうとしたのかも知れなかった。無礼と言えば多少無礼であった。併しその無礼さが、他の女とは別物に信長には見えた。

山口父子が離反した時、信長はその事にはさして大きな感慨はなかった。ただあの娘が敵方になったと、その事をちらっと思い出しただけの話である。その娘のことも、それで忘れて仕舞った。

山口左馬助が、その後大高、沓掛《くつかけ》両城を取ろうとするに及んで、信長はその時初めて、このちょこざいな叛逆者に一撃を喰らわそうと思った。

左馬助は鳴海の城には山口九郎二郎を置き、自分は中村郷に立て籠り、笠寺に取手の要害を造って、そこに今川の武将を引き入れて、第二次の侵略に移ろうとしていた。

天文二十二年四月十七日のことである。信長は鳴海表へ出陣した。八百の手勢を率い中根村を駈け通り、小鳴海へ入り、三ノ山へ布陣した。敵山口九郎二郎は千五百の人数を率いて十五町離れた赤塚の里に陣を張った。

この日は激戦であった。両軍とも数間のところまで迫って、互いに矢を射ち合った。巳《み》の刻より午《うま》の刻まで激戦が続いた。手近い合戦で、敵味方共に首を取る暇がなくて討ち捨てにしたほどであった。お互いに顔見知りの者が多く、両軍に捕虜も出たが、一息入れるとそれを交換したりした。そんなところはちょっと類のない合戦だった。

敵将九郎二郎は信長と同年配か、一つか二つ年長だった。一度単騎で信長の陣営深く駈け込んで来た。信長は打ち果せるなと思った。併し、遮二無二《しゃにむに》、相手を取り囲む命令を下さなかった。

その日未の刻、信長はさっと軍を引いて、名古屋に引き上げた。名古屋へ帰る途中、九郎二郎を打ち果せば、打ち果せたものを、打ち果さなかったことが、ひどく不愉快だった。あのいつか見た娘の近親の者であるという事だけのために、自分は九郎二郎を見逃してやったのではないかと思った。自分に迫って来た九郎二郎の決死の形相とあの色の白い娘の顔は、そう思ってみると似ているようであった。

併し一度見逃してやったという事で、兎も角義理が済んだような気がした。相手への義理ではない。自分の気持への義理である。今度機会があったら、山口左馬助父子を引っ捕えて八つ裂きにしてやろう。今度こそ容赦はしないだろうと思った。

信長はここ何年鉄砲は橋本一巴に、弓は市川大介に、兵法は平田三位について学んでいた。併し、名も知らぬ山口左馬助の連れて来た一人の娘に学んだ事の方が大きかったと思った。

その夜城内では、櫓々《やぐらやぐら》で酒宴が張られた。信長は、ある櫓の下で、一人の年老いた武士が舞を舞っているのに眼を留めた。

「人間纔《わず》か五十年、化転《けてん》の内を比較《くら》ぶれば、夢まぼろしの如くなり。一度生を受けて滅せぬ物の有るべきか」

その老武士は合戦の装束のままで舞っていた。それには四辺の空気を鎮める不思議な美しさがあった。

「あれは誰だ」

信長は近習に訊いた。誰も知らなかった。

そこで近く召して、名を名乗らせた。今日の合戦で二人のわが子を討死させた足軽水越平助と言う者だということであった。足軽にしては珍らしい風雅の徒であるので、信長は褒賞をとらせ、舞を誰から学んだか訊いた。

「清洲《きよす》の町人友閑と申す者でございます」

と相手は答えた。信長は他日清洲をわが手中に収めたら、自分もその友閑なる者を召して、敦盛《あつもり》の舞を習いたいと思った。

信長はそれから櫓々を一巡して、再び足軽水越平助の居る櫓へ来てみると、又水越平助は同じ敦盛の舞を舞っていた。

「人間纔か五十年、化転の内を比較ぶれば――」

今度は、信長は声をかけず、それに見入り、聞き入っていた。自分の身内にある荒々しい得体の知れぬものを少しも弱めることなく沈める力をそれは持っていた。赤々と燃えている篝火《かがりび》の光で、雑兵水越平助の影は、信長の立っている足許まで大きく伸びて、ゆらゆらと揺れていた。信長は若し自分が今宵この水越平助の舞を見なかったら、自分の心はどんなに荒れ騒いでいた事であろうと思った。

合戦の話と鷹狩と川狩と馬とのほかに、信長の好きなものとして新しく敦盛の舞が入った。

信長は昔からの対抗勢力である美濃の斎藤道三の娘を妻として迎えた。信長にとっても、斎藤山城入道にとっても、この婚姻は多分に政略的意味を持っていた。

信長は斎藤道三の娘濃姫を妻とはしたが、舅《しゅうと》である斎藤道三にはまだ会う機会を持たなかった。

「聟《むこ》舅となりたれども対面申さざること誠に本意なき次第也。近日富田の庄正徳寺の院内まで参るべく候」

　こうした斎藤山城入道からの書面を持った使者が信長のもとまで来たのは、天文二十二年の初夏であった。聟の分際で挨拶にも来ない信長の非礼を暗に詰《なじ》ったものであった。

　その日斎藤道三は七百余人の供を古式に装束させ、富田に到着、定刻に一向宗の名刹《めいさつ》である正徳寺の本堂の縁に威儀を正して居並んでいた。

　信長の方は相変らず異風であった。例に依って髪は茶筅に結い上げ萌黄《もえぎ》の平打の糸で巻き、浴衣染《ゆかたぞめ》の明衣《めいい》の、袖を解いたものを着、刀脇差大小共藁縄《わらなわ》で巻くこと常のようであった。そして又、火打袋、瓢簞など七、八つ腰につけ、虎と豹の皮を縫い合せた半袴を穿《は》いて、馬に乗ってやって来た。併し供廻りは堂々としていた。弓鉄砲の者五百人、三間柄の朱槍五百本を押し立て、徒歩の若党百人を先頭に、七百人を後に歩ませた。

　信長は山城入道を舅とも、新しい縁者とも思っていなかった。彼が相手に隷属するか、相手が彼に隷属するか、二人の関係はそのいずれかの一つしかあり得なかった。

　信長は富田に着くと、予《あらかじ》め定めておいた休憩の寺に入り、そこで髪形装束を直した。

　信長はこの時初めて折髷《おりまげ》に結い、長袴を穿き、小刀を差した。信長は生れて初めて世の風習の中に自分の身を投げ込んだ。そういう事をする事が、この時信長には少しも不自然ではなく思われたからである。

信長は正徳寺に着くと、本堂の階段をするすると上がって行った。

「早々御着　忝《かたじけな》く存じます」

縁に控えていた山城入道の家老堀田道空、春日丹後が差し向いて会釈したが、信長は聞えぬふりして受け付けなかった。面倒臭くもあったし、山城入道以外の者を人間とは思っていなかった。

大勢の武士の居並んでいる前を通り抜け、柱の横に着席した。その坐り方はひどく静かであった。信長は静かに坐ろうと思って坐りはしなかったが、それは一座の者には静かに見えた。

堀田道空が信長のところへ膝を擦り寄せて来て、

「山城守殿でございます」

と言った。その時奥の屛風から舅の斎藤山城入道が現れて、敷居の内にぴたりと坐った。

「そうか」

短く答えて、信長は立ち上がると、敷居を跨いで、斎藤道三の前に坐った。そして信長はそこで頭を下げ、初めて妻の父の顔を見た。信長はいつか自分の前にひれ伏すに違いない男の顔を見た。あるいは自分の手で討たれないとも限らぬ男の顔を見た。

山城入道は山城入道でまた聟を遇するに鄭重であった。大たわけの風評を持つ年少の敵

に対して、一分の隙も示さなかった。酒宴が張られたが、それは長くはかからなかった。盃を交わし、湯漬の食事を終ると、

「又、いずれお目にかかりましょう」

と山城入道は言った。

「では――」

信長は一礼して席を立った。

山城入道の人数が二十町程、信長の行列を見送った。美濃の勢力と尾張の勢力のぶつかり合いであった。信長の行列の槍の方が長く、山城入道の人数の槍の方が短かかった。

信長は二十町許り行った時、山城入道に見送りを謝し、そこで別れた。

信長は、山城入道という男を好きだと思った。縁組しておきながら、微塵《みじん》もそれに依る心のゆるみは見せなかった。あの男なら娘もろとも娘の聟を立ちどころに斬るだろうと思った。信長は、そうした斎藤道三を父に持った妻に、この時初めて夫としての愛情を感じた。

五年経った。尾張の東部一帯に戦雲が張《みなぎ》り始めたのは、永禄元年である。大高、沓掛両城は叛逆者山口左馬助父子に依って奪取され、ために今川義元の勢力は織田信長の所領に滲透して来ていた。

この頃、信長に取って思いがけない出来事は今川義元が、山口左馬助父子を殺害し、鳴海、沓掛、大高の諸城に自分の信用できる家臣を守将として置いたことである。山口父子が義元の手で殺されたことを聞いた時、信長は莫迦な奴めがと思った。他人の事であるが腹が立った。そしてあの娘はどうなったかなと、ちらっと色の白い女の顔を思い浮かべた。なんの根拠もなかったが、その娘は駿河に送られでもしたように思えた。そして漁色家の噂高い義元の傍で、その娘が綺羅《きら》を纏《まと》っている姿が眼に浮かんで来た。

更に二年の歳月が流れた。

今川義元が駿遠参の大軍を率いて尾張へ侵入しようとしているという報を信長が受け取ったのは、永禄三年五月のことである。信長は二十七歳になっていた。奇矯の言動が、以前程目立たず、平手政秀の所謂《いわゆる》「御行跡不正」が、幾らか静まって見えた頃であった。

今川方の鳴海、沓掛、大高の三つの城に取り囲まれるようにして、織田方の鷲津、丸根の二つの砦《とりで》があり、さらにその附近に丹下、善照寺、中島の小砦が散在していた。

今川義元が大軍二万五千を率いて丸根、鷲津両砦の攻撃に移るために、沓掛城に入ったのは五月十八日であった。そして事態の急が丸根砦の守将佐久間盛重に依って、当時名古屋より清洲に移っていた信長に報ぜられたのは十八日の夜であった。

鷲津、丸根の二つの砦はそれぞれ守兵僅か四百に過ぎず、今川の大軍の前には、清洲から救援のない限り、施す術《すべ》のない状態であった。併し、清洲の信長の兵力も四千内外で、今川の大軍の来襲に対して、城で守るか、打って出るか、清洲の老臣達の態度は容易に決まらなかった。林佐渡守は、終始清洲が名城であることを説いて、城に立て籠って闘うことを主張した。

信長の心は決まっていた。出でて闘うことであった。

「宜しく国境外に闘うべしとは、亡き父上の常の訓えである」

信長のこのひと言で、織田軍の将士の態度は決まった。信長は以前からいつか一度は斯うした事態が来ると思っていた。が、それがこんなに早くいまやって来ようとは考えていなかった。併し、それが来てみると、来なかったより来た方がよかったと思った。

勝算など全然持っていなかった。が、敗けるとも思わなかった。運が強ければ勝ち、運が弱ければ一命を今日明日に棄てるだろう。信長は自分のやりたいようにやるだけだと思った。亡き父の言葉で、老臣たちの考えを抑えたが、それは父の言葉ではなかった。彼自身の考えであった。幼時から何事でも自分のやりたいようにやって来たが、いまもそのようにやりたかった。作戦の上ではどうか知らぬが、出でて闘う以外自分の気持が納得できなかったのである。

信長はぐっすり眠って眼を覚ました。眼を覚ますと、直ぐ床を出て広間へと出た。

「何刻か」

と信長は声を大きくして叫んだ。

を中付け、馬に鞍を置くように言った。

「夜半でございます」

と、さいという奥女中が顔を出した。信長は直ぐ甲冑《かっちゅう》を持って来るように命じ、湯漬を申付け、馬に鞍を置くように言った。

近習の者が五、六人立ち現れた。信長は二人の者に手伝わせて、具足を締め、そこへ運ばれて来た昆布勝栗の膳に向かい、立ったままで飯を食べた。

それから床几《しょうぎ》に腰を掛けて、小鼓《こつづみ》を取って、「人間纔《わず》か五十年」の謡を謡った。信長はこの一番しか知らなかった。いつか足軽の老武士の舞を見てから、これが好きになり、清洲の城を手中に収めてそこに移ると、直ぐ町人友閑という者を探し出し、彼からそれを習った。

謡い終ると、信長は出発の合図の法螺《ほら》を吹き鳴らすように命じ、自分はその広間を出た。

法螺の音が城内に鳴り響いている最中、信長は小姓七、八騎を従えて大手口を駈け抜けていた。大手口に控えていた百許りの人数が直ぐその後に従ったが、信長との間隔はみるみるうちに大きくなって行った。信長は途中で幾度も馬を輪乗して、後に続く士卒を待ち、部隊が追い付くと、又駈け出していた。

熱田に到着したのは辰《たつ》の刻、部隊はほぼ二百人程である。熱田神宮に戦捷《せんしょう》を祈っているうち、次第に士卒は集り一千人程になった。

信長が鷲津、丸根方面にただならぬ煙の上がっているのを見たのは、熱田神宮を発して間もなくであった。彼がこれから赴こうとしていた二つの砦が落ちたことは明かであった。

信長はそれに構わず強行軍を続け、山崎附近を通過する時、丸根砦の敗走兵の一人に会った。様子を聞くと、守将佐久間盛重は華々しく討死したということであった。

信長は一刻程佐久間盛重が自分より早く死んだと思った。

信長は数珠《じゆず》を取って肩にかけ、後続部隊の中央まで馬を戻らせ、

「今日、信長がお前らの生命を貰うぞ」

と呶鳴《どな》った。少し神がかった調子の、低くはあるが、聞く者の心に沁みる声であった。

信長は馬首を回《めぐ》らして、また先頭に立った。強行軍は一刻の休みもなしに続けられた。途中から近くの砦々から馳せ参ずる武士たちが加わり、部隊は次第に隊列を長くした。

丹下を過ぎ、善照寺砦の東方で小休止し、兵員を点検すると三千許りであった。

今川義元が沓掛より大高に向かい、その途中の田楽狭間に駐屯したという報を得たのは、善照寺を発して一町も行かないうちであった。

信長は三千の兵のうち、三分の一をそこにとどめ、二千の部隊を率いて田楽狭間に向った。敵に気付かれぬように迂回して、丘陵の谷許りを縫って進軍した。

信長が、田楽狭間の北方三町許りの地点、太子ヶ根の山頂に登りついた頃は、天地は篠

つく雨で暗くなっていた。時刻は正午である。

部隊は、雨に敲《たた》かれながら雨勢の衰えるを待った。信長は馬を木の繁みの中に入れていたが、具足から雨滴は滝のように滴《したた》り落ちた。

信長は突撃の命令を下す瞬間を待って、ひどく永く思われる時刻を過した。雨勢は一向に衰えず、甲冑から落ちる雨滴と、木々の繁みを衝《つ》く雨脚が、信長の視野を全く閉ざしていた。

突然、信長の眼に父信秀の顔が閃くように映った。大たわけと言われていた幼い頃の自分を愛していた父の顔が眼に浮かんだ時、信長はぶるぶると身震いし、雨が幾らか衰えているのを確めると、

「法螺を吹け」

と大声で呶鳴った。そして馬を繁みから駈け出させた。四辺の繁みという繁みから、何か力強い黒いものが、いっせいに跳び出して来る感じだった。

法螺は鳴り響いていた。信長は山の斜面を駈け降りていた。彼の前も背後も左右も、逞しい黒い流れのようなものがいっせいに駈け降りていた。平手政秀の顔が、山口左馬助の連れていた娘の顔が、山城入道の顔が、妻濃姫の顔が、すべてが一緒になって、いま彼が突込んで行こうとする眼下の谷には詰っているようであった。

幔幕は押し倒されていた。死体が散乱する中を信長は駈け抜け、駈け戻った。喚声と叫

声と豪雨の音が入り混じって四辺を埋め、その中を駈け抜け、駈け抜け、無数の人間を左右に薙《な》ぎ払いながら、信長の眼は義元を探していた。

勝敗は全然解らなかった。ただ混乱がある許りだった。馬が前脚を折った。信長は馬首に喰らいつき危く身を支えた。と、次の瞬間立ち上がった馬は宙に駈け上がるように後脚で立った。その時信長は一本の長い武器が自分の前に突き出されたのを感じた。夢中でそれを払った。槍は二つに折れて、穂先が左に飛んだ。その時、

「駿河殿討ち取った、毛利新介」

と言う声が聞えた。

「駿河殿討ち取った、毛利新介」

その声は絶叫に近かった。断末魔の悲鳴に似たその声は、繰返し繰返し聞こえていた。

その声が何を意味するものか、信長は咄嗟《とっさ》の間には理解することは出来なかったが、やがて、それが自分に取って何であるかを知ると、信長の体に、初めて一種言い知れぬ悲哀の感情が水のように漲り渡って来た。そしてそれはやがて、彼が二十七歳の生涯で曾て感じたことのなかった得体の知れぬ力強く充実したものに、徐々に変りつつあった。

四辺は依然として篠つく雨だった。

信康自刃

信長の女《むすめ》徳姫が、家康の嫡子竹千代に嫁ぐために、清洲の城を出て、岡崎へ向ったのは永禄十年五月二十七日の朝であった。

長い婚礼の行列が城下を抜けるには小半刻を要した。揃いの十徳を着て白い布の帯をしめた輿舁《こしかき》の人夫がかつぐ輿は四十梃を越え、この長い輿の行列が漸くにして尽きると、随従の騎馬武者何十騎かが一団となって置かれていた。この騎馬武者の集団の終りに、今日の婚儀の賀使として岡崎に使する佐久間右衛門尉信盛の乗る輿が一梃《びっ》だけ配されてあった。そしてその輿から少し間隔を置いて、中持、厨子棚、担当櫃、長櫃、屏風箱等が、それぞれ人夫たちに担がれ、行装美々しい長い行列の最後に、そこだけが急にひっそりした表情を持って続いていた。砂埃は絶えずこの後尾を襲っていた。

先頭から三番目の輿だけが、その両側を、常にその輿から一定の間隔を保つように騎乗している二人の武士に付き添われていた。武士は徳姫の付人として選ばれた生駒八右衛門と中島与五郎の両人であった。

梅雨が明けて本格的な夏になっていた。清洲から岡崎まで、照りつけたらその道中は大変だと思われたが、幸いに曇天で、陽の光は射さず、併し、風は全く死んで蒸し暑かった。

この日、信長は己が女の婚礼の行列を本丸の櫓《やぐら》の一つから見送った。朝に夕に武装した隊列の行進だけを見ている信長の眼にはこの行列は初め少し異様に見えたが、それが彼の視野の中で次第に小さくなって行き一本の鎖としか見えなくなって来ると、彼の眼はいつも出動する部隊を見送る時のそれと全く変らなくなっていた。そして小さい眼をきらりと光らせると、やがて、ついとそれに背を向けた。

多少の不安が信長の心に尾を引いていた。併し、それは今日に限ったことではなかった。部隊を送り出す時、いつも例外なくこの不安は付きまとった。ただその不安は旬日を経ずして戦線からの報告で解消するものであったが、今日岡崎へ送り出した異形の小部隊からの報告は、遠い将来でなければ彼のもとにもたらされて来ないものであった。それだけの差違があった。

徳姫は九歳であり、徳姫を迎える竹千代も同年の九歳であった。婚礼と言っても、徳姫の身柄が清洲から岡崎へ移されるだけの話であった。織田、徳川両家の婚姻とは言え、自分の女《むすめ》を相手方へ手離す信長にしてみたら、どう考えてもこれは分の悪い取引きであった。九歳の少女の嫁入りは、実質的には人質となんら変るところはなかったのである。その分の悪さを自分の眼から匿《かく》すような気持で、信長は、自分の女の輿の前後を四十梃の輿で取り巻かせたのである。格式張ることの嫌いな信長が、彼の生涯で妙にぎすぎすした形式張ったことをしたのはこれが最初のことであった。

桶狭間に今川義元を屠《ほふ》ってから数年しか経っていず、その勢威は日々強大になり畿内平定の一歩手前まで来ていたが、周囲を見廻せばみな敵であった。東国や中国、九州は別にして、極く近い手の届く周辺を見渡しただけでも、到るところ気の許せぬ相手だった。武田、浅井、朝倉、三好は虎視眈々《たんたん》として信長打倒の機を覗っていたし、大坂、長島の門徒、あるいは比叡山延暦寺、いずれも信長に隙があれば事を構えようとしていた。

僅かに会盟の誼《よしみ》を通じているのは隣人家康だけであった。家康は今川氏に代って参河を根拠地として東海に勢力を張り出したとは言えまだ海のものとも山のものとも判っていない。併し、甲斐《かい》の武田信玄の鋭鋒に直接接触しないためにも、関東の北条に対する備えのためにも、家康との同盟を更に強化しておくことはこの際必要であった。信長は凡そ自分に属する総てのものを、たとえ毛髪の一本でも無為に遊ばせておくような安閑たる立場にはなかった。

竹千代と徳姫との婚約を取り交したのは四年前の永禄六年で、家康との間に同盟の結ばれた翌年である。初めて家康が百余騎を率いて清洲に乗り込んで来て、提携を申し込み、信長に違背ないことを誓った時、信長は家康に、長光の大刀と吉光の脇差を贈ったが、その時彼は少し贈り足りない気がした。その気持が、翌年の春、当時まだ五歳だった竹千代と徳姫の婚約となって現われたのである。

この婚約は、あくまで約束として、その期間はいつまでも延長できるわけだったし、二人の年齢を考えれば寧《むし》ろそうするのが当然であったが、信長はこの春から家康との間の口約束を、早急に具体的に現わしたい衝動を感じていた。婚約を取り交した四年前とは、信長の威勢は同日には語れなかったが、それと同じだけ内包する危険も亦大きくなってい た。家康が信長を必要とする度合も高まっていたが、信長が家康を必要とする度合も高まっていた。ただ信長の方が自分の賭けているものが大きいだけに、どこまで行っても、この賭事では信長の方が負目であった。竹千代と徳姫の婚姻について先に口を切ったのは信長の方であった。もう大刀の二、三本では贈り栄えがしなかった。この少し分の悪い取引きは、多少の危険に眼をつむれば、分が悪いということで、当然それだけの効果はある筈であった。

多少の危険というのは、相手の竹千代が、信長が桶狭間で屠った今川氏の血を受け継いでいるという一事であった。家康は今川氏に人質となっている時に、義元の仲介で、義元の養女である築山殿を室としたが、その間に生れたのが竹千代である。その竹千代のところへ自分の女《むすめ》を送ることは考えようによれば無謀であった。

信長が今川一族を撃ったことについて、家康がどう考えているか、信長には摑めなかった。家康は今川氏のもとで、幼少時代を送って成人している。併し、その間の待遇がよかろう筈はなく、家康は辛酸の幼少時代を送っている筈であった。家康が今川一門に対して、恩義を感じているか、その反対に恨みを持っているかは、ちょっと外部からは想像できなかった。

家康の心中に若し、桶狭間のことで、信長を快しとしないものがあるならば、こんどの竹千代と徳姫の婚姻は、信長にとって勿論暴挙に等しかった。が、考え方によれば、反対にそれはまた家康の恨みを解消する役目をしないものでもなかった。単に両家の盟約を強固にするという以外に、この九歳の男女の婚姻はこれだけの意味を持っていた。

徳姫の一行が岡崎城へ到着したのはその日の六ツ半で、夏の夕明りが漸く一瞬一瞬暗さを増して来る時刻であった。門火が焚《た》かれてある城の一の門をくぐったところで輿は降ろされた。桝形《ますがた》に入ると、城壁に沿って等間隔に並んだ十幾つかの篝火《かがりび》が、火の粉を重たく地面に落していた。

徳姫は侍女に手を執られるようにして輿から出ると、篝火の光の中にその全身を浮び上らせた。白小袖に、同じ袿《うちかけ》を着、胸には護符を下げていた。背丈は高く、地面にすっくりと立った容子は到底九歳の年齢には見えなかった。

「姫さま、どうぞ」

清洲からの付添いの侍女が言った時、徳姫は両側に頭を下げて居並んでいる出迎えの者に無造作な一瞥《いちべつ》をくれると、渡櫓をちょっと見上げるようにしながら、口の中で何か私語した。侍女は徳姫の言うことを聞き取るために、顔を近付けて行った。

「小さいお城！」

徳姫はまた私語した。こんどはその言葉はあるうそ寒さを伴って侍女の耳に入った。

桝形で輿渡しの儀が取り行なわれると、徳姫は二の門をくぐって城内に引き入れられた。到るところに燎火《にわび》が焚かれ辺りは昼のように明るかった。

天守へはいると、いつか徳姫の傍からは付添いの侍女の姿は消え、婚礼の待女房らしい老女がそれに代っていた。連れて行かれた広間には、正面に家康および室築山殿が並び、一段下って右手上座に竹千代、それから下に流れて重臣老臣たちが居並んでいた。

徳姫は竹千代に向い合う席に坐らせられ、佐久間信盛および随従の武士の重だったものが、その下手に坐った。

盃事は直ぐ取り行なわれた。九歳の竹千代は両肘を大きく張るようにして盃を受け、三度それを口に運んだ。蒼白んだ顔の中で、口をきっと一文字に結び、澄んだ眼で徳姫の方を見た。病弱で癇の強いのが周囲の者をてこずらせて来はしたが、どこかに気の弱い優しさのある少年であった。この夜の竹千代は、興奮が彼を凜々《りり》しく見せていた。父の家康には全然似ていず、容貌は母の築山殿のものを受け継いでいた。竹千代は、自分の妻として清洲からはるばる送られて来た徳姫が、十分美しいことに何となく満足であった。

徳姫は身動きしないで坐っていた。ここに居並ぶ誰よりも自分の父の方が権勢家であることを徳姫は知っていた。その優越感が徳姫の顔を美しくし、その皮膚の色を冷たく光らせていた。遠くから見ると、一座の誰の眼にも、徳姫は花嫁衣裳を纏った人形にしか見えなかった。その人形が盃を両手に捧げ持ったことが、人々には、操り人形の仕種《しぐさ》のようにどことなく虚しく見えた。

家康は今夜この城に送り届けられて来た信長からの厄介な預りものの、こまっしゃくれた仕種を、間近からじろじろ眺めていた。眉のあたりは信長に生き写しであり、猜疑《さいぎ》心の強いこと、気性のきびしいことが、俯向《うつむ》いている細面《ほそおもて》の神経質な頬の線によく現われていた。ただ信長の女《むすめ》とは思えないほど器量がよく、それは兄の信忠の貴族的な面輪《おもわ》と似通っていた。

やがて佐久間信盛が進み出て家康に祝賀の言葉を述べたが、家康も対等の礼儀を以て、清洲の代表者に祝辞を返した。言葉も慇懃《いんぎん》を極めていたが、家康にとってこの婚姻はさほど有難いものではなかった。九歳の花嫁は、家康にとっては押し付けられた一本の匕首《あいくち》にほかならなかった。

この婚姻に依って、織田家との紐帯《ちゅうたい》が強固になることは言うまでもなかったが、それ以上に、将来面倒な事件の起る種が蒔《ま》かれた感じであった。家康は信長を触らぬに限る人物だと見ていた。併し、いま一本の匕首が預けられた。匕首はそれで相手を傷つけることもできたが、またいつそれが自分を傷つけないとも保証できなかった。

家康は室築山殿の方へ視線を投げた。それでなくてさえ表情というものを全く現わさない築山殿の顔は、今夜は厚く化粧しているので、何を考えているか全く判断できなかった。彼女は徳姫の方に静かに顔を向け続けていた。弘治三年正月、今川義元の取計いで婚礼してから十年になるが、家康はこの十年間に、名家関口氏から出たこの女性の性格を摑み取っていなかった。いつも無表情で、凡そ感情というものを面《おもて》に出すことはなかった。家康は、おっとり構えている築山殿の、彼女を取り巻いている静けさが、妙にこの時気になった。

広間で酒宴が始まると、徳姫はそこを退って本丸の館へ連れて行かれた。そして今日から寝起きする部屋へはいると間もなく、築山殿からの迎えがあった。長い廊下を隔てて、向い合っている棟に新しい徳姫の母の部屋があった。

その部屋の入口まで三人の侍女に導かれ、そこから徳姫は一人で築山殿の部屋へはいって行った。先刻見た広間の服装のままで、築山殿は一人坐っていた。徳姫はその前に坐ると黙って丁寧に頭を下げた。

「美しいこと」それが徳姫の聞いた最初の言葉であった。徳姫はにこりともしないで、面を上げて豊満な色白の築山殿の顔を初めて仔細に見た。

近く進むように言われると、徳姫は臆せず言われるままに進んだ。もっと近くと言われると、更に進んだ。築山殿は人に愛されるという教育を受けたことのない少女の顔を暫く見守っていたが、

「今日からは、私が姫様の母です。立ってごらんなさい」

と言った。徳姫はまた命じられるままに立ち上った。小袖の肩から背へかけて、体はじっとりと汗で濡れていた。

「まあ、驚く程お背が高い。竹千代殿よりお高いかも知れぬ」

築山殿はそう言いながら、徳姫の傍へ一、二歩近寄ると、いきなりその肩に手をかけた。突如、肉をつねり上げる烈しい痛みが徳姫の右の肩先を走った。あっと言ったまま、身を捻りながら、徳姫は痛みに吊り上げられるように爪先を立てていった。

「声を立てては不可《いけ》ませぬ」

徳姫は夢うつつで築山殿の声を聞いた。そのうちに徳姫の右の脚が自然に畳から上った。そうせずにはいられなかった。ううっ、ううっと、悶絶しそうな低い声を口から出しながら、徳姫は、左の爪先で体を支え、右脚を宙でひらひらと動かした。折れた枝でも動いているような妙な揺れ方だった。

肩から築山殿の手が離れた時、徳姫は眼に涙を溜めたまま、自分がひと言も声を立てな

かったことを思った。そして声を立てなかったということでなぜかほっとした。こうした折檻を受けるために、自分は輿に乗ってやって来たのに違いなかったと思った。徳姫はなぜ声を立てなかったか、そのことは自分でも確《しか》とは判らなかった。物心がついてから他人から痛みを与えられたこともなかったし、従って痛みに耐えるということも知らなかった。自分がいかなる苦痛にも耐え忍ぶ力を持っているということを、徳姫は九歳の婚礼の晩初めて知ったのである。

元亀元年正月、遠州の引馬城の普請が出来上ると、名を浜松と改めて、そこへ家康は引き移った。そして岡崎城を竹千代に護らせた。竹千代は十二歳であった。平岩七之助、石川重次、鳥居忠吉等が補佐役となり、松平茂右衛門、江戸右衛門七、大岡弥七郎等が町奉行となった。

浜松城に引き移る時、家康は、築山殿を連れて行かなかった。信長の思惑を考えての家康一流の要心深い処置であることは誰にも想像できた。築山殿は今まで居た本丸の居館から東曲輪《くるわ》の一角に移された。

徳姫は岡崎へ来てから足掛け四年の歳月を送り、三度目の正月を迎えていた。徳姫は婚礼の夜の残忍な折檻を、燎火や小袖や本丸の広間の盃事と同様に、夢の中の出来事のような気がして、どうしても現実の事として考えることはできなかった。

築山殿の理解に苦しむような仕打ちは後にも先にもその時一回だけで、それ以後の築山殿の徳姫に対する態度には別に変ったところはなかった。勿論親切でもなかったが、かと言って憎悪の籠められたものでもなかった。常にある距離を置いて冷やかに見守っているような、そんな態度を築山殿は持ち続けていた。言葉使いは鄭重で、いかなる場合でも姫様と様づけで呼んだ。

徳姫はこの二年半の間に、築山殿と口をきいたことは数えるほどしかなかった。何か事がない限り、奥に一人引き籠っている肥《ふと》り肉《じし》の、高慢さを無表情で匿している女性と顔を合せることはなかった。

徳姫は母としての築山殿にかしずく気持もなかったし、その必要もなかった。信長の女《むすめ》としての意識は、好むと好まないに拘らず、常に徳姫につきまとっていた。何事につけ家康は鄭重に彼女を遇していたし、家臣の者たちも、寧ろ竹千代に対する以上の鄭重さで彼女を取り扱った。

築山殿が東曲輪へ移って暫くしてから、徳姫は母の新しい住居を見るために出向いた。贅沢な邸宅であった。玄関、書院、客座敷、居間、奥の間、それに猿楽を行なう舞台まで設けられてあった。徳姫の通された部屋の床には山水の軸が掛けられ、床の横の棚の上の香炉には香が焚かれてあった。

徳姫が公家《くげ》の館に似たその造りや調度を見廻し、その美しさを口にすると、

「わたしも竹千代も駿府の屋形様御在世の頃には、こうした育て方をされて来ました」

そう築山殿は言った。抑揚のない口調に毒だけが盛られてあった。駿府の屋形様と言うのは今川義元のことである。義元が公家の風俗をまねて、奢侈《しゃし》に耽った噂は徳姫も小さい時から聞かされていた。

徳姫は築山殿の顔を見守っていた。今川義元の名は少なくとも自分の前では誰も口にしない、謂《い》わばこの城中の禁句であった。それを口にすることは、はっきりと自分に不倶戴天の敵意を抱いていることの表明に他ならないと思った。

徳姫は築山殿の虫も殺さぬ静かな顔を見ていた。築山殿はこのような顔をしたまま自分の肩をあのようにむごくつねり上げたのであろうか。婚礼の晩声を立てなかったことに較べれば、徳姫にとって、今は亡びた駿河の名門の誇りを喪《うしな》うまいとしている一人の女人の不気味な面に視線を当て続けることは、さほど難しいことではなかった。

この年八月二十八日、竹千代は元服し、信長の名と父家康の名から一字ずつ取って、岡崎三郎信康と改名した。竹千代元服の祝賀の能が浜松城内にあって、参河遠江《とおとうみ》の武士たちも陪観を許された。岡崎の城下は三日三晩この祝いのために沸き返った。

浜松から岡崎に、三郎信康となった竹千代が帰った時、岡崎城内でも祝賀の宴が開かれたが、築山殿は姿を見せなかった。信長の名の一字を取った信康という名前が、築山殿には気に入らないのだと噂された。

その頃、築山殿は東曲輪の館からめったに外へ出ることはなくなっていた。世人は築山殿の館を御花園と呼び、御花園をめぐる風評は侍女の口からいろいろと徳姫の耳にもはいっていた。家康が岡崎城へ来ても築山殿の館を訪ねることはないということ、それから嘘か真箇《まこと》か、築山殿は唐人の医者滅敬と言うものを近付け、その行跡には相当眼に余るものがあるということ、その他武田の浪人者が出入りしたとか、しないとか、いろいろな取沙汰が行なわれていた。

御花園という呼称は、誰の耳にも、ある華やぎと暗さを併せ持った伏魔殿的なものとして聞えた。

信康の少年から青年への移行期は、家康が全力を挙げて、南下して来る甲斐の武田軍と雌雄を決しようとして、参遠駿三国の諸城砦を取ったり取られたりして合戦に明け暮れた時代である。

信康の初陣は天正元年三月、十五歳の時であった。家康の命に依って松平次郎右衛門が岡崎城に赴いて、信康に甲冑《かっちゅう》を着せた。背丈は高く、四肢はすくすくと育って十五歳には見えなかった。幼少の頃ひと眼で癇症と見えた病的な眉の鋭さは、そのまいまは彼の面貌を精悍に見せ、武人の子にしてはおとなしすぎると思われた性格は、将来の名将を約束する鷹揚たるものに変っていた。

信康は、その日、兵を率いて武田方の足助《あすけ》城を攻撃、殆ど戦わずしてこれを略し、武将鈴木重直に守られて、自らは兵を率いて直ちに武節城に迫った。ここでもまた敵兵は城を棄てて奔《はし》った。

この前年の三方《みかた》ヶ原《はら》の合戦で、家康は武田軍に大敗を喫し、それ以来兵に休養を与えて陣形を立て直そうとしている時だったので、信康の初陣の成功は徳川軍には限りなく明るいものをもたらした。家康が信康の初陣を、三方ヶ原の敗戦の直後に選んだことは、全軍の士気を鼓舞することを覘《ねら》ったものだったが、それは予期以上の効果を収めた。

これ以後、信康は岡崎城の守将として、多忙な戦争生活にはいって行った。後見役の老将たちが舌を捲くほど少年武将は戦争巧者であった。天正三年、十七歳の時信康は長篠合戦に出陣したが、この頃から漸く、信康の名は四隣に響くようになった。

長篠戦で一敗地に塗《まみ》れた武田勝頼は、早くも同年六月には遠州に兵を出して再び二俣城を攻めたが、信康は家康と共に出陣して諏訪原の城を攻略、続いて小山城を攻めた。この戦で、勝頼は二万余騎を率いて大井川の岸に布陣した。家康は敵の大部隊と闘う不利を知って、兵を引くことにした。その後退に当って、信康は家康を先に退かせ、自分はその後に従うことを主張した。

合戦に於て退却は進撃よりも難しいとされていた。家康は十七歳の信康を信用していなかった。

「倅《せがれ》のくせに出過ぎたことを言うな、さっさと退け」

と言った。併し、信康は承知せず、家康を退かせて、そのあとから、しずかに軍をまとめて帰った。その退却振りは水際立って鮮かだった。ために勝頼も川を越えることはできず、川を越えて追撃しようとした一部隊も空しく引き返した。

この合戦の直後、家康は武田軍の捕虜の口から、勝頼が、今度参河には信康という小冠者の洒落《しゃれ》者が出て来て、指揮進退の鋭さは、成長ののちが思いやられると語ったということを聞いた。この話を聞いた時、家康はまさしく小冠者の分際で驚くべき合戦巧者のわが子に対して、ふと正体のはっきりとは判らぬ不安なものを感じた。亡びを予感させるような鋭さを確かに信康は身に着けていた。

翌天正四年、夏頃から参遠の地には盆踊りが流行し、各地で老若男女が踊り狂った。信康はこの踏舞を好んで、岡崎の城下でも町民に踊ることを奨励した。そのため岡崎の城下には各地から踏舞の男女が集まり、太鼓の音が毎夜のように城内まで聞えた。

徳姫は信康がこうしたものを好む気持が判らなかった。徳姫は初産の床で、盆踊りの騒《そう》擾《じょう》と間延びのした太鼓の音を遠くに聞いていた。

「なぜ盆踊りなど奨励されます？　武士たちも大勢踊りの群れにはいっていると聞いています」

ある時、徳姫は難ずる口調で信康に訊いた。

「今川が滅亡した前年、駿府の城下ではやはりこのように盆踊りは流行したそうだ。母上から聞いた」

そう信康は答えた。

「なぜ、そんな不吉なことをおっしゃるんです？」

「今川は亡んでも、信康は亡びない。亡びて堪《たま》るか」

信康は大きく笑ったが、徳姫は夫の笑いの中にふと自分に対する敵意のようなものが籠められてあるのを感じた。徳姫は、盆踊りは信康が好きなのではなく、あるいは築山殿が好きなのではないかと思った。徳姫は、家康の室とは名ばかりの、不遇な築山殿を慰めるために、信康は盆踊りのさんざめきを城中にまで響かせているのかも知れなかった。それはそれでいいとしても、信康の今川は亡んでも信康は亡びないという、陰にこもった嫌味な言葉の調子は、いつまでも徳姫の心に残った。

精悍な若い武将に、漸く妻としての愛情を抱き始めようとしている徳姫は、この時信康と自分との間に、どうしても埋めることの出来ない冷たい間隙が宿命として置かれてあるのを感じた。徳姫は憎悪というものを築山殿に教えられ、孤独というものを、信康に依って知らされたのであった。

やはり同じこの年、家康はもう一度、別のことで信康にある不安なものを感じたことがあった。それは、家康が岡崎城に出向いた時のことである。家康が本丸の館で信康と向い合って話をしている時、家康はふと誰かが部屋の障子を敲《たた》いているのに気付いた。稚《おさな》い敲き方であった。

「誰か？」

家康が訊くと、信康は黙って次の間に立って行き、三歳許りの子供を抱いて来て、

「私の弟、於義丸でございます」

と言った。信康は二年前、浜松城内に居たお万の方が城を出て、その後間もなく男子を産んだという話をきき、その子を引き取って他処で養育し、それをこの席に連れて来て父の家康に引き合せたのであった。家康は苦笑して、その子供を膝の上に乗せると、その子供の顔を見ながら、

「よい生れ付きだな」

とひと言言った。すると、

「仰せの通りよいお生れ付きでございます。成人の上は、私のよい力になりましょう」

そう信康は言った。家康は初めて対面したわが子に、来国光《らい》の脇差を与えたが、この時も家康は、勝頼が評したという〝小冠者の洒落者〟という言葉を思い出した。年少のくせに、何事も見抜いて、取りなして行く小憎らしい計らいに、この前とは少し違った不安を感じた。わが子ながら将来が恐ろしいと思った。

翌天正五年勝頼は二万の軍を率いて横須賀に入った。信康は家康と協力してこれを撃退

した。再び十月に、勝頼は遠州に来攻したが、信康は岡崎を出て浜松城を護った。

翌六年の八月には小山城を攻め、九月には来攻する勝頼を迎えて見付に陣した。信康の日々は漸く軍旅の倉皇さの中に埋もれて行った。

家康は信康に亡びの予感のような不気味なものを感じたが、当の信康はそうしたものを父の家康以上に自分自身で感じていた。信康はそうした思いが何に根差して起って来るか、理解できなかったが、この不吉な思いは、かなり執拗に度々信康を襲った。

信康は時々孤独な気持に陥った。そんな時、信康は自分が父家康とも全く違った地盤の上に立っているという気持を払拭《ふっしょく》することはできなかった。子まで設けた徳姫に対しても、全く同じであった。岡崎城主として、将来の家康の後継者として、自分の名が次第に高くなるにつれ、信康は全く正体の判らぬ不安な気持に襲われた。それは言うまでもなく、自分の体に母築山殿を通じて信長に屠られた今川氏の血が流れているという意識から来るものであった。

今や岳父信長の地位は確固としたものになっていた。武田を長篠に破り、浅井、朝倉を倒し、続々と反抗する諸勢力を降して、信長の天下の号令者としての地位は全く確立したと言ってよかった。その信長に当然恨みを懐くべき今川一門の血が、自分の体には流れている！　これはどうすることもできない歴とした事実であった。

信康は、信長からも徳姫からも、そうした眼で見られているという気持を除くことはできなかった。二人の自分を見る眼は違うと思った。そうした眼を信康はまた父の家康にも感じることがあった。自分が見詰められているのでなく、自分の血が見詰められている気持だった。

信康も、また自分で自分の血を見詰めることがあった。自分が長ずれば長ずる程、戦功を樹《た》てれば樹てる程、亡びへと近付いて行きかねない暗い宿命を持った血であった。

そんな時信康は兇暴な気持になった。何かひどく残忍な行為でもしなければ居ても立ってても居られなかった。実際に信康は、憑《つ》かれたようにそうした行為に身を任すことがあった。自分でも押えることのできない身内から突き上げて来るような衝動であった。

信康は踏舞の流行した頃、それを見物に城下に出たことがあったが、その時粗服を纏っている踊子と、踊り方の悪い者を列から引き出すと、それを打擲《ちょうちゃく》した。そんな時の信康は全く日頃の信康とは別人の感があった。顔面を蒼白にして額からは汗を吹き出していた。

また鷹狩へ出て、不猟で帰る途中、一人の出家に会ったことがある。猟場で出家に出会うと獲物がないといわれていることを思い出すと、信康はその出家を捉え、その首へ縄をかけると、そのまま馬を走らせた。

徳姫は信康のこうした彼女には病的としか思われぬ性癖を知っていて、小侍従という侍女の口を通して諫《いさ》めさせたことがあった。その席には徳姫もいた。

「城下では、殿様の御短慮について兎角の噂をしているということでございます」

徳姫の見識と冷たさを、そのまま受け継いでいる若い侍女は、顔を上げて、正面から信康の眼を見て言った。

信康は、いきなり小侍従の髪を摑んで、その場に捻じ伏せると、脇差を抜いて、それを切った。そして小侍従の細い腕を、徐々に力を加えながら捻じ上げていった。それを瞬きもしないで徳姫は見守っていた。築山殿の折檻の痛さが、そっくりそのままの形で、徳姫の身内を走っていた。

信康の眼と徳姫の眼がぶつかった。殆どそれと同時だった。ことりという骨の砕ける小さい音が、静かな部屋の空気の中に響いた。小侍従は気を喪い、徳姫は部屋から出て行った。

こうした場合、いつも発作が過ぎると、信康は烈しい脱落感が自分を占領するのを感じた。そして限りなく遠くで干戈《かんか》の響が聞えた。合戦だけが信康を呼んだ。

天正七年、信康も徳姫も二十一歳であった。徳姫が清洲から輿で送られてから十二年の歳月が流れていた。徳姫はこの年の春に二人目の女子を産んだ。産褥《さんじょく》を離れた日、築山殿が祝いに来た。徳姫は正月の祝賀の時以来築山殿には会っていなかった。

「また女子をお産みとは、よくよくのこと！」

城内の桜が満開の時で、築山殿は障子を開け放した部屋に坐って、庭の桜の方に眼をやったまま、例に依って何を考えているか判らぬ静かな表情で言った。家康でも一歩も二歩も置いている徳姫を城内で怖れないのは築山殿だけであった。

徳姫は、この女性に答える必要はないと思った。すると築山殿は、

「男が生れてこそ、家のためにも国のためにもなるというもの！　今川の血を絶やすおつもりか」

それだけ言うと、その時だけ冷たい眼で徳姫を見、またその顔を戸外に向けた。

坐っているのが苦しそうな程張った築山殿の両股の肉を見ながら、徳姫はこの時、築山殿に嘗《かつ》てない烈しい怒りを感じた。男子を分娩しない引け目のあるところへ、今川の血という不遜な言葉を投げつけられたことが、ぶるぶると徳姫の体を震わせた。築山殿に対する憤りというより、信康に対する怒りでもあった。築山殿は口に出して言ったが、信康は口に出さないだけであろうと思った。築山殿がちらっと自分の顔へ当てた眼は、信康が小侍従の腕を折った時の、あの眼と寸分違っていなかった。小侍従の事件を引合いに出すまでもなく、それは信康が何かの折自分に示す眼でもあった。

「お引き取り戴きましょう」

徳姫は、築山殿に言うと、いつか小侍従の事件の時もそうであったように、母を置い

て、自分から座を立った。

その晩、徳姫は御花園の館に築山殿を訪ねることを思い立った。出産の祝いに対する返礼であったが、いつもと違うことは公式の訪問の形を執ったことであった。本丸から東曲輪へかけて、燎火が焚かれた。昼のように明るい城内を歩くことは、徳姫には婚礼の夜以来であった。それに十数人の女房がつき従っていることも、老女が先に立って自分を導いて行くことも、十二年前の夜と全く同じだった。ただ異なっているのは、夏と春の季節の違いだけであった。爛漫と咲き盛った桜が、造花のような固さで、女房たちの一行の頭の上に覆いかぶさっていた。風はなかった。

築山殿の館に近付くと、出迎えのために二、三人の侍女と門の前に立っている築山殿の姿が見えた。

「お肥立ちの大切なところを、お越し戴いて有難う」

と、築山殿は、昼のことは忘れているとしか思えぬけろりとした表情で儀礼的に挨拶を述べた。

「どうぞ、おはいり下さい」

「ここで結構です」

徳姫は言うと、

「生れた子供が男児でなくて残念に思います。この上も、わたくしには男児は産めないかも知れません。なぜか、そのような気がいたします。でも、これはこれで是非ないことでございましょう」

徳姫は言った。皮肉に言ったつもりだった。すると、それを聞いていた築山殿は、少し顔を仰向けるようにして、声を出して笑った。

「そんなこと御案じなさるには及ばぬこと。お城のお後継ぎは、信康様も考えていることがおありでしょう」

「と申しますのは」

瞬間怖ろしい予感を感じながら徳姫は言った。声が少し震えていた。それには答えないで、築山殿は侍女を招《よ》んで、小声で何か私語《ささや》いた。やがて、二十歳程の若い女房が一人引き出されて来た。色白の美貌な女性であったが、徳姫には品がなく見えた。女は怯えきった表情で、徳姫の前へ出ると、腰を折って、地面に片手をついた。

徳姫は血の気を失った顔で女を見詰めていたが、いま自分の前に女が引き出されたことが、築山殿に依って何を意味されているかを知ると、

「お下り」

と、きつく女に言った。そんな徳姫にはいっこう構わず、

「ここへお越しの途中の桜が見頃で美しいことでしたでしょう」

築山殿が言うと、

「お暇いたします」

と、徳姫は怒りに震えながら答えた。信康が側室を持っているということは、侍女の口から聞いたことがあったが、その女性が築山殿に匿まわれているということを知ったことは、徳姫にとっては、大きい屈辱であった。

徳姫は少しも取り乱すことなく、帰りも、往きと同じように、燎火の間を縫って、夜空を仰ぎながらゆっくりと歩いた。そして徳姫は本丸の居室へ入ると、何人かの侍女を次々に招び、築山殿と信康の所行について知っていることを尽《ことごと》く喋らせた。そしてそれがすむと信長の命で彼女に付き添って来ている加納弥八郎という武士を招んだ。加納弥八郎が伺候するまでの時間、徳姫は眼をつむって部屋の中央に坐っていた。

一つ、築山殿、唐人減敬を近付けて不行跡あること。一つ、信康武田の家人日向守昌行の妾腹の子を妾となし、妾に溺れて遊宴をこととすること。一つ、築山殿減敬を通じて、武田勝頼と通ずる疑いのあること。一つ、信康鷹野に出て、通行の出家に残虐の行為あること。一つ、信康徳姫付きの女房の腕を折ること。

徳姫は箇条を数え上げると十二あることを知った。再び数え直してみた。やはり十二あった。

四月二十三日に、勝頼の大軍が駿州江尻に来攻したとの注進で、家康は参河の諸将に浜松に参陣するように沙汰して、自ら本隊を率いて出動、二十四日夜には馬伏塚の線に出た。参河の諸部隊は続々参集して来たが、信康は家康が布陣した翌日、早くも同じ馬伏塚へ軍を進めた。その神速な出陣ぶりは、家康および諸将士を驚歎させた。

併し、勝頼の軍が大井川を渉って退却し出したので、両軍は干戈を交えるに到らず、二十九日折から降り出した雨の中を家康と信康は浜松へ軍を返した。これが岡崎三郎信康の最後の出陣であった。

信康は一カ月余浜松に滞在していたが、この頃から何となく築山殿および信康の身辺には危険な空気が漂い出したのである。二人の行動を警戒せよという指令や、二人の素行を調べて報告せよという命令が、次々に信長から家康のもとへ送られて来た。

家康は事情のただならぬことを知って、六月四日、岡崎へ帰る信康に同行し、岡崎に行くと、城内で、宿臣老臣たちを集めて善後策を協議した。家康は七日浜松へ帰った。忽ちにして参河一帯を落ち着かぬ不安な空気が占め、巷間に種々の取沙汰が行なわれた。

家康は七月十六日、酒井忠次、奥平信昌の二人を安土に御馬進上の使者に立てた。二人は安土に到着すると、直ぐ信長から信康と築山殿の二人の十二の罪状について、一つ一つその実否を質《ただ》された。

この時信長は、参河の二人の重臣の答弁をさして重視していなかった。既に腹は決っていた。いかなる答弁がなされようと、三郎信康はこの機会に葬り去られねばならなかった。徳姫からの訴えがない以前から、信長は俊敏鷹のような若い岡崎城主が気懸りだった。世にあるよりも亡いことを望む人物だった。併し、徳姫との間に二人の子までなしているので、信長もこれだけはどうすることも出来なかった。十二年前に清洲の城から徳姫を送り出したことを、信長は当時とは全く違った気持で後悔していた。

ところが、こんどの事件の発端は意外にも徳姫からの訴えであった。徳姫の訴えて来た十二の罪状の真偽などは、信長にとってはどうでもいいことであった。さして徳姫に異存がない限り、この事件の処置というものは考慮の余地のないものであった。今川の血は絶やすべきであった。家康の子であろうとなかろうと、将来の禍根は若い芽のうちにつまねばならなかった。

信長は、信康と築山殿の生害を、酒井、奥平の二人を通じて家康に命じた。家康が信長の処置をどうとるか、多少そこに問題はあったが、信長は今やいかなる命令をも家康に下すだけの実力を持っていた。一方家康は信長の裁断がいかなるものか、命令を受けぬ前から知っていた。十二年前の厄介な預り物の匕首で、ついに自分の身を傷つけなければならぬ時が来たのである。

家康は特に信康のために陳謝してやる方法を講じなかった。それが無駄であることは判っていたし、それにまたこんどの事件がかりに収まっても、信康と築山殿のある限り、徳川家の内蔵する爆薬は、将来いつ更にその災禍を大きくして爆発するかも判らなかった。家康は、信康も築山殿も不憫《ふびん》だと思った。併し、将来の禍根はやはりこの際家のために断たなければならなかった。家康は自分の傷口から血の吹き出るままにしておいた。家康にとっては苦しい時期であった。

信康は安土に使した酒井忠次と奥平信昌の二人が、安土からの帰路、岡崎へ立ち寄らず、浜松へ直行したことを知って、事の重大さを感じた。是非に及ばぬと思った。信康は父家康の命のあるまで人に会わず蟄居《ちっきょ》した。築山殿にも会わず、勿論徳姫にも会わなかった。長いこと持っていた亡びの予感が、ついに現実となって現われて来た気持だった。

八月三日、家康は岡崎城へ来ると、信康に、

「大浜へ行くか」

と言った。信康は家康の言に従い、素直に自ら大浜へ移った。

翌日の四日は朝から激しい豪雨であった。信康はその雨を冒して、岡崎へ戻り、家康に会って、その日のうちに再び大浜へ帰った。父家康にもう一度会っておきたかったのである。

九日信康は小姓五人と一緒に大浜より遠州堀江へ移された。この浜名湖畔の小さい城で十日程過し、更に二俣城へ移された。

信康が身柄を各地に転々と移されている間、参河の地は動揺していた。信長の処置を怒っていつ反乱が起るとも判らぬ情勢にあった。家康は岡崎城を松平康忠、榊原康政等に護らしめ、信康の監視役としては大久保忠世を選んで彼を二俣城に遣わした。そして一方、

鵜殿善六郎を派遣して、参河の諸将を岡崎に集合させ、信康の事件で騒擾しないための起《き》請文《しょうもん》を取った。

こうした情勢の中で、八月二十九日、築山殿は浜松城外で害せられ、翌月十五日、信康は命に依って二俣城で二十一歳を一期として自刃した。

徳姫はその年を岡崎城で過し、翌天正八年二月二十日、岐阜へ帰るために、輿で岡崎を立った。徳姫の出立に先立って、十七日に家康は岡崎に来て、徳姫に別れの挨拶をし、松平主殿助《とのものすけ》家忠をして、徳姫を桶狭間まで送らせた。桃の盛りであった。五梃の輿は何十騎かの武士に護衛されて断層の多い丘陵を上ったり下ったりした。徳姫は岡崎城内の奥深くに垂れ込めていたので、参河一帯の動揺についても無知であったし、自分に対する参河人の怨嗟《えんさ》の声も知らなかった。勿論次の事についてもなんら知るところはなかった。

即ち、信康自刃の折の最初の介錯《かいしゃく》人渋河四郎右衛門が当日半狂人となって出奔してしまい、ためにそれに代って服部半蔵が介錯することになったが、鬼の半蔵と言われた彼も、その場に及ぶと刀を投げ棄てて卒倒してしまったということ。代って信康を介錯した天方山城守は、その後家を出て高野山へ入ってしまったということ。それから又、合戦の度に信康に具足を着せていた久米新四郎が、信康の自刃を聞くや、仕官を棄てて、家康の上意に依っても絶対に志を変えないでいるということ。

そうした信康自刃を取り巻く数々の噂は、岐阜に行ってから、一年後に初めて徳姫の耳に入った。この登場する大方の人物の名も、顔も、徳姫は知っていた。徳姫は、築山殿がそうであったように喜怒哀楽を喪った無表情な面でそれを聞いた。

尾張へ帰ってからの徳姫については殆ど知られていない。降って、信長の歿後の天正十二年に、兄信雄《のぶかつ》に依って秀吉のもとに人質に出されようとした「妹岡崎殿」なる女性が徳姫ではないかということと、晩年京都烏丸御門の南に住んでいて、寛永十三年に七十八歳で歿したということだけが、僅か二、三行の記録として伝えられているに過ぎない。

天正十年元旦

勝頼はがばと床の上に起き上った。そして夢であったかと思った。夢の中で聞いた陣鼓の響きはまだはっきりと彼の耳の中に残っていた。冷たく、暗い、なんとも言えぬ厭な響きだった。

勝頼は床の上に坐った。正月早々から織田軍に攻め立てられる夢を見たことが堪《たま》らなく不吉に感じられた。勝頼はもう眠れないと思ったので、縁側へ出ると、戸を一枚静かに開けてみた。夜があけかかっている。日が出るのにはもう間はあるまい。天正十年元旦の陽が。

勝頼は寝所へ戻ると、すぐ武具を身に着けた。ここ半年来いつも武具は寝所へ置いてある。味方の中にいつ織田方へ寝返りを打つものが現われないとも限らないからである。情況はそれほど切迫していた。

武具を着けると、勝頼は初日の出を拝むために庭へ降りようとしたが、寝所の隣りの部屋に薄く燈火が点《とも》されているのを見ると、縁側から庭へ降りかけたのをやめて、燈火の点っている部屋の前に立った。そしてそっと襖《ふすま》を少し開けてみた。

明けて十九歳の若い室《しつ》が、机に顔を伏せて眠っていた。寝床は傍にとられてあったがそこにはいらず、机に凭《もた》れて眠っているのである。

勝頼は暫く室の白い華奢《きゃしゃ》な首筋を見守っていたが、やがて、そっと部屋の中へはいって行った。室の凭れている机の上には白紙が拡げられ、そこに何か認《したた》められてあった。そしてその横の硯箱の蓋は開けられたままになっている。

勝頼はぎょっとした。室が武田家の非運に絶望して自害したのではないかと思ったからである。併し、室は自害してはいなかった。軽く顔が動いた。そしてほんのちょっとの間軽い寝息が聞え、あとはまた死んだように動かなくなった。

勝頼は机の上の紙に眼を当てた。

——南無きみょうちょうらい八幡大菩薩、この国の本主として竹たの太郎と号せしよりこの方代々護り給う。

そこにはそれだけ書かれてある。明らかに願文である。戦捷祈念の願文に違いない。おそらく武田八幡宮へ奉ずるものであろうと思われた。室はこれを書き始め、そのまま疲れて眠ってしまったものと思われる。

室は今は敵方に回ろうとしている関東の北条の女《むすめ》である。自分に嫁《とつ》いで来た許りに、現在すべての身内と離れて、悲境のどん底に突き落されている。

勝頼は室には言葉をかけないで、その部屋を出た。人形のように喜怒哀楽を表情に現わすことを知らぬ室の心の底に、このような烈しい形で、武田家を思う心が匿《かく》されてあったということは意外であった。

勝頼は庭へ出た。軒端《のきば》からは何百本の氷柱《つらら》が簾《すだれ》のように垂れ下っていた。勝頼は大刀の鞘でそれを払った。氷柱の何本かは音を立てて地面へ落ちた。

城は半造りである。十日程前に、昔からの武田の居城であった古府の城を焼き払い、半造りのこの城に移ったのである。城の軒端という軒端から氷柱の垂れ下っている様は異様であった。

勝頼は中庭を突っ切り、これもまだ半造りの門をくぐって城の裏手へ出た。あたり一面熊笹が生い繁っているが、熊笹も地面も霜で白い。暫く行くと桃の林に出た。桃の季節にはここはさぞ美しいことであろうと思われた。

併し、桃の季節まで――、ふと、不吉な思いが勝頼の心を掠《かす》めた。が、彼はすぐその思いを追い払った。室の書きかけの願文が眼に浮かんで来た。勝つ気持を喪《うしな》ってはならない。あの若き室のためだけにも、最後まで闘う意志を抛棄《ほうき》してはならない。

桃の林を出ると、すぐ、大地はそこで断ち切られ、険しい断崖をなしている。下は釜無川の奔湍《ほんたん》が岩を咬《か》んで奔《はし》っている。

磧《かわら》に十戸程の農家が並んでいるが、まだひっそりと寝静まっている感じだ。東の平原の果てから陽が出ようとしている。

勝頼は東の方へ向いて手を合せた。必勝を祈願した。併し、それは自分のためではなく、若き室のためであった。

勝頼は心の一方では全く別のことを考えていた。せめて桃の咲く季節まで、どうにかしてこの城を持ち堪《こた》えたいものだと。

巳《み》の刻（午前十時）。

安土城の大広間へは、続々と諸国に出陣している武将たちからの賀使が詰めかけていた。

賀使は一人一人信長の前へ進み出た。

信長は無表情で祝賀の言葉を受けると、それでも何かとそれぞれに出陣の労苦を犒《ねぎら》う短い言葉をかけていた。新春の賀筵《がえん》は改めて五日に開かれることになっていたので、今日の年始は型許りだった。

使者は祝賀の言葉を述べると、次々に退散して行ったので、大広間は大勢の人が詰めかける割には静かであった。

「戦捷の新春おめでとうございます」

一人の賀使が平伏して頭を上げた時、この時だけ信長は小さい二つの眼を光らせた。この賀使だけが己が主君の名を披露しなかったからである。

「遠方を御苦労だったな」

「は」

「お国は寒いことであろうな」

信長は言った。

「これから雪でございます」

「いずれ近くお会いできるだろう。よろしく伝えて戴きたい」

それから信長は、

「今年はお国の梅を見たいものだな」

と付け加えた。

使者は退散して行った。一座の誰にもこの使者がどこから来たか判らなかった。信長の言葉で雪国から来たであろうことは判ったが、それ以外は全然見当が付かなかった。それに信長の応対ぶりが他の使者に対するよりは鄭重だったことも、少し訝《いぶか》しく感じられた。

信長だけは知っていた。使者は木曾義昌からのものであった。木曾は近く武田に叛《そむ》いて、織田軍の嚮導《きょうどう》として甲信地方に進撃する筈であった。それももう目睫《もくしょう》の間に迫っている。

暫く賀使が途絶えた。

信長は甲信への進軍を、桃の季節にするか、梅の季節にするか、そのことを一人で考えていた。今や武田氏を亡ぼすことは赤子の手を捻《ひね》るに等しかった。ひとたび進撃の命令を下せば、それから旬日を経ずして武田一族は絶滅する筈であった。

桃にするか、梅にするか！　信長は今日——天正十年の第一日にそれを決定するつもりでいた。

ぱあっと信長の瞼に桃の花が開いた。やはり桃の時期だなと信長は思った。指揮者は？　すると織田信忠の顔が浮かんだ。これも信忠がよかろう。

「明智様からの賀使でございます」

近侍の者が告げた。

信長は自分の思いが途中で断ち切られたことが不快だった。

「謹んで戦捷の新春のお祝いを——」

使者は平伏していた。武骨な、大柄の武士だった。

信長は返事をしないで、

(進撃命令を二月に降す。三月に武田は亡びる。五月に自分は京にはいる。そして——)

信長は顔を上げた。明智光秀の使者はまだ平伏していた。

（そして――）

京へはいってから、その次は何をする？　信長は不思議に京へはいってから自分がいかに行動するか、思い浮かんで来なかった。いつもなら、いかなる作戦でも、いかなる行動でも、次々に先が読めて来るのに、京へはいってからの自分が、いかにすべきか、そのことが頭に浮かんで来なかった。

「退くよう」

信長は近侍の者に言った。明智の賀使に引き退るように命じたのである。そして彼自身も席を立った。光秀からの使者はなお平伏していた。

信長は広間から縁側へ出た。京へはいってから、自分が何をすべきか、頭へ浮かんで来ないことが気懸りだった。そして、それは恰《あたか》も光秀の使者が来たためのように思われた。

信長はまた初めから考え直した。甲信へ侵入する。武田は亡びる。論功行賞はすばやく取り行う。凱旋する。自分は京へはいる。そして――？

それから先は妙に空白だった。

恰も己が人生がそこで断ち切られでもするように。

信長は大きく笑った。妙に空虚な笑い声が自分に返って来た。向うの廊下を光秀の使者が俯《うつむ》向いて去って行くのが見えた。

霧が深かった。丹波は秋から冬へかけて、毎日のように深い霧が山野に立ちこめたが、この年の元日は特にひどかった。午後になっても、いっこうに霧のはれる気配はなかった。

光秀は本陣になっている寺のひと部屋で近侍の者たちと小さい茶会を開いていた。部屋には燈火を点してあって、昼というより夜の感じだった。

今しも茶を喫し終った光秀は、茶碗を両手に持って、それを静かに膝の上に置こうとしたが、なぜかはっとした。拇指《おやゆび》が茶碗の肌をさぐった時、指先に茶碗が欠けてでもいるような小さい疵《きず》の跡を感じたからである。

「まだ霧ははれないか」

光秀は静かに言いながら、また拇指を茶碗の表面に滑らせた。やはり小さいひっかかりがある。確かに疵である。茶碗は名のある器ではない。合戦の合間に、茶を点《た》てるために持参しているもので、もとより上等なものであろう筈はない。併し、欠けたものは不快であった。しかも元日の初の茶会である。

「依然として霧は流れております」

「どこも見えぬか」

「は、立木一本見えませせぬ」

光秀は両手で抱えるようにして、茶碗を眼の高さまで持ってゆくと、それをひっくり返した。そして拇指の当っているところに眼を当てた。にぶい燈火の光で見ると、やはり小さい疵であった。

光秀は縁起でもないと思った。併し、それを口には出さなかった。勿論近侍の者をも咎《とが》めなかった。考えて見ると、茶碗の一部分が欠けたとしても、必ずしもそれは怪しむに足らなかった。形あるものはいつかは壊れなければならぬ。自然の理であった。

併し、いつ壊れるか、これはその物の持っている運命である。神も仏も知りはしない。主君信長にしても、その運命にいつ狂いがあろうとも知れぬ。自分にしても亦同じことである。

「霧はまだはれぬか」

光秀はまた言った。そして、茶碗をそっと前に置くと立ち上った。襖を開けて庭を見た。なるほど霧の海であった。立木一本見えなかった。

「何も見えぬな」

それから光秀は再び座に戻った。霧は自分の運命をも取り巻いていると思った。今年が彼にとって、どのような年であるか、光秀には何も判らなかった。

霧に取り巻かれた部屋の中で、妙に冷んやりした気持に閉されながら、光秀は茶をもう一服所望した。

秀吉は鳥取で珍しく合戦のない一日を迎えた。元日だからと言って合戦を休もうという気持は毛頭持っていなかったが、敵から合戦を仕掛けて来ない以上、自分から軍を動かすことは無駄だった。昨年から膠着《こうちゃく》状態になっている対毛利との戦線は、彼の立場をそのようにしていた。

秀吉は武具を着けたまま、午後に信長に献上する物品を点検した。本陣をまるで取り巻くように何丁かにわたって献上品は並べられてあった。

秀吉は品物を一つ一つ自分で手にとって改めて行った。

大刀。茶器。

銀子千枚。

小袖百。

鞍置物十匹。

なめし二百枚。

明石干鯛千個。

蛸《たこ》三千連。

そうしたものが、何丁かにわたって拡げられてある敷物の上に一列に並べられてある。

まあ、これだけ多量に持って行けば少しは目立つだろうと、秀吉は思った。これらの献上品をかついだ武士たちが安土の城門をいつまでも尽きることなく続いている様が眼に浮ぶと、秀吉は満足だった。

「上様」

武士の一人がやって来た。

「矢文でございます」

「何といって来た」

「いつ総攻撃を仕掛けるかと問合せて参りました」

「人を喰っているな」

「二月一日に総攻撃をかけると答えてやれ」

「は」

武士は去って行った。

秀吉は二月一日に本当に総攻撃をかけてやろうと思った。今年は言明した通り作戦を進めることにしようと思う。どうせ勝つに決った合戦である。ただ問題は時期である。一カ月や二カ月でどうなるものではない。周章《あわ》てないことだ。

それより難しいのは、主君信長の心をどのようにして繋《つな》ぎ留めておくかである。短気な信長は、いつ腹を立てないものでもない。献上品ででも驚かしておく以外術《て》はないと思う。

秀吉は一刻あまり費して献上品を点検すると、

「するめを五千ばかり追加するように」

と命じた。そして、

「余も退屈じゃ、するめ一枚くれぬか。酒でも飲もう」

と言った。やがて、

「また矢文でございます」

武士が言って来た。

「二月一日までは合戦はせんと言ってやれ」

「ところが、敵はここ数日中にお目見えすると言って寄越しました」

「向うから仕掛けてくれれば応えねばならぬ」

「戯れかも知れません」

「戯れは言うまい、元日から。――合戦の用意を整えておくよう。それから、するめ一枚くれ」

「は？」

武士は怪訝《けげん》な顔をして秀吉を見守った。秀吉はその自分の言葉を忘れたように、こんどは、

「献上物に蛸を千連追加しておけ！」

と言った。秀吉は幾ら追加してもまだ足りないような気持がしていた。

武田が亡び、信長が殪《たお》れ、それに代った光秀が亡滅し、天下がそっくり自分の手中に転げ込んで来る幸運は半年先に迫っていたが、秀吉はそんなことを夢にも考えてはいなかった。ただ天正十年の春の陽がいつもより少し眩《まぶ》しく感じられていただけであった。

天目山の雲

三方《みかた》ヶ原《はら》の合戦で大捷を博すや、甲州勢二万五千は浜松城へ逃げ込んだ家康を追って、犀ヶ崖に屯《たむ》ろした。元亀三年十二月二十二日の夜である。

信玄の陣屋に、宿将老臣は続々と詰めかけた。明日の軍評定《いくさひょうじょう》をするためである。四郎勝頼が一番最後に顔を出した。武具に薄く雪を載せ、頭髪は彼だけが乱れていた。昼間の合戦の興奮は二十七歳の武将の顔からはまだ奪われていなかった。

信玄は、勝頼の顔を見ると、今日の三方ヶ原の合戦の第一の殊勲者として勝頼になんらかのねぎらいの言葉をかけたかったが、それを控えた。実際に、合戦の捷因は勝頼が作ったものであった。合戦の半ばまでは勝敗の帰趨《きすう》は全く判らなかったが、やがて合戦巧者と言われている山県昌景《やまがたまさかげ》が彼にもなく徳川の旗本に斬り立てられ崩れ立ったのが原因して、武田の魁兵《かいへい》がまさに敗走に及ぼうとした時、勝頼は二間柄の槍を提げ軍勢を馬手の方へ叩き廻し、部隊に急の太鼓を打たせて、敵陣に自分が先頭になって突掛って行った。

その時の勝頼の武者振りはわが子ながら天晴《あっぱ》れであった。結局勝頼の手勢の時宜を得た斬り込みで、味方の敗走を喰い止め、形勢を逆転することが出来たのであった。

軍評定ではいつになく真先きに、勝頼が口を開いた。今日の大捷の余勢を駆って、いっきに浜松城に攻めかかり、城を落し、家康の首級を挙げるべきであることを主張した。信玄にも格別の異存はなかった、馬場信春、山県昌景の諸将も反対の顔色を示さなかった。するると高坂昌宣が最後に自重論を持ち出した。

「浜松城を抜こうとすれば、早くも二、三旬は要しましょう。この時に於て織田は数万の兵をもって来援すること必定、対陣日を累《かさ》ねるよりは、予定通り、一日も早く西上の軍を進めるに如《し》かないでしょう」

これに対して、信玄は改めて一座の意見を徴したが、誰もまたこの高坂説に対しても異論を挟《はさ》まなかった。

人格識見共に備わった温厚篤実な高坂昌宣の言ではあり、それはそれで至極尤《もっと》もな説であったからである。信玄は、一座を見廻し、最後に、馬場信春の隣りに、顔を真直ぐに上げている勝頼の面に眼を当てたまま、

「明日は軍を刑部に回して、そこで年を越し、新春早々吉田の城を抜こう」

と言った。高坂説を採ったのである。

信玄は勝頼の意見の方に、寧《むし》ろ心は向いていた。高坂昌宜の言うように、浜松の城を攻め落すに、二旬三旬を要そうとは思わなかった。併《しか》し、勝頼が手柄を樹てた時だけに、寧ろ、高坂昌宜の方を立てて置きたかった。今や年来の宿望を果す西上の途上にあった。勝頼は自分の子であるから兎も角として、部下の顔は出来るだけ立てて置かねばならなかった。京都までには前途なお多難である。宿将老臣の多くの生命を、彼はここ半歳のうちに貰わねばならないことを誰よりもよく知っていた。

「戸外にはまだ雪が降っているか!」

信玄は勝頼に声をかけた。珍しく勝頼の声を聞きたかった。勝頼の武具からは水滴が滴《したた》っていた。

「は」

勝頼は、幾らか顔を蒼くしたまま、信玄の方を見ないで答えた。

作戦が決定すると、やや寛《くつろ》いだ空気が一座を占めた。馬場信春が、敵将家康を賞讃して、

「越後の輝虎、参州の家康が日本一の剛の大将でございましょうか。今日の合戦で、戦死の参河武士は、下々まで勝負つかまつらざるはなく、その証拠に、こちらに転びたるはうつむきになり、浜松の方に転びたるはあおむきでございました」

と言った。並みいる武士たちは馬場の観察を面白がった。勝頼は凜《りん》とした風貌で一人黙

っていた。

「日本一の剛の大将にもう一人加えるとすれば——」

信玄は笑って言った。あとは口を噤《つぐ》んだ。彼には勝頼の若さが頼もしくもあり、同時にそれが不安にも思えた。

三方ヶ原合戦の徳川方戦死者の中に、織田の部将平手汎秀《ひろひで》の死体があった。これを信玄は信長との絶交の口実に使った。営を犀ヶ崖から刑部に移すと、信玄は直ぐ平手汎秀の首級を信長の許《もと》に送り、徳川応援の兵を出したその不信を責めて、絶交を申し送った。

三方ヶ原の合戦の日から降り出した雪は、なおも降り続いていた。信玄は雪の刑部で越年し、天正元年を迎えた。

正月三日に、北条氏政から戦捷の祝詞が来た。四日には信長からの使者として、織田掃部忠寛《かもんただひろ》が書信を持ってやって来た。

弁解とも謝罪ともつかぬもので、平手は家康監視のために派遣しておいた者だったが、浅慮から合戦に紛れ込んだとか、家康は若年のため血気にはやり大事を惹《ひ》き起したとか、その他いずれも箇条書きで「以後家康との仲を違《たが》ひ申すべきこと」「子息城介殿御むこに被成《なされ》被下《くだされ》候《さうらふ》様《やう》」「人質を信玄公御のぞみのごとく進ずべし」等々十五項目が並べられてあった。

信玄は勿論これに取り合わなかった。すると七日に、こんどは将軍義昭から、信玄と信長との仲を取り持つ意を含んだ使者が来た。信玄はこれを拒絶した。信玄はこれに依ってはっきりと信長と断ち、彼との間に事を構える意志を持っていることを天下に公表したわけであった。

信長は弱気になっていたし、家康は三方ヶ原の敗戦の痛手から当分は立ち上がれそうもなかった。一方永年の宿敵上杉謙信（輝虎）は、織田、徳川と組んで、信玄西上を牽制阻止する役目を受持っていたが、現在越中の軍事に多忙で、早急に信玄の留守を衝《つ》く余裕があろうとは思われなかった。

それに加えて、四囲の事情は信玄の西上に好都合に展開していた。刑部の本営へは、正月早々から続々として、戦捷を祝する書信が届けられた。

伊勢の北畠具教は信玄に速やかな上京を促し、吉田まで船舶を廻して用に供せんことを申し込んで来ていたし、朝倉、浅井、三好の諸豪、山門の残党、大坂、長島の門徒等いずれも、信玄の西上を期して事を挙げんとしていた。浅井長政は穴山信君を通して、松永弾正久秀は六角義賢《よしかた》を通して戦捷を賀すと共に、信玄の発向の速やかならんことを申し送って来ていた。本願寺光佐《みちすけ》は、直接に信玄宛の書面で、遠参尾濃四カ国の門徒が一せいに蜂起することを約束して来ていた。信玄西上の機運はまさに熟していたのである。

七日、信玄は令して刑部を進発した。土地の豪族三氏、所謂《いわゆる》山家三方を道案内として、吉田城を目指して進んだ。途中十二日に豊川添いの藪の中に小城が見えた。徳川方の菅沼新八郎が立籠《たてこも》る野田城である。

信玄は吉田城を落し、八幡、御油、長沢と軍を進めて、岡崎へ迫るつもりだったが、それに先き立ち、この小城を屠《ほふ》る気になった。ひと揉みに揉み潰《つぶ》すのに、さして時日を要そうとは思わなかった。

併し、野田城の城攻めは意外に手間取った。城兵よく闘って容易に落ちなかった。徳川には援軍を出す力はなく、信長また怖れて軍を発しなかったので、城は全く孤立無援だったが、攻防戦は月を越し、二月十一日の落城まで、約一カ月を要した。

この野田城の陣に於て信玄は病を発した。肺肝の疾であった。彼は十年精進潔斎の身であったが、二月から禁を破って体の栄養のために魚鳥の肉を摂った。漸くにして野田城は落ちたが、西上の計画をひとまず延期し、身を鳳来寺《ほうらいじ》に移して休養しなければならなかった。

信玄は病やや癒ゆるを待って、再び鳳来寺に陣を張り吉田城を攻めようとしたが、病再発するに及んでついに軍を甲斐《かい》に回すの已《や》むなきに到った。そして郷里への帰還の途中、参河、美濃、信濃の国境弥羽の上村に於て急に病は革《あらた》まった。信玄は勝頼を初め重臣たちを枕許に招き、

「信玄煩《わずら》っていても、存生の間は、わが国へ手指す者はあるまい。三年の間、喪を秘め

よ」

と言った。そして長いこと眼をつむっていたが、突然山県昌景を近くに招いた時は既に意識は混濁していた。

「明日は、その方、旗をば瀬田に立てよ」

信玄はきびしく山県昌景に命じた。臨終の床で彼の魂は京都に近い戦野を狂おしく駆け廻っていたのである。

一座はその信玄の言葉を聞いて暗然とした。

勝頼だけは、その父のうわ言をうわ言として聞かなかった。出来るならば瀬田へ旗を立てるために、父に替って自分が西上の軍を進めたかった。

それから一刻程経ってから信玄は歿《ぼっ》した。年五十三、四月十二日の申《さる》の下刻（午後五時）であった。

その夜、老臣たちばかりの秘密の通夜の席で、勝頼は、野田小城のために月余の日時を費し、その果てにこのような事態になるならば、自分が主張したように、三方ヶ原の合戦の直後、直ぐに浜松城を攻むべきではなかったかと思った。

信玄はその生涯を通じての全盛時代の頂点に於て他界した。勝頼が、甲州の名家武田の家を継いだのは、かかる時であった。

信玄の遺志に依り、家督は勝頼の子太郎信勝に譲られることになり、信勝の十六歳の初陣の時まで、勝頼が後見として陣代し、政務軍政を預かることになった。

三年間喪を秘めよと言う遺言は、宿将老臣たちに重く考えられたが、勝頼は口にこそ出さなかったが、さしてそれに捉われなかった。若いとは言え既に二十八歳であった。上州の嶺《みね》、松井田、箕輪《みのわ》の諸砦《しょさい》攻略の時十八歳で初陣して武勲を樹ててから、十年の歳月を合戦合戦で送っている。武功算《かぞ》えるに遑《いとま》がない。殊に北条氏照の武州滝山の城攻めの時は、初めて一方の将として寄手の大将を承って月毛の馬に跨《また》がって出陣した。二十四歳であった。その合戦で剛勇を以て聞えた師岡《もろおか》の城主師岡山城守がその穂三尺の大身の槍を持ったのと渡り合い、三度まで槍を合わせて、相手を二階門の下まで追い詰めている。敵味方等しく讃歎して、その勇猛振りは現在までも語り草となっている。剛勇亡き父に劣ろうとは勝頼自身思わなかった。

当時、武田家一門は信玄の子葛山《くずやま》三郎信貞、仁科《にしな》五郎盛信、信玄の舎弟孫六、同入道逍遥軒《しょうようけん》、同一条右衛門太夫、同兵庫介信実、それに穴山入道梅雪、武田上野介《こうずけのすけ》等があり、宿将老臣には、馬場美濃守信春、内藤修理昌豊、山県三郎兵衛尉《ひょうえのじょう》昌景、高坂弾正昌宜等多士済々であった。

勝頼には、自分を取り巻いているこれらの人物の方が、四隣の敵より余程煩《うるさ》く思われた。

信玄が西上の軍を回《めぐ》らしたまま、再び征途に上らないので、信玄が健在であるか否かの疑惑は、全国の武将たちのひとしく抱くところのものであった。

真先きに信玄の死を確かめようとしたのは小田原の北条氏政である。その臣板部岡江雪斎が信玄の病気見舞にやって来た。

武田の重臣たちは謀って、信玄の弟の入道逍遥軒が最もよく信玄に似ているので、彼を居室の屛風《びょうぶ》の中に寝させ、夜、江雪斎を居館に引き入れて、床から程遠く置き、短い挨拶を二つ三つさせて、その場を取りつくろった。

勝頼の眼にはそうした処置が苦々しく映った。それ程までにしなければ、武田の家が護れぬとあらば、滅亡しても仕方ないではないかと思った。

真先きに信玄の他界を信じたのは家康で、早くも五月には駿河に入り岡部に放火し、六月には二俣《ふたまた》城附近に進出して、それに対抗する砦《とりで》を三つ築き、七月には長篠《ながしの》城を攻め、八月には武田の後詰の兵の間に合わぬうちに、長篠城を攻略した。この頃作手城主奥平貞《さだ》能《よし》、その子貞昌も亦武田に叛《そむ》いて家康の威風に靡《なび》いた。勝頼は作手の城兵をして、奥平父子を攻めさせたが、戦は有利に展開しなかった。

勝頼はこうした情勢に対していらいらしていた。重臣たちは三年間は外に対して事を構えず、領内をよく治めるのが信玄の遺志であるとしていた。誰も彼もが「法性院様の御遺志」とか「御屋形様の御考え」とかいう言葉を使った。

勝頼は彼自身の場合は最早や父の喪を秘める態度を取らなかった。自ら進んで公表することはなかったが、彼自身が家督を相続したことは、公然と、諸国の武将たちへの書信に書き綴った。

　九月に本願寺光佐から「今度《このたび》御家督之儀、大慶千万満悦目出度く覚え候《さうらふ》、扨《さ》て大刀一振、腰物、馬一匹之進入候祝儀を表す計《ばか》りに候、なほ節々は申す可く候、委曲は法眼に申入る可く候」と言う祝いの手紙が舞い込み、別に法性院宛に「御家督の儀四郎殿へ御譲渡の事珍重に存ぜられ候」という書面があって、信玄には、太刀一腰、香合、盆が贈られて来た。奇妙な書状であった。

　勝頼は高坂昌宜にこれを見せたが、高坂はそれに対し何も言わず、顔を少し曇らせた。

　またその月の終りに、勝頼は二宮に武運長久の祈願書を納め、「身に重服あり、日限まだ満たざるを以て」と、明らかに自分が喪中である旨をその文中に綴った。

　斯《こ》うした勝頼の態度が譜代の重臣たちの顰蹙《ひんしゅく》を買ったことは当然のことだった。十一月、勝頼は諸将を説いて、自ら兵二万五千を率いて駿河より遠州に入り、諸所に放火して天竜川を渡った。三方ヶ原の合戦から一年経とうとしていた。勝頼は浜松城を抜こうと思ったが、敵の防備の厳なるを理由に、馬場信春に諫《いさ》められ、遠州榛原《はいばら》郡の諏訪原に築城したのみで、甲州に帰った。

　翌天正二年正月、勝頼は美濃に兵を進め、明智城を攻め、信長の援兵の来ない前にこれを落した。勝頼は織田方とのこの最初の合戦で気をよくした。

五月には再び甲州を発し、参河に入り、菅沼定盈《さだみつ》の野田城を屠り、進んで高天神城を囲んだ。城主小笠原与八郎は家康に援兵を乞い、家康は援けを信長に求めた。勝頼は織田の援兵の来る前に城を落した。

勝頼は甲州に凱旋するや、高天神城の戦捷を祝して、諸将を饗《きょう》した。席上で、高坂昌宜は盃を執って、立ったまま勝頼に聞えよがしに、

「これ武田家の滅亡を語る盃である」

と言った。温厚な高坂にしては珍しく強い語勢であった。それを受けて、内藤昌豊も、

「一歳のうちに東美濃の諸城を抜き、今また城東郡を取る。士を苦しめ、兵を損じ――」

と応じた。勝頼は聞かない振りをしていた。若しこれが父信玄の行動であったとしたら、彼等は何と言ったであろうか。勝頼は、父が生存していたら、恐らく父がやったであろうことを、自分は現在やっているに過ぎないと考えていた。

この席で、高坂、内藤の二老臣は、勝頼に信長、家康と和すべきことを勧めた。信玄が岩村城攻略の時人質として捉え、現在甲州に置いてある信長の子御坊丸に東美濃の地を与え、また同じく甲州に人質となっている家康の異父弟源三郎には城東郡を与え、鋒先《ほこさき》を変更して関東諸国を攻略すべしと説いた。

勝頼はもともとこれは自分を軽んずるところから出たものとして、彼等の言を容れる気

持はなかった。

勝頼はいつか父信玄の名声と対立している自分を感じていた。父信玄を憎んでいる自分の気持に気付いた時、勝頼は出陣の法螺《ほら》を、居館のある古府の城下に鳴り響かせた。九月であった。勝頼はまたまた兵二万余を率いて浜松城を攻略するために、遠江《とおとうみ》に出て天竜川に陣した。が、決戦の機会に恵まれず鳳来寺に塁を築いたのみで、空しく伊那谷を経て信州に帰った。

勝頼は信玄の歿後に失った城砦の奪還を企て、第一に白羽の矢を立てたのは、長篠城であった。

天正三年四月、勝頼は越後の上杉謙信への備えとして高坂昌宜を国内に残しておき、それ以外の全軍を率いて、駿河を経て、遠州に入り、平山越えをして参河に入ると、五月一日、長篠城を囲んだ。城主奥平貞昌と援将松平弥九郎は勝頼の大軍を引受けてよく防ぎ戦った。甲州勢は十一日に城の渡合南門を攻め、十三日には瓢丸を攻めて兵糧蔵を奪った。

甲州勢が瓢丸を攻めた十三日に、信長は兵一人に柵木一本ずつを携行させて岐阜を発した。

勝頼は信長の軍が動いたのを知って、自ら陣頭に立って、十四日総攻撃を開始したが城は落ちなかった。

こうしている間に信長は十五日に岡崎へ到着、十六日牛窪に着き、十七日は長篠と指呼の間にある野田に至り、徳川軍と合体した。そして早くも十八日には織田、徳川の連合軍は設楽原《しだら》に布陣を完成したのであった。

この新情勢の展開に依って、勝頼は長篠の城攻めから転じて、設楽原に於ける織田徳川連合軍との決戦へと、身を挺しなければならなくなった。

十九日の暁方、勝頼は諸将と進撃を議した。馬場、内藤、山県、小山田の老将たちは、信長、家康は全力を挙げて来ている。兵を甲州に引くを得策とすると主張して、尽《ことごと》く進撃を不可とした。これに対して跡部大炊介《おおいのすけ》、長坂長閑の二人は、武田家は由来敵に背後を見せたことがない。進撃すべきであると主張して、共に譲らなかった。

「御法性院様御在世ならば――」

馬場信春が言いかけた時だった。勝頼は、

「御旗と御楯も照覧あれ、明日は打って出て、設楽原に敵と雌雄を決しよう」

と言った。武田家では「南無諏訪南宮法性上下大明神」と認《したた》めた旌旗《せいき》と、楯無しの鎧《よろい》と称するものが、父祖伝来の宝器とされており、これへの誓言は、昔からこれに背くことができぬとされていた。

一座は水を打ったようにしんとなった。

「それなれば明日は潔く合戦して討死しましょう」

と、馬場信春は静かに言って、席を立った。

「討死しないで古府へ帰る面々もありましょう。その方々に、御家のあとをお頼みします」

内藤も深く決することある面持ちで言って、馬場の後に続いた。無口な山県昌景だけは、眼を異様に光らせたまま黙っていた。

勝頼はその日軍を三隊に分けて、滝川を渡った。

合戦は二十日の暁方卯《う》ノ刻（五時）に始った。武田の騎馬隊は、押太鼓を鳴らして、武田一流の戦法で敵陣に迫ったが、敵陣前には目通り一尺廻りの柵が造られてあり、それに進撃をはばまれているところを、銃火の一斉射撃を浴びた。武田の軍勢は一瞬にして柵前に倒れた。これにひるまず、武田勢の突撃は、午頃までの間に五十数回繰返され、その度に死傷続出した。そして武田方がその兵力の大半を失った頃、織田徳川勢は木戸を開いて打って出て、白兵戦に入った。ために武田軍は総崩れとなった。

未《ひつじ》の下刻（午後三時）に勝敗は決していた。

この合戦で山県昌景は柵前で銃丸に当って討死し、内藤昌豊は勝頼の落ちるのを見て敵陣に斬り込んで戦死した。一生手疵《てきず》を負ったことのなかった馬場美濃守は、この時も亦微傷をさえ負っていなかった。彼は勝頼を守護して引いて行ったが、これまた頃合を見計らって敵方に首級を挙げさせた。

勝頼は敗走の途中、自分を遠く近く守りながら、追撃する敵と闘いつつ落ちていた馬場信春の姿が見えなくなった時、

「馬場は？」

と訊いた。その時周囲には追撃して来る敵の姿は見えなかった。

「ただ今、敵方へ取って返されました」

と一人が答えた。それから半刻もせずして美濃守の討死が勝頼に知らされて来た。勝頼は敗戦より、自分が一人の老将馬場信春に棄てられたことが身に応《こた》えた。怒りと悲しみの混合した感情が、敗軍の将勝頼の上に、大きい疲労となってのしかかって来た。

この合戦で甲州へ辿り着いた者は三千に過ぎなかった。

重臣のうち、ただ一人甲州に残っていた高坂昌宣は、八千の兵を率いて、敗軍を伊那の駒場に出迎えていた。彼は自ら先頭に立って、二十騎、三十騎となって落ちて来る敗兵を収容していた。高坂昌宣は五十になった許《ばか》りで、小柄で、その容貌は平生でも六十ぐらいに見えていたが、この時は別して老けていた。

勝頼はさすがにこの時は素直であった。

「老臣たちの諫を容れず、勝利を失った許りでなく、古老の面々を討死させたことはまことに申し訳がない。勝頼の武運も、もはやこれまでと思う」

と、言った。それに対して高坂は顔色一つ変えず、

「御若気の致すところなれば、合戦をおすすめした面々だけに罪はございましょう。一万の味方を以て、何倍かの敵に一日五十八度の合戦をなさったのですから、誰か弱将と申すものがありましょう」

と慰めて言った。高坂昌宣の息源五郎もこの合戦で討死していた。高坂はこれはと思う武士の死が、生き残って帰って来た者の口から判る度に、無表情のままで軽く頷《うなず》いていた。そして三日三晩殆ど眠らないで、敗兵のやって来る方角を睨《にら》んで、道の真ん中に立ちつくしていた。

併し、古府に帰館すると、間もなく、高坂は五箇条の諫状《かんじょう》を勝頼の許に差し出した。

一、駿河、遠江を氏政へ進ぜられ、北条の幕下にならせられ、御先をなされ、勝頼公は、甲斐、信濃、上野三箇国御支配と、仰入られ御尤《ごもっと》ものこと。

一、其上にて、氏政の御妹子を迎へ取られ、氏政の御妹婿に、御なり御尤ものこと。

一、唯今までの足軽大将を、人数持になされ、馬場、内藤、山県が子供を始め、皆同心被官を召し上げられ、奥近習になされ、小身にて召仕はるべく候、明日某果て候ふとも、伜を小身になされ、同心被官老功の者に御預け御尤に存ずること。

他に二条あった。言々総て高坂の忠節の心情溢《あふ》れるものであった。勝頼はこれを素直な気持で読んだ。が、日が経つにつれ、勝頼は、この諫状にも素直な気持で対《む》かえなくなって行った。北条の幕下になれというようなことは全く愚鈍扱いであった。勝頼は高坂の誠忠を信じていたし、幼少より、重臣の中でこの風采の上がらぬ言いたいことを言う高坂昌宜が一番好きでもあったが、この諫書は、次第に差出がましいものに感じられて来た。彼は北条氏と姻戚関係を結ぶことだけを約束して、他には何の沙汰もしなかった。

勝頼はこんどの合戦で、火器に破れたことが口惜《くや》しかった。若し火器がなく、五分五分の立場の勝負なら敵の何分の一の人数でも、決して負けは取らなかったと思った。そして九歳になった信勝を見る度に、早く信勝が一人前となり、跡目を相続してくれたらと思った。自分は隠居して、自由自在に戦場を駈け廻りたかった。

敗戦責任者として、生き残っている血族や重臣たちの勝頼を見る目は冷たかった。勝頼はそれを感じた。

「法性院様御存命ならば、――」

という長篠合戦前夜馬場信春の口から出た言葉は、周囲の誰の口にも用意されてあるように感じられた。

併し、勝頼は父信玄が自分に代っていても、こんどの合戦では同じ結果であったろうという考えを棄てることはできなかった。それが誰の心にも通じないことが勝頼には口惜しかった。

長篠合戦から幾許《いくばく》も経たない九月には、勝頼は再び二万の軍勢を率いて浜松城を窺《うかが》ったが、家康が合戦を避けたので果さなかった。

長篠合戦後、参河、遠江の城は逐次織田徳川の手に移って行った。家康に依って、五月に足助の城砦が、六月に作手、田崎、七月に武節、八月に諏訪原、十二月に二俣が落された。一方信長に依っては、五月岩村城が奪還された。

敗報続々到る中にあって、勝頼はじっとしていられなかった。年が改まると、勝頼は軍を率いて幾度か甲斐を進発した。高坂昌宜はいつも勝頼が軍を動かすことに反対した。が、自分の諫言が容れられなくても、それをなじることはなかった。一度出陣と決まると、自分の諫言のことは自ら忘れてしまったような顔をして、いつも素直に勝頼と共に出陣した。勝頼は、そうした高坂昌宜の不思議な従順さが、却って鬱陶《うっとう》しかった。高坂の顔を見ると、反対を称《とな》えたい気持が、心のどこかに動いた。自分がいかにも子供扱いにされているようで、いまいましかった。併し、いかなる時も、高坂昌宜は勝頼のもとを離れなかった。

この年の主な出陣は、三月遠州の高天神城に食糧を入れるため軍を動かしたこと、この時は、横須賀付近で家康と対陣したが、高坂昌宜の諫によって決戦を差し控え、軍を甲府に還した。

八月は遠州金谷峯の城に陣を張って、牧野城を窺い、家康の軍を迎えたが、この時も決戦の機を得ないで勝頼は駿河に撤退した。

翌天正五年一月、勝頼は北条氏政の妹を室として迎えた。先妻は信長の養女であったが、信勝を産むと直ぐ他界した。勝頼はその後妻を娶《めと》っていなかった。長篠の合戦直後の高坂昌宜の献言がこの時に於て漸く実現したのである。十四歳の少女は、一日中ただ無口に坐っていた。時々立っては雪を頂いた甲州の山々を縁側から眺めた。高坂はその輿入《こしいれ》の翌日、

「長篠合戦以来、昨夜は初めて快く寝入りました」

と勝頼に言った。

この年八月、勝頼は兵二万を率いて遠州横須賀に出陣、十月にも二回兵を大井川の辺に出したが、いずれも家康との決戦の機会を得ず、またもや空しく兵を引いた。

十月の末勝頼は軍を古府に帰した。久しぶりの帰還であった。兵馬共に疲れていた。高坂昌宜は、この時、勝頼に上杉謙信と提携することを勧めた。例の高坂流の考え方であった。

「北条氏政とは提携できました。もう一つ私を安心させて戴きたい。それは、一日も早く上杉謙信に使者を立て、その旗下にと仰入れらるべきである。北条氏政は関八州の権門なりとは言え、今川の家より出て、その身は匹夫より起っています。家康、信長、いずれも下賤の出であります。そこへ行くと北越の謙信は当家と同様、氏素姓ははっきりしており

ます。法性院様歿後、当家はすでに諸砦を織田、徳川に奪《と》られています。このままじりじりと敗亡するよりは、謙信と結んで家運を挽回すべきでありましょう。信長も下手から謙信と結んでいる。現在の当家が謙信と結ぶに何の恥辱がありましょう」

信長と謙信の間が現在うまく行っていないので、謙信と結ぶのなら現在が絶好の機会であると、高坂は主張した。そう言うただ一人生き残っている老臣の顔は更にまた老けていた。

併し、勝頼は父の代からの宿敵、上杉謙信に和を申し込むことを潔しとしなかった。高坂昌宣は武田家の安泰ということだけに気を使っていたが、勝頼はその懸引きが嫌だった。まだ自らを恃《たの》むところがあった。

この事があってから間もなく、信長から勝頼へ提携の申入れがあった。使者は山伏六角勝仙院だった。勝頼はまたこれをもしりぞけた。信長は日に日に強大になっていたが、彼と結んで謙信を撃つ気にはなれなかった。

勝頼はこの二回の政治的な動きに処すに当って、顔を蒼白にした。機会は去って行った感じであった。もう再び機会は来ないであろうと思うことに依って、勝頼は己れを持したのであった。

天正六年は武田軍と徳川軍との間に小競合いはあったが、大合戦はなかった。この年五月、高坂昌宣が歿した。信玄と同じ肺肝の疾であった。享年五十二、その死面は七十の老人の皺《しわ》を深く刻み込んでいた。勝頼はこれを手厚く葬った。勝頼は一人になった。

七年三月、勝頼は高天神城下に、九月には駿河に出張り、屢々《しばしば》大井川附近に出没したが、大合戦なくして暮れた。この年謙信が歿した。

天正七年は勝頼にとっては多忙な年であった。上杉謙信の歿後、その家督を廻《めぐ》ってお家騒動が起り、上杉家の養子北条氏康の七男景虎と、謙信の甥の景勝とが、干戈《かんか》を交えるに到った。勝頼は、北条との同盟があるので、軍を出して景勝を破ったが、景勝の降を入れて、東上野の地を取って、姉菊御料人をその室として与えた、ために景勝は勢力を挽回して、景虎を破り、自刃せしめるに到った。四月のことである。

ここに於て、氏政は勝頼に対して恨みを懐き、徳川と和睦して、織田氏の指揮下に入った。織田、徳川、北条の新同盟は結成されたのである。

勝頼はこの新事態の報告を、いつものように顔色を少し蒼白にして聞いた。窮地に一歩深く入った感じであった。いつも斯うした場合そうであるように、故知らぬ精悍な思いが五体に漲《みなぎ》って来た。たとえ滅亡するとも、織田の旗下になるものかといった気持だった。

この年九月、勝頼は北条、徳川連合軍と対決するために、雨中の富士川に兵を出したが、徳川軍が退いたために決戦の機会を逃がした。この年の秋から翌年にかけて、勝頼は憑《つ》かれたように幾度も兵を動かした。

天正八年には、武田方の遠州に於ける唯一の城高天神城も危くなり後詰の催促があった。この時勝頼はふと臆病になった。自分でも不思議に高天神城へ後詰として出張ることに心が怯《ひる》んだ。長篠の敗戦の苦さが胸を走った。

　八月から家康は高天神城の攻略に取りかかり、年改まると城は絶体絶命となり、三月孤立無援のうちに落ちた。勝頼はついにこの城を見殺しにしたのである。天正二年、小笠原与八郎が勝頼に降ってより八年目に、再び徳川のものとなったのである。武田方に屈するのを拒否していた当時の城の監将大河内源三郎は、その間石牢に入れられていたが、足萎《な》えて立てなくなっており、莚《むしろ》にのせられて家康に目見《まみ》えた。

　この高天神城の陥落に依って、武田氏の威信は全く地に落ち、漸く人心は勝頼を離れた。そして織田、徳川連合軍の甲州への進攻の噂が伝えられ始めた。

　この年天正九年七月、勝頼は穴山梅雪の意見を容れて、信玄以来の古府の居館を棄て、古府より西北四里の要害の地韮崎《にらざき》に新しい城を築くことにした。

　信玄の代より甲州四郡一円の地には城砦はなかった。古府の居館と、それから一里程のところの要害山という丘陵に山城一つあるのみであった。守るということはなく、合戦と言えば出でて敵を討つことであった信玄の代の実力は、現在の武田家にはなかった。初めて、敵の攻撃を迎えるための城砦が、勝頼のために必要になったのである。新城の造築には、真岡安房守《あわのかみ》、曾根内匠助《たくみのすけ》両人が当り、普請は昼夜兼行で始められた。

　それと同時に、新城の成るまで、敵の進攻を遅らせるために、勝頼は、近臣との協議の上、信長の五男御坊丸を信長の許に帰した。曾ての高坂昌宜の建言がこの時になって実現されることになったのである。この御坊丸は信玄が元亀三年に信長から徴した人質であって、十年の間に、武田と織田の勢力は当時と全く逆な立場になっていた。

高天神城を廻る合戦の時、ふと勝頼を襲った恐怖心は、その後も彼の心を去らなかった。勝頼は御坊丸返還に対する信長の返酬がしきりに待たれた。併し信長からの書信は甚だ疎略だった。

——内々迎いを遣すべしと思し召《おぼめ》す所に、其方より差上げらるる様、能き分別なりそれだけ認《したた》められてあって、日付より少し下げて「武田四郎殿」と記されてあった。

勝頼は、その書面の中にはっきりと信長の偽らぬ貌《かお》を見た思いがした。自分を襲い来る運命は毫《ごう》もその速度をゆるめもしなければ、そのきびしさを減じもしないと思った。

勝頼は顔を蒼白にして立ち上がると、小姓を呼んで槍を持って来させ、それを大きく揮った。ここ一、二年彼の心に迷い込んでいた臆病風は、ふっと消えたように無くなった。それと同時に父信玄の名声への挑みが、曾ての勝頼のように、五体にひしひしと盛り上がって来るのを感じた。

勝頼の頬を涙が流れた。高天神城を見殺しにした悔いが、最早取返しのつかぬこととして、絶望的に彼を襲って来た。その夜、勝頼は信玄以来の古府の居館を焼く心を決めた。父から譲られた館を敵手に委ねる憂いをなくし、今造築中の新府の城で華々しく、織田、徳川両軍を迎え討ち、最後の雌雄を決しようと思ったのである。

新府の城への引越しはその年十二月二十四日に行われた。その日、古府の居館は火をかけられて灰燼に帰した。

勝頼は、居館の裏手の要害山へ向かう緩やかな傾斜を十町許り登って行き、古府の城下を一望のもとに収めながら、紅蓮《ぐれん》の炎が昨日まで住み慣れた己が邸宅を包むのを眺めた。火は、初め、居館の東南に隣接している高坂昌宜、穴山梅雪の二つの邸が隣り合っている一画より上がり、忽ちにして火の手は二手に分れ、一方は本丸へ燃え移り、他方は城屋町通、柳通、増山町通の諸将の屋敷をいっきに嘗《な》めつくして行った。以前山県昌景の住んでいた屋敷も、馬場信春のそれも、見る見るうちに火炎に包まれてしまった。

勝頼は本丸の棟が地響きを立てて崩れ落ちるのを見届けてから、馬を走らせて、既に出発している新城への行列のあとを追った。行列は古府から一里程隔った山沿いの道を進んでいた。つい今しがた古府の居館を焼く炎を見た勝頼の眼には、それはこの世のものとは思われぬきらびやかな行列に見えた。特に勝頼の室を乗せた金銀、珠玉を鏤《ちりば》めた輿車が眼を惹《ひ》いた。その輿車をめぐって、数千の供廻りが、呼びつるさしつる移って行く。時折、天日が曇ると、古府の居館を焼く灰が、人形のような勝頼の若き室を閉じ込めた輿車の上に降った。

新府の城は、鳳凰《ほうおう》三山と茅ヶ岳の連山との間に挟まれた広大なる平野のただ中の島のような小丘陵の上にあった。丘陵の周囲は絶壁をなしていて、その丘陵を塩川と釜無川の二つの河川が、ゆるやかに取り巻くようにして流れていた。地蔵の山巓《さんてん》には既に雪があった。

新城はまだ半造りであり、何百人の土地の男女が、塁を築く石を丘陵の台地に上げるために、あちこちに固まり合っていた。勝頼はその翌日から、自ら城の造築を指揮した。工事は昼夜兼行で運ばれていたが、村人の男の多くは兵として郡内の諸城砦に送られており、城の工事に当る大部分は女で、工事は予期通りには捗《はかど》らなかった。

勝頼は工半ばの城で越年した。天正十年である。暮から正月へかけて降雪が多く、新城の櫓《やぐら》の軒には毎朝のように氷柱《つらら》が下がった。二月朔日《ついたち》、突如、早馬をもって義弟に当る信州木曾義昌の謀叛が報ぜられた。勝頼にとっては、まさに寝耳に水であった。義昌は、信長の甲斐討入の嚮導《きょうどう》として、質を信長へ与え、進発の準備を進めているということであった。

勝頼は、預かっていた質、義昌の母と嫡子と女子の三人を斬り、翌二日、兵一万五千を率いて、新府を進発、諏訪の上ノ原に陣を布いた。諸砦より上ノ原に到着する報告は、織田軍の甲斐打入りの近いことを報ずるもの許りであった。

そのうちに、織田信忠兵五万を率いて、既に岐阜を進発したという報告があった。勝頼は、信州深志城（松本）、伊那高遠城、大島城、飯田城、その他の諸城に兵力を増し、その守備を堅くした。併し、間もなく勝頼に到着した戦況は、第一戦の防禦陣たる伊那口の崩壊である。敵に内通するものもあって、部将下条伊豆守は遁走《とんそう》、ために織田の第一陣は闘わずして伊那口に入りつつあると言う。次に伝わって来た戦況は、松尾城主小笠原信嶺の降伏である。小笠原は信玄の妹婿で、勝頼にとっては腹心の臣と言うべき人物であった。続いて保科弾正の飯田城放棄、日向玄徳斎の大島城放棄、前線からの報告は意外の事ばかりであった。

十六日、勝頼は鳥居峠で、木曾義昌の軍と闘った。この日、遠州にあった唯一の武田の属城である小山城も、守将城を放棄して敵手に入った。これに続いて、駿府の守将武田信友も亦城を棄て、用宗城、久能城共に陥り、三城共に家康の手に帰した。

二月末には江尻城にあった武田の一族穴山梅雪も亦敵に降った。穴山はかねて叛心を懐いていて、開城に先き立ち、甲斐に質としてあった妻子を盗み出していた。これに前後して、駿河の諸城尽く降った。

勝頼は二十八日穴山梅雪の叛を知るや、大勢如何とも為し難いのを知って、諏訪上ノ原の陣を払って、新府城に入った。

勝頼は新府に入るに先立って、宮地村の武田八幡宮に詣でた。社殿には、一通の願文が供えられてあった。それには、南無きみようちようらい八幡大菩薩《だいぼさつ》、この国の本主として竹たの太郎と号せしよりこの方代々護り給ふ。ここに不慮の逆臣出で来つて国々を悩ます。よつて勝頼、運を天道にまかせ、命をかろんじて敵陣にむかふ。しかりといへども士卒利を得ざる間、その心まちまちたり。なんぞ木曾義昌、そくばくの神慮を空しくし、あはれ身の父母を棄てて奇兵をおこす。これ自ら母を害するなり。なかんづく勝頼累代重恩のともがら、逆臣と心ひとつにして、たちまちくつがへさんとする。万民の悩乱、仏法のさまたげならずや、そもそも勝頼いかでかあくしんなからんや。思ひの炎天に上がり、瞋恚《しんい》なほふかからん。われここにして相共に悲しむ。涙また闌干《らんかん》たり。……

勝頼は、途中まで読んで、押し戴いて、それをもとに戻した。丈余の長文の祈願文の最後には「天正十ねん二月十九日、みなもと勝頼うち」とあった。終日居館の奥深いところに垂れ込めている人形のように無表情な一人の女の顔が、その時何日かぶりで、勝頼の眼に浮かんだ。

勝頼は、半造りではあるが、新府の城で最後の一戦を試みようと思った。ところが三月三日の朝、最後の頼みとしていた高遠城の落城が伝えられた。三月二日に高遠城は、信忠の五万の大軍に包囲され、守将の仁科《にしな》五郎盛信以下、城中の婦女小童に至るまで、よく防ぎ闘い、全員華々しく討死したのであった。

高遠の城が落ちれば最早これまでと、勝頼は、時を移さず、その日、去年十二月末に行列の装い美々しく移った許りの新府の城に火を放って、ここを退去することにした。主従は男女併せて僅か二百人を数えるだけであった。

城を立ち退く時、勝頼は、武田家の宝器である諏訪法性の旗と楯なしの鎧を、供の一人に持たせた。その時、勝頼の室は、勝頼に、

「これはどうなさいます」

と、他の一揃いの武具を示した。

初めて二十四歳の勝頼が、一方の将として合戦に臨んだ滝山の城攻めの時着た武具であった。鹿の角の前立て打った甲《かぶと》、緋縅《ひおどし》の鎧、鳥毛を以て五色に織った羽織、武田菱を細かく一面に散らした鞍。

「持って行く必要はあるまい」

勝頼はそれを新府の城と共に焼くことを命じた。若く華やかだった頃の自分の武者振りが、ほんの一瞬だったが、勝頼の脳裡《のうり》をかすめて消えた。

勝頼は小山田信茂の勧めで、彼の居城である岩殿が要害の地であることを知って、そこへ退くことにした。漸く火の手が高く上がろうとしている城を出た時、勝頼はまだこの時

再起を諦めてはいなかった。家康との決戦を試みたいと思った。ここ十年の間、家康との決戦許りを夢に描いて、席のあたたまる暇もない程、戦野を駆け廻って来たが、ついにその機会に恵まれなかったことを思った。城を出る時眼にした緋縅の鎧が、勝頼にそのような思いを、このような時にも懐かせたのかも知れなかった。今までに家康と雌雄を決する機会があったとすれば、それは高天神城の攻防戦の時であった。高天神城の後詰に出ず、城を見殺しにしてしまった自分が、今にして思えば訝《いぶか》しくもあり、無念でもあった。

女たちにも輿はなかった。勝頼の室も慣れぬ山道を、一歩一歩拾って行った。その夜は、柏尾の、武田家と血縁関係にある理慶尼の庵室に泊った。勝頼、信勝、勝頼の室、小山田信茂、その母が家の中に入り、他の者は戸外に眠った。その夜から翌朝にかけて逃亡者が多かった。

翌日、勝頼は柏尾を出発、駒飼に移った。駒飼で七日間を過した。小山田信茂は、勝頼を迎える準備のために母を伴って先発したが、彼は再びそこに姿を見せなかった。駒飼の滞在中に逃亡する者は尽く逃亡した。

勝頼は駒飼を出発して、岩殿へ向かおうとしたが、意外にも笹子には関が設けられてあり、鉄砲を打ちかけられ、この時、初めて、勝頼は小山田信茂に騙《だま》されたことを知った。

勝頼は天目山に入ろうとした。勝頼が最後に選んだ拠点であった。併し、村人は一団となって、山上から鉄砲を放って、勝頼の入るのを拒んだ。勝頼は天目山で再起の機会を摑むつもりだったが、それも許されなかった。

この時勝頼につき従う者は四十四人になっていた。田野と言う山中の部落に入った。そこの平屋敷に名ばかりの柵を造って休憩した。三月十一日の午下がりであった。織田方の滝川一益の部隊が山中を捜索していた。その気配を知って、勝頼はこの時初めて、自刃を決意した。

敵に発見されぬ間にと、あわただしく最後の酒宴が開かれた。勝頼の室が盃を取り上げた。その手の白さが勝頼の眼にしみた。盃は勝頼から、勝頼の室へ、更に信勝に廻された。信勝はその盃を、最後までつき従った土屋惣蔵とその二人の弟に与えた。

敵が間近かに迫った気配を察して、勝頼は己が室の介錯《かいしゃく》を土屋に頼んだ。勝頼の室は法華経五ノ巻を誦し、誦し終ると小刀を口に含み前に倒れた。土屋が刀を降ろしかねている間に、勝頼が自ら介錯した。勝頼の室は十九歳であった。土屋三兄弟は、次々に女房たちの介錯をした。

間もなく、山下から攻め上がって来る敵方の声が聞えて来た。勝頼、信勝、土屋三兄弟を初めとして、三十数人の武田勢は最後の合戦をし、敵の最初の攻撃を撃退、次の攻撃を仕掛けられるまでの僅かな時間をぬすんで、勝頼は、

「土屋、敷皮を！」

と言った。土屋は言われるままに敷皮を直した。勝頼はその上に坐った。その背後に土

屋は立った。勝頼は三十七歳であった。信勝の介錯は弟の土屋が承った。信勝は十六歳であった。

「北条氏政の御妹御であらせられたのに！」

勝頼の室の死体の傍で、そんな声が聞えた。勝頼の室は、自ら助かろうと思えば助かる方法はあったかも知れない。そうした思いはそこにいる誰の胸にもあった。

「信勝さまも！」

また別の声が聞えた。信勝の母が信長の養女であることを思えば、信勝もまた助かる方途はあったかも知れない。

二度目の寄手の叫びが前に倍して大きく聞えて来た時、土屋兄弟は差し違え、他の武士たちも尽く自刃し果てていた。

利休の死

　足が冷えて利休は眼覚めた。膝の関節から下が殆ど体温というものを失っている。五、六年前のことだが天正十三年三月大徳寺で催された大茶会の時、初めて利休は足の冷え込みで眠られぬ夜を持ったが、それ以来毎年のように、決まって不思議に春になってから寒さが堪《こた》えて、二回や三回は夜半に眼覚めることがあった。併し今年の、堺に移ってからのこの十五日程のようなことはない。この半月というものは、暁方《あけがた》になると、決まったように眼が覚める。七十の声を聞いた肉体の衰えもあろうが、やはり今度の事件に関連して、それだけ精神の弱りもひどいのであろうかと思う。

　厠《かわや》に立って窓から戸外を覗くと、暁闇《ぎょうあん》の中を細かい雪が舞っている。寒い筈だと思った。利休は再び床に入り、足を縮め、膝頭を両手で揉んでいるうちに、いつか又眠りの中へ落ち込んで行った。

ほんのちょっとうつつしたような気持で、利休は再び眼覚めた。併し今度はすっかり夜は明け放れていた。縁側の欄間の隙間から洩れる光の箭《や》が障子に当たっている。そのうちに縁側をそっと足音を忍ばせて歩いて行く人の気配がする。

「誰かな」

利休は声をかけた。

「わたくしでございます」

ふと、擦《す》り足が立ち止まって、障子の向うで三つ指をついた風である。

堺の在から来ている四十程の婢の声である。

「雪が積もってはいないか」

「いいえ、雪など、——よい天気でございます」

「ほう」

利休は一寸《ちょっと》意外な気がした。

「戸を開けてくれ」

利休は床を離れて着物を着ると、障子を開けてみた。庭は一面の厚い霜ではあるが、なるほど、朝の弱い陽が庭の一部に流れている。小さい竹の植込みの向うに晴れ切っている青い空が見える。いつになく静かないい天気である。確かに暁方雪が舞っていた筈だがと思ったが、瞬間、白いものが間断なく舞い落ちていた暗い空間が、現実の一場面であったか、あるいは夢の中の一情景であったか、利休の頭の中で判別がつかなくなった。

併し、陽蔭になっている軒先の霜柱の地面を注意して見ると、やはり凍った土の厚い層の上に、霜とは違った白いものが薄く撒《ま》かれてあった。雪はやはり確かに降ることは降ったのである。自分が厠に立った丁度あの時刻、雪はいっせいに舞い落ち初め、いかにも春の雪らしく程なく降り歇《や》んでしまったものと見える。あるいは暁方雪が落ちたのを知っているのは自分一人かも知れない。漠然とそんな事を考えている時、

「今日は何かがやって来るだろう」

ふと、そんな革《あらた》まった気持がその時利休の心を占めた。悲しみでも、恐れでもなく、心の隅々まで満ちて来るような、それは一種充実したとさえ思える不思議な気持であった。

利休が、突然秀吉からの使者として富田知信、柘植左京亮を聚楽《じゅらく》の不審庵に迎え、蟄居《ちっきょ》を命ぜられたのは二月十三日のことである。全く思いがけない烈しい運命の転変だった。利休は直ちにその晩のうちに住み慣れた不審庵を出て、舟で淀川を下って、郷里であるこの堺へ帰って来て、秀吉の後の御沙汰を待つことになったのである。

利休に対する秀吉の勘気は文字通り青天の霹靂《へきれき》であった。十三日に不審庵を出て、淀で、そこまでこっそりと見送ってくれた古田織部《おりべ》と細川忠興《ただおき》と別れたが、それ以後利休は今日まで親しい誰とも会っていなかった。それ故自分が如何なることで秀吉の勘気に触れたかは、詳しくは解らなかった。併し、今度の事件に関する巷間の取沙汰は次々に彼の耳

にも入っていた。

二、三日前細川忠興がひそかに家臣を寄越して見舞ってくれたが、その使いの者の話によると、昨年の秋大徳寺の古渓和尚が利休のために木像を作り、それを大徳寺の山門の上に安置したが、そのことが不遜な行為として問題になったのであろうということであった、そう言われてみれば、そうかも知れないと彼には思われる。

それから又、大政所《おおまんどころ》や北政所から何とかして関白様に謝罪するようにとの使者もあったが、この方は茶器の鑑定、売買に関することで何か秀吉の不興を買う事があったのではないかということであった。その他、政治的な暗躍の疑をかけられているとか、娘がこの事件の原因に介在しているとか、種々雑多な解釈が世間では行なわれているようであり、そうしたことが一つ一つ利休の耳にも入っていた。成程そう思ってみれば、そのどれもが一概に否定できかねるものを、その何処かに持っていた。

今日は何かがやって来るだろうと、この朝利休が感じたのは、来たるべき最後のものが、やがていつかは来ると思って蟄居以来何となくそれを迎える心の準備はしていたのだが、案外早くそれが自分の身近に迫っていることを彼は知ったのであった。その最後の時の用意は既に出来ていた。

人世七十　力囲希咄《リキイクトツ》

吾コノ宝剣　祖仏共殺ス

と辞世の偈《げ》を認《したた》めたのは一昨日のことである。併しこれを認めた時も、その最後の時が何時来るかは判っていなかった。が、いまはそれがはっきりと彼の心には見えている。その時は、いま自分に来ようとしている。彼は霜柱の厚い庭の面を見渡しながら、その日が他ならぬ今日という日であることを感じていた。感じたと言うよりは信じて疑わないと言った方がいい。信じて疑うべからざる何ものかが今朝の彼を取り巻いていた。

形許り朝食の膳に箸を付け、膳を下げさせると、間もなく婢が細川家からの使者が見えたことを報らせて来た。

「お通し申せ」

と利休は言った。やがてこの前一度訪ねて来たことのある五十年輩の家臣が部屋に現われた。

「何かと御不自由なことでございましょう。主人よりくれぐれもよろしく御見舞せよとのことでございます」

そして、不自由のものがあったら何なりとおっしゃって戴きたい、どうにでもしてお届けしようとのことである。

「いや、何も不自由なものはありません。重ね重ねの御厚情、宗易、身に沁みて嬉しく存じます。お帰りの上、よろしくお伝え下さいますよう」

「いずれにしましても、関白様の御勘気は程なく解けましょう程に、いま暫くの御辛抱でございます。重々、お気を付け下さいますようにとのことでございます」

使者の言葉では、細川忠興も何かと打てるだけの手は打って、秀吉の怒りを解く方策を講じているらしく、もう暫くのことだから怠りなく謹慎の意を表しているようにとの事であった。秀吉の不興の原因が何であろうと、所詮微罪であろうから、たいしたことにはなるまいという希望的な観測を忠興は抱いているのであった。

それに対して利休は別に何の自分の考えも述べなかった。使者が座を立つ時、ただひと言、

「宗易、くれぐれも宜しく申しておりましたとお伝え下さい」

とだけ言った。使いの者を玄関まで送って行った。

そして、利休は居間に引き返すと、婢を招《よ》んで、かねて用意してあった白装束を着て、その上に十徳を羽織った。

部屋を出て行こうとして、目礼してちらっと見上げた婢の顔が、微かに不安なものを湛《たた》えている。利休はそれを感じると、その不安を取り除いてやるつもりで、

「今夜は床に湯婆《たんぽ》でも入れて貰おうかな。昨夜は足が冷えて眠れなかった」

と言った。

「はい」

婢はそのまま出て行った。

婢が出て行くと、利休は座蒲団を縁側近くに置いて、その上に端坐して、花のない庭の竹叢《たかむら》の一角に視線を置いた。竹の小さい一葉一葉に、朝の陽が輝いている。弱い白い光線である。弱い白い光線だが、じっと見詰めていると、無数の小さい生きものが、竹のどの葉の上でも嘻々《きき》として簇《むら》がり戯れているようである。幾ら見詰めていても、竹の葉の上で戯れ遊んでいる光線の変化は見倦きるということのない不思議な眺めであった。

暫くそうした放心の時間が続いた。

利休は我に返ると、手を敲《たた》いて婢を呼び、硯箱と紙とを持って来させると、筆にたっぷりと墨を含ませ、手紙でも認めるように自在に筆を走らせて行った。

〝宗易今の家、但我死テ後十二ケ月は子持〟

〝西本家今小路　アケましき事候〟

それから又認めた。

〝やうきひ金の屛風《びょうぶ》壱双《いっそう》〟

〝古渓和尚様進上候也〟

〝金の二枚屛風右ノ　壱こそは紹安也〟

そうした自分死後の遺産の処分に関することを、利休は次々に認めて行った。不思議に斯《こ》うした俗事に関することが、心の障りにならなかった。書き終わると初めから一回読み返し、

〝此書おきに不入候分一円不可存候也〟

と書き添え、花押《かおう》を書いた。

書き終わると、座を立ってそれを違い棚の上に置き、もう一度、縁近くに坐った。

もう利休の心には何も残っていないようであった。

やがて間もなく死の使いが自分のところへやって来るであろうと思われた。それで万事終わる筈であった。

もう一度婢を呼び、玄関、玄関先をよく掃除しておくように命じた。そしてもう何もする事も、考えておく事もなくなった時、利休は竹叢の方へもう一度視線を投げた。

その瞬間、ふと利休の心のどこかを、自分には死がやって来るのが随分遅かったという考えが、一つの実感として走った。十何年か前、当時まだ信長公の一武将であった秀吉と初めて会った時の事が、鮮かに利休の脳裡に蘇っていた。あの時、既に自分の死は決まっており、自分ははっきりとそれを感じていたと思った。なぜならその時、彼は、彼より十五も若い一人の武将と刺し交《ちが》えた筈であったからである。

彼が死を賜わる理由は、本当のことは、木像事件でも、茶器の売買でも、娘のことでも、自分の武人との交りに対する秀吉の誤解でもないことを利休は知っていた。世の誰にも理解されぬ秀吉と自分の二人の間のことであった。二人だけの問題であった。初めて二人が互いに顔を合わせた時の一瞬の烈しい闘いにすべては決定していたのだと思う。なぜならその刺し交えにおいて、二人のうちの孰《いず》れかは当然死ななければならなかったからである。

随分死は遅くやって来た！

竹叢に視線を投げたまま、利休はいま、秀吉と初めて会った時以来、十何年間軈《やが》ては自分に来ると思っていたものを、静かに迎えようとしているのであった。

天正四年の春のことである。竣工した許りの安土城内には一本の桜の木もなく、普請人足に踏み荒された赤土の上には春の陽がただ物憂く落ちていた。真新しい城壁を伝わって吹き上げて来る風は、不気味なほど生暖かく、いかにも戦国争乱の春らしく、耳を澄ませば干戈《かんか》の響がどこからともなく聞こえて来そうな、妙に中心のない散漫な春の静けさであった。

前年長篠の合戦で武田軍を破った信長は、居を安土に移し、本格的な海内経略の一歩を踏み出そうとしていた。当時利休は信長の茶堂として、新装なった安土城にあって、信長麾下の武将たちの間に、徐々にその存在を知られつつあった。

そうしたある日の午後、利休は、自分の点前《てまえ》で信長公の御前で茶を賜わっている一人の武将を、不思議な感動で見詰めていた。坂田郡長浜城主羽柴藤吉郎秀吉というこの人物に、その名前こそ時折は耳にしていたが、利休は今まで格別の興味を持ったことはなかったし、注意を払ったこともなかった。まだ四十になるかならぬ無名に近い一武将だが、いま利休の前に現われたこの新しい人物は、利休の知っているいかなる武将よりも勝れていた。見るからに器量抜群であった。

挙措動作も静かであり、表情も穏やかで、口のきき方も、他の武人のように角ばったところはなく、寧《むし》ろ武士らしからぬ優しささえ持っていた。併し、風姿のどこかに一点犯すべからざる威厳を自然に具《そな》えていた。

茶を喫する態度も、誰から茶を習ったのか法に適《かな》い堂々たるものであり、茶器に対しても恐ろしいほどの眼利きであった。信長が先年堺の数寄者《すきしゃ》から買い上げた茶器名宝を、秀吉は一つ一つ賞讃して行った。

宗及《そうぎゅう》の所有していた菓子の絵、薬師院の所持していた小松島の壺、油屋常祐《じょうゆう》の所有だった柑子《こうじ》口花入、それから初花の肩衝《かたつき》茶入、法王寺所有の竹杓子《たけしゃくし》、そうした天下の名宝をそつなく褒め称え、それらが卑しき堺の町人共の手から天下に号令せんとする主君信長公の手に帰したことをそれらの名宝のために慶賀すると述べた。

利休は、何ものにも臆さないこの若い武人に大きい感動をもって見惚《みと》れるように見入っていたが、

「お眼利き、奇特に存じます」

と、ただひと言静かに言った。言う気持はなかったが、思わず口から滑り出した言葉で

あった。言ってから、利休ははっとした。相手の心臓に短刀を刺し込んだような気持を、自分の言葉から感じたからである。そして、利休はこの時初めて、自分がこの秀れた武人を烈しく憎んでいることを知ったのである。

瞬間、秀吉の眼が利休を見た。無感動な眼であった。利休の言葉を額面通り素直に取って悦ぶ眼でもなければ、嵩《かさ》にかかった利休の言い草に対して怒りを含んだ眼でもなかった。利休は相手が自分という人間に対して何ものをも認めていないことを感じた。強いて言えば利休を見入った相手の眼は全く無感動で、ひどく冷たいものだった。

若し、秀吉の眼が利休を見入らなかったならば、利休の心は傷つかなかったかも知れない。併し、利休の刺《とげ》のある言葉を相手がはっきりと感じた証拠には、秀吉の視線はかなり長い間――そう利休は感じた――利休の面から離れなかったのである。

茶坊主が何か言い居った――そういった歯牙《しが》にもかけない無心なほど冷たい眼であった。そして利休から視線を外した後の秀吉の態度は頗る《すこぶる》慇懃《いんぎん》であった。

利休は、そうした秀吉の自分を見た眼と同じものが、先刻から茶器を見、道具を見、軸を見ているのを感じていたのだった。この眼は秀吉という人物の持って生まれて来た眼であるに違いなかった。自分とも茶の世界とも無縁な、遠く隔たった眼であった。永久に交叉することのない全く異質の眼であった。智謀と武力と権勢以外、決して何ものをも認めることを知らない眼であるに違いなかった。謂《い》ってみれば大俗物の眼であった。利休は生まれて初めて自分にとって敵と言い得る人間の眼というもののあるのを知ったのであった。

信長の眼には残酷な光もあったが、一面美しいもの、静かなものに感動する素直もあった。が、今彼の前にいる若い武将の眼は全くそれとは違っていた。美しいものとか、静かなものとかには本質的に無縁な眼であった。絶対に、孤独ということを知らない眼であった。

秀吉が信長の御前を退出してから、利休は自室に下がると、一人で暫く呆然としていた。今までに味わったことのない拠りどころのない淋しい気持であった。この世の中で一番貴いものが冒瀆されたような救いのない気持であり、又、将来冒瀆されるかも知れない不安な思いであった。利休はいま会った許りの秀吉という人物が、どうしてこのように気にかかるか自分でも不思議であったが、何か棄てておけないものが突如この世に出現したような、そんな嫌な思いであった。

その日、利休はもう一度、城内の大手門近くで、城内を案内されている秀吉と会った。その時、利休は若し自分が武人であったらこの人物と刺し交えるであろうと思った。いま相手を倒さなければ自分が相手から倒されるであろう、そんな気持を持った。

が、勿論、二人は何事もなく目礼して行き過ぎた。利休は鄭重に身を屈め、秀吉はほんの少し頭を下げ、静かに視線を投げ合って、擦れ違った。

空虚なほどうららかな春の光の中で彼が敵と感じた一人の武人の風姿は、いかなる武将にもまして利休には豪快に卓抜して見えた。

この初対面の時の利休の眼に狂いはなかった。秀吉はその後播磨《はりま》攻略に当たって、相次いで抜群の武勲を樹《た》て、盛名は日を逐《お》うて揚がった。信長の寵愛は増し、天正六年には信長から茶の湯を催すことを許された程であった。

そしてその年の十月十五日には播州三木の城で初めて筑州口切の茶会が開かれたが、この時利休は健康を理由にして出席を断わった。

その茶会で、秀吉は信長から拝領の乙御前《おとごぜ》の釜を釣り、床にはこれも信長から拝領した牧谿《もっけい》の月の絵を掛け、紹鷗《じょうおう》の平高麗茶碗、料理は木の膳に生白鳥の汁に飯という趣向であった。このことを利休はそれに出席した茶匠宗及から聞いて知ったが、利休はその茶会の様を思い描いてみて、やはりこの闘いの天才である武将に何ものかが冒瀆されている思いを棄てることは出来なかった。利休はどうしても秀吉に馴染《なじ》んで行けなかった。

併し利休はその後間もなく秀吉に対する態度を改めた。茶道を昂揚する政略的意味もあったが、それよりはもっと積極的に、この茶の本質的な世界とは無縁な、それでいて数寄執心の武将に近寄って行ってみたい意欲を感じた。やはり一種の敵意が、利休を秀吉に近付けようとしたのである。利休はこの世の中で最も気に喰わぬ人物に霰釜《あられがま》を贈ったり、時には秀吉と二人で茶道具の鑑定書を連署で認めたりする機会を作った。利休はいつかはこの武人を茶の世界にひれ伏させねばならなかったのである。

そして天正十年の晩秋、山崎の妙喜庵で秀吉の茶会が開かれた時、彼は始めて、宗及、宗久、宗二の一流の茶匠たちと一緒にそれに出席したのであった。本能寺で信長が倒れ、その葬儀が大徳寺で盛大に行なわれた翌月で、秀吉は山崎の築城を終え、盛名が亡き信長に代わって日一日天下に高くなりつつある時であった。

その翌年の正月二月と、二回に亙《わた》って、やはり同じ妙喜庵で秀吉の茶会が開かれ、続いて五月末に坂本でも茶会が開かれたが、利休はいずれもこれらの茶会に出席し、坂本の茶会の時は、初めて秀吉の茶堂という資格で出席したのであった。

床には京生島の虚堂の墨跡、荒木道薫の青磁の蕪《かぶら》なしの花瓶、せめひもの釜、紹鷗の芋《いも》頭《がしら》、大覚寺天目、蛸壺《たこつぼ》の水下、井戸茶碗といった堂々たる部屋の飾りであった。

この時利休は六十二歳であり、七年前、安土の城で刺し交えたいと思った武将と、叡山《えいざん》の山懐《ふところ》ろに抱かれた小さい宝石箱のような茶室の中で静かな視線を投げ合ったのであった。その日琵琶湖の湖面は遠くに一枚の布を敷いたように動かず利休の眼には見え、時折それが五月の陽光の下に光るのが何故か彼の心に痛く沁みた。

「お眼利き、奇特に存じます」

と、口では言わなかったが、大俗物に対する闘争の意慾は、利休の心の内に入って寧ろ烈しく燃えていたのである。

その後秀吉は海内統率の実権者として勢威並ぶ者なきに至ったが、利休は決して、この政治的権威者を茶の世界に於ては認めなかったし、秀吉も亦利休を結局は一人の茶という遊びの宗匠として以外何ものも認めていないようであった。

利休は秀吉の茶堂となってからの九年間を、

「お眼利き、奇特に存じます」

という皮肉な短刀を、ある時は露《あらわ》に、ある時はさり気なく秀吉の胸に投げ続けたのであった。

こんなこともあった。いつの年だったか、利休は不審庵の露地に朝顔を植えたことがあった。三本の苗を試みに植えてみたのだが、露地の植込みに蔓《つる》を伸ばした朝顔は、毎朝色とりどりの沢山の花を付けた。単なる思い付きでやったことだったが、ひんやりとした静かな露地のところどころに、丁度小さい灯がともったように点々と朝顔の花の咲いている様子は、利休にはひどく美しく見えた。

朝開いて何刻も経たないうちに凋《しぼ》むその花の短い生命も哀れであったし、どこか楚々とした鄙《ひな》びた花の風情も利休には気に入った。

利休は何人かの客人を招んでこれを観賞させた。そうした客人の誰からか秀吉の耳にこの噂が伝わったものと見えて、ある日秀吉から、

「明日早朝、自分も朝顔の花を見に行く」

という言伝《ことづ》てがあった。

その時利休は、

「悦んでお待ちしています」

という返事を使いの者に持たせてやったのだが、その翌日、秀吉を迎える少し前になって、最後の露地を見廻った際、見事に咲いている朝顔に視線を投げているうちに、ふと利休の心は変わった。自分でも不思議に思われる程の変り方だった。秀吉のこの花を見入っている満足そうな表情を思い浮かべると、それが利休にはどうにも我慢できなくなったのである。

利休は暫くその場に立っていたが、やがてそこに咲いている朝顔の中から一輪だけを選んで摘み採ると、他の朝顔は残らずこれを引き抜いてしまうように言い付け、自分の手で摘んだ一輪だけを持って茶室へ上がり、それを床に活《い》けた。利休は素直に秀吉に露地の朝顔をそのままの姿で見せる気持にはならなかったのである。

秀吉はその朝、期待に反して一輪の朝顔も見当たらない露地を通って、茶室へ入ったが、茶室へ入ってからはっとした面持で、床に活けられてある朝顔の花に眼を留めた。

それは自然の花の素朴な美しさではなく、芸術家利休の心をくぐった芸術作品としての美しさであった。一輪の朝顔の持っているものはもはや先刻まで露地で露を含んで咲いていた時の美しさではなく、周囲の空気をぴたりと押えている凜《りん》とした美しさであった。

利休はある痛ましさをもって自分の心を見詰めていた。秀吉に対する時だけ微塵《みじん》の妥協も影をひそめてしまう自分の心が、次第に興奮が覚めるにつれ、やはり一種の悲しみと痛みをもって疼《うず》いているのを感ずるのだ。

秀吉は、そうした利休のいかにも利休らしい機転の挿花を、さすがは利休だと激賞したが、併し利休はその賞讃の言葉をそのまま素直には受け取ってはいなかった。

たとえその場では秀吉が真実利休の採った態度を感心したとしても、併しやがては、その賞讃の心が時間の経過と共に他の何ものかに変わって行くであろうことを知っていた。なぜなら床の上の一輪の朝顔の花は、大俗物秀吉に対する、利休のさっと突き出した一閃《いっせん》の短刀に他ならなかったからである。秀吉の心の中で、その花の美しさは何時かは、血の吹き出した刀傷として当然疼かずにはおかぬ筈であった。

「関白様の御使者でございます」

と言う声が襖《ふすま》越しに聞こえた。気のせいか、ただならぬ響を持っている声の調子であった。

利休が居住居を直すと、間もなく畳を踏んで来る数人の足音が聞こえて来た。襖が開かれ中村式部少輔一氏の、少し蒼ざめた緊張した顔が先に立って次の間をこちらに近付いて来るのが見えた。

利休は立ち上がると襖の傍に座を変え平伏して使者を迎え入れる態度を取った。一氏だけが部屋に入り他の者は次の間に控えた。

使者を上座に据えると、利休はそれに向い合って下手に坐り、畳に手をついた前屈みの姿勢で、少し体を前に差し伸べ、

「お役目御苦労様でございます」

と言った。そして次に死の使者の口から洩れる言葉を待った。使者からなんの言葉も発せられないままに、何刻かが過ぎた。

十何年か前、彼が短刀のように突き出した、

「お眼利き、奇特に存じます」

の言葉に対して、今こそ秀吉から何らかの言葉が返される筈であり、それを去年あたりから時によっては少し遠く感じられる利休の二つの耳は聞く筈であった。

自分は随分長い間、十何年間もただこの瞬間を待っていたのではないか、そんな気持がその時利休はしていた。寧ろ不思議に充足した思いであり、自足した気持であった。彼の心の周囲で何ものかが平衡になろうとしていた。平衡の状態に向かって刻々突き進んでいた。

さらに何刻か過ぎた。

利休ははっとして顔を上げた。この時、中村式部少輔一氏の能面のような無表情な白い

顔が大きく揺れて、彼の口から低く言葉が洩れた。よく聞き取れなかった。併し発せられた言葉の中で、利休は、

「死」

という一語だけを、冷たい響で、それだけはっきりと聞いたのであった。十何年の長い間、秀吉と利休との間に置かれ続けた緊張は、この時、張り切った糸がいつかは当然切れねばならぬように、ぷつんと切れたのである。いつか戸外には風が出ているのか、縁先の竹の葉ずれの音が、利休の心には、沁み入るように寧ろある爽やかさで聞こえていた。

佐治与九郎覚書

知多半島の大野城主佐治与九郎一成が、当時安土城にあって秀吉の庇護のもとに成人しつつあった、浅井長政の遺子である三人の娘たちの中の、一番末の小督《こごう》を娶《めと》ったのは天正十四年のことである。この話は春に始まり、実際に輿入《こしいれ》が行なわれたのは十一月の終りであった。与九郎は二十二歳、小督は十四歳、二人は婚礼の日まで一度も顔を合せたことはなかった。

与九郎の母は織田信長の妹であり、小督の母も亦信長の妹であったので、二人は従兄妹関係にあるわけだったが、それぞれ幼い頃からきびしい運命の転変に揺すぶられ、容易ならぬ歳月を過去に持っていたので、お互いの存在など殆ど知っていなかった。それでも与九郎の方は安土城に自分の従妹にあたる三人の女性がいることは何となく知っていた。が、小督の方は与九郎などという名を聞いたこともなければ、その居城である大野という城がどこにあるのかも全然知らなかった。

与九郎の父八郎信方は信長に随って天正二年に長島の役に出陣して討死していた。父の死後、与九郎は親族の者たちに援《たす》けられて、家を継ぎ、幼少の頃は織田信雄《のぶかつ》のもとに人質に取られたりしながらも、隣接する諸勢力の間にあってよく父祖の地を全うし、現在家康、信雄の陣営に属して、その一方の武将として大野城六万石を領している。小督の方は生れた年の天正元年に父長政を小谷城に失い、天正十一年には母お市の方と義父柴田勝家を北の庄に失っている。

この結婚には二人にとっては叔父にあたる織田信雄が仲に立っていた。与九郎一成は、小督の話が出た時、自分以上に不幸な過去を持って来た女を自分の妻に迎えることはいいと思った。曾ては近江の豪族として鳴らした浅井の娘ではあるし、それに母方の織田の血もはいっており、家こそ潰れているが、まずこの時代では一、二といっていい名門の出である。それに三年前に北の庄の城で勝家に殉じて自刃した母お市の方は、一世に知られた美貌の女性である。その娘であるから、恐らく小督も亦その麗質を受け継いでいるであろうと思った。

輿入の日には、大野の城下には積るとは思われぬ細かい雪が舞っていた。

輿入の一行は雪の中を城下を突っ切って、城の方へゆっくりと進んで来た。城は海に迫っているひどく高低のある丘陵の上にあった。東西四町、南北一町、総廓九十二町一反、小さい丘全体が城廓になっている。本丸は丘陵の南の端にあり、その本丸の更に南に小さい櫓《やぐら》があった。そして本丸と櫓とを幅九間程の空濠《からぼり》が取り巻き、その外部に腰曲輪《こしぐるわ》があり、更にまたその外部を深さ十八間程の谷が取り巻いていた。

行列は石畳の坂道を上って行き、中腹にある城門のところで停って、そこに輿を置いた。城門の脇には門火が焚《た》かれ、花嫁を出迎える大勢の女房たちが腰を屈めて控えていた。輿入の格式にははまっていなかったが、与九郎はそこまで小督を出迎えた。

与九郎は輿から降りた背の低いずんぐりした花嫁を見て、小督が期待に反して少しも美貌でなく、平凡な顔立ちの娘であることを知った。下ぶくれの顔は愛らしいと言えば愛らしいと言えないこともなかったが、城下の町人の娘などにいくらでもある顔だった。

このことは与九郎許りでなく、その場に居た者たちの誰もが同様に感じたことだった。人々は同じように白小袖を着た与九郎と小督とを、漸く暮れようとしている薄明りの中に並べて見て、自分たちの若い城主の室となる女性に軽い失望を感じた。どう見ても与九郎の方が引き立って見えた。与九郎は顔立ちも整っており、父譲りの精悍な凜々《りり》しいものを、その長身の体に着けていた。

「お疲れだったことであろう」

与九郎が言うと、

「疲れました。ずいぶん遠いんですもの」

小督は言って、何となく笑顔を見せた。そんなところは素直な感じだったが、笑うと、口が大きく、唇の厚いことが判った。

小督は最初待女房に手を取られて歩き出したが、歩きにくいのか途中で相手から手を離すと、先に立って、多少手を振るような恰好でとことこと石畳の道を上って行った。

与九郎と小督の夫婦仲は睦《むつま》じかった。与九郎は小督が美人でないことには少しの不満も感じなかった。小督の神経質なところなど微塵もないおおどかな性格は好きだった。小督は一城の主の室であるといったようなつんとしたところはなく、可笑《おか》しいことがあれば場所を構わず侍女たちと一緒に声を出して笑った。声は美しかった。城も小さく、生活も贅《ぜい》沢《たく》なことは許されなかったが、小督はいっこうに不満に思っている風には見えなかった。

小督は与九郎のところへ嫁いで来てから一度も城を出たがらなかった。小督のすぐ上の姉のお初は溝口城主京極高次の許に嫁いでおり、長姉の茶々はずっと安土城に留まっていたが、別に小督は安土にも帰りたがらなかったし、二人の姉たちにも会いたがらなかった。いかにも、現在の境遇に満足しているといった様子であった。

小督が嫁いで三年目の天正十六年の春に、長姉の茶々は秀吉の側室に上った。この茶々の噂を耳にしても、小督は別に心を動かされる風でもなかった。姉との身分が隔たってしまったとも、また反対に、いかに権力者ではあれ、自分たち一門にとっては仇敵である秀吉のところへ茶々が側室として上ったということに対しても、格別特殊な感慨は持たないようであった。

与九郎はこうした若い妻に愛情を持っていた。いかなる立場にあっても、自分は自分だとして、自分にやって来る運命に従順で、いささかの不平や不満を持たないということは、やはり育ちから来るものであろうかと思った。小督は嫁いでから二年の間に二人の女児を生んだ。上の姫にはおきた、下の姫にはおぬいと名付けた。おぬいの方は生れながらの盲女であった。

茶々が側室に上った噂を聞いてから一年足らずして、この大野城の若い夫婦に全く思いがけない運命がやって来た。それは秀吉からの使者が来て、茶々が病気になり、病状捗々《はかばか》しくない故、小督に茶々の病気見舞に来るようにという秀吉の意を伝えたことだった。この使者から秀吉の伝言を聞いた時、与九郎は顔色を変えた。秀吉の命令通り、小督を茶々の許に差し出せば小督は再び大野城へ戻って来ることはないのではないかと思った。使者が帰ると、

「余と相聟《あいむこ》が不足か！」

与九郎は呻くように言った。茶々と小督が姉妹なので、秀吉と与九郎は謂《い》わば義兄弟の関係にあるわけであった。そんなことから秀吉は自分から小督を取り上げる腹ではないかと与九郎は思った。

それにもう一つ、与九郎には気になっていることがあった。それは天正十二年に家康、信雄の聯合軍が秀吉と小牧で闘った時のことである。秀吉は佐屋川の船を押え、家康の三河へ引きあげる退路を遮断した。ために家康は窮地に陥ったが、この時家康のために船を出して、その急場を救ってやったのは与九郎であった。この時の与九郎の措置に対して、秀吉がいい感情を持っていよう筈はなかった。秀吉が天下の権力者にのし上っている現在、何らかの形で、この報復はあるかも知れなかったし、またあっても不思議はなかった。

与九郎はその夜、小督に秀吉からの使者の趣を伝えて、二日後に茶々の居る淀城へ赴くように命じた。すると、小督は、

「それは困ります」

と、いかにも困惑した表情で言った。十日先に二人の姫のために桃の節句を控えており、その日は侍女たちと向い山で野宴を開くことになっている。それが済んでからならいいが、それがすむまでは行くわけには行かない。これが小督の言分だった。与九郎が何分天下の権力者である秀吉の命令であるから、それまでの猶予は難しかろうと言うと、

「関白様の御命令でも、それくらいは待って戴けましょう」

小督は言った。秀吉の命令より、自分の娘のための桃の節句の方を大切に考えている、怖いもの知らずの室の言葉が、与九郎の耳には快く響いた。

与九郎がそうした我儘の許されぬことを説明すると、小督は暫く考えていたが、

「では、参りましょう」

と、こんどは素直に言った。与九郎はそんな小督に、

「こんどの上洛は単に淀殿のお見舞とのみは受け取れぬ、何か裏に他の意味があるかと思う」

と言うと、初めてそのことに気付いたとでも言った風に、小督ははっと顔を上げると、

「お城替えでございましょうか」

と言った。

「城替え⁉」

「もっと大きいお城へ代るようにというお達しがあるのではございませぬか」

心からそう思っている小督の表情であった。

「そうかも知れぬ」

与九郎はそう言った。人を疑うという気持を全く持ち合せていない若い妻に対して、他のいかなる言葉も口から出すことはできなかった。

二日間に小督の旅立ちの支度は調えられた。与九郎は小督を茶々の病気見舞にやるというより、秀吉のもとに送り届けるといった気持の方が強かった。与九郎は日頃小督に仕えていた侍女たちを、あるいは再び戻って来ないかも知れない自分の室に付けてやることに

した。

小督の旅立ちの支度が調えられている間、与九郎の気持は複雑だった。権力者に対する反抗と諦めの気持が交互に若い武将の心を襲っていた。そしていよいよ小督が出発する日の朝、烈しい怒りが与九郎を襲った。小督がすっかり旅支度を調えて、挨拶にやって来た時、与九郎は、

「仔細あって生かしておくわけには行かぬ」

そう言うや否や、彼は槍を取り上げ、穂先を小督に向けて構えた。どうしても小督を秀吉の許に差し出すわけには行かぬといった気持だった。

すると、小督はその場に坐ったまま、眼を軽く閉じ、

「どうぞ」

と言った。いつもの澄んだ声だった。

「突くぞ」

「どうぞ」

それから小督は眼をつむったまま、いかにも可笑しそうに低い笑声を口から洩した。

「何が可笑しい！　怖くはないのか」

与九郎は訊いた。すると小督はまた笑いながら、どうぞと言った。

「よし」

与九郎は突こうと思った。すると、その時、小督の口が動いた。

「おまじないでは三遍突くのでございましょう」

与九郎は自分の耳を疑った。

「なんと?」

「おまじないでは——」

「まじないと思っているのか」

与九郎は瞬間体から緊張の解けて行くのを感じた。いっきに毒気を抜かれてしまった気持だった。小督は自分のために、夫が旅の道中の無事を祈るまじないをしてくれるものと許り思っている風であった。

与九郎は血の気を失った顔で、三度槍を突き出し、三度とも小督の胸許一尺程のところで停めると、

「よし、これで何事もなかろう」

と、自分でもそれと判る乾いた声で言った。

小督は目を開けると、二年前の婚礼の時、城門の横で輿から降りた時笑ったように笑った。その邪気のない笑顔は与九郎にはやはり美しく見えた。与九郎はこの時ほど小督に夫としての深い愛情を感じたことはなかった。そして今こそ小督を自分の手から放してやろうと思った。彼女の持っている運命がどのようなものか判らなかったが、兎も角その流れ

の中へ放してやろうと思った。

小督はその日、大野城を発った。十幾つかの輿が並び、その前後を騎馬の集団が固めていた。婚礼でもない、かと言って普通の旅立ちでもない異様な行装の隊列は、丘陵の城を出て、足場の悪い石畳の坂を、早春の弱い陽を浴びて降って行った。

与九郎一成の危惧は間もなく現実となって現われた。

秀吉からの使者が来たのは、小督が大野城を発って行ってから二十日程してからだった。小督が淀城で発病し、当分帰れないから承知して貰いたい。こういう使者の口上だった。

口調は鄭重であったが、一方的な通告であった。それから更に十日程して小督と一緒に行った侍女たちだけが帰されて来た。侍女たちは淀城へはいってからの小督については何も知っていなかった。彼女たちは城へはいると同時に小督とは離されてしまい、そこで退屈で不安な何日かを過し、それでも最後に一通り都を見物させて貰って帰されて来たのであった。

与九郎はかねて覚悟していたことではあったが、秀吉に対して烈しい怒りを覚えた。併し、どうすることもできなかった。織田信雄にも使者を立てて相談したが、そのままにして成行を見ている以外仕方がないだろうということであった。

明けて天正十八年に、小督を取り上げられた佐治与九郎には、更に決定的な非運が見舞って来た。それは彼の主である織田信雄が奥州へと国替えさせられると同時に、与九郎はその居城大野城を召し上げられることになったのであった。多年秀吉とよくなかった信雄も思いがけない秀吉の報復を受けたわけであったが、それと一緒に与九郎の方も片付けられてしまった恰好だった。与九郎は城を出なければならなかった。死を賜わらないことがせめてものめっけものと言わねばならなかった。延文年間以来代々地方の豪族として、知多半島一帯の地に勢力を張っていた佐治氏は、ここに滅亡の運命に立ち到ったのであった。

大野城を失った佐治与九郎一成は、浪々の身を一時血縁の関係にある師崎《もろざき》の千賀家に寄せたが、おきた、おぬいの二人の娘をそこへ預けて、自分は伊勢の安濃津《あのつ》城主の織田信包《のぶかね》を頼った。信包は与九郎の伯父に当る人物であった。そしてそこで与九郎は無役のままで、五千石の棄扶持を与えられた。

伊勢へ行ってからの与九郎は、彼を知っている者には全く別人としか見えないような風貌に変っていた。併し、そうした与九郎を知る者も極く僅かしかなかった。与九郎は小さい侍屋敷に籠ったまま一切どこへも出ず、人に姿を見られることも極力避けていた。ただ一年に一回だけ庇護者である織田信包と会った。それは織田一門の供養の行なわれる日で、その日だけは城内に伺候し、信包と会って短い言葉を交し、それから城下の外れにある寺へ向った。

　この日信包と与九郎が会う席に居合せた者だけが与九郎の変った風貌に接することができた。大野城主であった頃の精悍な表情は全くなくなっていた。年齢のはっきり判らぬ憂鬱そうな面貌を持った長身の武士は、信包に対してだけ低く口を開いたが、何を言っているか、その言葉は殆んど聞き取れなかった。信包以外の誰が話しかけても、与九郎は決して返事をしなかった。それが唯一の己が運命への反抗であるかのように、彼は執拗に無言を守った。そうした与九郎の態度は、誰にもいい印象を与えなかった。人々は妻と城とを奪われた哀れな男として、与九郎を見た。

　与九郎が城を失ってから三年目の文禄元年の春に、世に丹波少将と称《よ》ばれていた羽柴秀勝と小督との婚儀が発表された。秀勝は信長の第四子で、秀吉の養子であったので、この婚儀の噂は巷間に賑やかに流布された。秀勝は二十六歳で、小督は二十歳であった。

　世間ではこの一時期、佐治与九郎のことを思い出したが、与九郎が信包の庇護のもとに生きているということを知っている者は極く一部の者だけであった。多くの者は誰が言い出したものか判らなかったが、大野城没落と共に与九郎が自刃して相果てたという噂を信じていた。

　こうしたことがあってから間もなく、この年の秋に織田信包は伊勢の安濃津城から丹波の柏原城へと移封を命じられた。この信包と一緒に、与九郎一成も亦柏原へ移って行った。

柏原へ移ると、与九郎は剃髪することを信包に申し出た。信包は一応与九郎の決心を翻《ひるがえ》させようとしたが、

「拙者は大野城を失った時、自刃すべきであったが、多少思うところあって今日まで生き延びて来ました。いまはその思うところも齟齬《そご》し、いつ相果てても惜しくない生命であります。併し、いま自刃したら、御迷惑がこのお家へ及ぶと思いますので、このまま生きて参りましょう。剃髪の儀だけはお聞き届け戴きたい」

与九郎は言った。

それから数日してから、与九郎は髪を落し、名を巨哉と改めた。この時与九郎は二十八歳であった。

与九郎が大野城を奪われた時、自刃しなかったのは、小督にもう一度会えるかも知れないという気持があったからである。小督に対して恋々たる情を持っていたというより、小督の身の上が案じられ、もう一度会わないことには安心して死んで行けない気持であった。与九郎にそうしたことを思わせるものを小督は持っていたのである。それが、小督と秀勝の婚儀という思いがけない事件で終止符を打たれ、与九郎は自分が恥を忍んでなんのために生きていたのか判らなくなったのであった。

剃髪して巨哉になってからの与九郎は、人を避けることと、誰とも言葉を交さないこと

は前と同じであったが、その表情は見違えるほど穏やかになった。

それから二年してもう一度佐治与九郎のことが世間の話題になったことがあった。それは小督の夫である秀勝が朝鮮に出征し、朝鮮で陣歿したことが発表された時で、文禄三年の春のことであった。この時は与九郎の恨みがついに秀勝を死に追いやったというような蔭口がきかれ、小督の二度目の結婚が持った不幸は、当然約束されていたことのように噂された。小督は秀勝との間に一女を儲けていた。

小督が秀吉の養女となって、家康の長子である秀忠と伏見城に於て婚礼の式を挙げたのは、その翌年の文禄四年の九月のことである。小督は二十三歳、秀忠は十七歳であった。この時は婚儀の盛大さがやかましく噂され、その派手な噂の蔭に匿《かく》れて、もはや佐治与九郎のことを思い出す者はなかった。与九郎の名は口に出されても、これはもはやこの世に居ない人間としてであった。与九郎は誰からも故人として取り扱われていたし、実際にまたそう思われていた。

丹波の小さい城下町に、彼が衲衣《のうえ》を纏って生きていようとは、誰も想像だにしないことであった。

与九郎に嫁ぎ、秀勝に嫁ぎ、それぞれ不幸というべき結婚をしながら、次第に女としてのより大きい幸運を摑んで行く小督が、人々には異様な眩《まぶ》しさで見えた。

小督が、秀忠との間に一子を挙げたのは慶長九年七月のことである。秀吉薨《こう》じて六年経っており、家康は将軍職にあった。いつか時代はすっかり変っていた。この時も亦小督のことが巷間で噂された。

小督という女が、次々に夫を替えて、次々に違った胤《たね》の子供を産んで行くことが、多少揶揄《やゆ》的に取沙汰されたのであった。

併し、小督は今や将軍家康の嫡子秀忠の正室であり、江戸西城に於けるこんどの出産は大きい祝福を持って迎えられた。家康も悦んだし、諸国の武将たちからの賀使も毎日のように詰めかけた。

この小督の出産の噂は、江戸から遠く離れている丹波地方にはひと月ほど遅れて伝わった。

その日、巨哉こと佐治与九郎は所用あって柏原在へ出掛けて行ったが、柏原の城下の外れで、いずれも旅装束の十数名の騎馬の一団と出会った。

通行人たちは、その一団のために道を開いた。道はぬかるんでいた。与九郎は泥の飛沫をうけて、多少小癪に障る思いで路傍に立っていた。その時、与九郎の耳に、やはり傍に路をよけて立っている男の声がはいって来た。それによって、与九郎はいま自分の眼の前を過ぎて行く一団が、秀忠の室の男子出生を祝うために、この城からはるばる江戸へ出掛けて行く賀使の一行であることを知らされた。

与九郎はふらふらとその場に腰を下ろした。坐ってしまった時、自分でもどうしてそんなところへ坐り込んでしまったものか、はっきり判らなかった。

与九郎は大勢の通行人が怪訝《けげん》そうに見返って行くのも構わず、虚ろな眼でそこに坐り込んでいた。その眼には、十五年前の自分の妻である小督の、あまり美貌とは言えない、併し人を疑うことを知らないおおどかな顔が与九郎だけに見えていた。

与九郎にはもはや愛憎の観念はなかった。ただ、現在の秀忠の室である小督が、やはり昔のように自分に与えられている境遇に、たいして悦びもなく悲しみも感じずに坐っているのではないかという気がした。

そしてそんな彼女に、幸運というものが、今までもそうであったように、これからも、ゆっくりと着実な足取りでやって来るのではないかと思われた。

「徳川家は御安泰じゃ」

与九郎の口から、ふとそんな言葉が洩れた。皮肉でも自嘲でもなかった。若い頃の与九郎の声とは全く違った嗄《しわが》れたものであった。小督の夫秀忠は将来将軍になるかも知れなかったし、こんど生れた男児がそれに続いて将軍になるかも知れなかった。恐らくそのようなことも夢ではなく、そのような幸運が小督を見舞って来るのではないかと思われた。人間は幾らでも不幸になって構わないし、幸福になっても構わない。これがこの時の往年の大野城主佐治与九郎の感慨であった。

与九郎の予想通り、その後秀忠は二代将軍となり、小督の生んだ男児は三代将軍となった。

与九郎は寛永十一年九月二十六日七十歳で京都に歿しているが、どうして京都に住むようになったか、その間の消息は判っていない。「長徳院快岩巨哉居士」というのが彼の戒名である。また与九郎が師崎の千賀家に預けたおきた、おぬいのその後のことも判っていない。ただこの二人の娘たちが住んだ須佐村附近を「おきた脇」と呼ぶことはかなり後年まで続き、そこに母とは異なって不幸だった二人の娘が住んでいたことを物語っていた。

漂流

能登七尾《のとななお》の鏡屋六兵衛の持船で、六百五十石積み、二十一反帆の海神丸が竣工《しゅんこう》したのは天保十一年三月の終りであった。

船頭には伏木の源太郎という五十歳の男が傭われ、源太郎の計らいで近郷から親司《おやじ》、表《おもて》、岡使《おかつかい》、片表《かたおもて》、追廻、炊《かしき》といった船に必要な部署部署の人員九名が選ばれた。

海神丸の最初の就航は、竣工後一カ月を経た四月の下旬であった。加賀藩の大阪への御廻米五百石を積み込み、約一カ月の日時を要して五月下旬大阪へ到着、そこで加賀の御蔵役人に米を渡し、帰りは、綿、砂糖などの新潟の問屋赤松屋への運賃荷物を積み込んで、六月中旬に大阪を出帆した。こんどは途中ずっと追風で、予定より早く七月十日に新潟に着いた。新潟では既に次の、こんどは北海道の松前城下へ行く新しい仕事が海神丸を待っていた。

積荷を降ろして赤松屋へ渡すと、海神丸は直ぐ新潟を出帆、八月中旬、松前城下に到着した。ここで半月碇泊し、九月の初め函館に移り、昆布初め海産物五、六百石目を積み込んで、東廻りで江戸へ行くことになった。

ここまでは海神丸の仕事は至極幸さきよく順調に運んだが、東廻りで江戸へ行くということで、一つの問題が起きた。それは、表の権次が、東廻りは自信がないから嫌だと言い出したことである。表役は船の航行中、昼夜舳先《へさき》に乗り込んでいて、方角を見通したり、船時規を調べたり、澗《ま》入りの際、他の連中を指図したりする役で一口に言えば水先案内である。

権次は性格にいっこくなところがあって、嫌だと言い出したら諾《き》かなかった。そのために海神丸は権次の代りを探すために、函館でまた一カ月程を無駄に過ごした。幸い会津の藤兵衛という東廻りの船頭が見つかったので、彼に乗船して貰う話が決まり、権次はここから能登へ帰った。藤兵衛は源太郎と同年配の五十幾つかで、十七歳から船へ乗っているということであった。

海神丸が函館から江戸をめざして乗り出したのは十月十日である。津軽海峡を越え、本州の突端大澗湊《おおまみなと》に寄港、ここで粮米《ろうまい》四斗俵三十俵あるうち、二十俵で塩鮪《しおしび》百本余と交換、風浪が烈しいので、それの静まるのを待って、半月碇泊後大澗湊を出た。そして塩釜へ寄港したのは十一月下旬である。

塩釜港へは暁方はいったが、その日、一向宗の僧侶に船中の内仏に経を上げさせ、巫女《みこ》を招んで、神棚に海路平穏を祈禱させた。

　この時、巫女は三十五、六歳の女だったが祈禱し終わると、

「この船はよからぬことがありそうな気がする。気をつけなさるがいい」

と言って帰って行った。併《しか》し、船頭源太郎初め誰もその巫女の言葉をたいして気にかけなかった。

　その夜半、碇泊地からさほど遠くない沖合の小さい島が燃えた。炊《かしき》の留吉という少年が発見して、乗組員一同旅宿の二階からそれを見物した。港に碇泊している船でも、乗組員たちは、舷側へ立ったり、櫓《やぐら》へ上ったりして、その小さい島の燃えるのを見た。島は無人島で、自然発火以外、出火は考えられないという土地の人の話であった。

　船頭源太郎はそれを見ていて、何か嫌な気がした。海神丸は翌早朝出帆の予定だったが、彼は自分の一存で一日延ばそうと思った。併し、斯《こ》うしたことは乗組員の士気に関係するので、彼はそのことを、明朝発表するまで誰にも洩らすまいと思った。

　明くれば二十三日、東の空が少し赤く焼けているほか、風も死んで全くなく、いい航海日和であった。港を埋めていた何十艘《そう》かの船は尽《ことごと》く出帆しようとしていた。

　表の藤兵衛が、艫《とも》の方部屋の源太郎のところへ来て、

「早く出せや」

と言った。

「一日見合わせたらどうかの」

源太郎が言うと、

「塩釜に海神丸一艘残ったら風邪をひくぞや」

と、彼は笑いながら言った。それで源太郎も船を出す気になった。

海神丸が帆を張った時は、既に潤入りの船は全部出帆していた。その頃は暁方の空の赤さも消えていた。

が、源太郎の不吉な予感は当たっていた。港を出て一刻程した頃から大西風となった。海上は見渡す限り夕陽でも受けているように一面に赤く見えた。そして船は急流でも漕ぎ下っているように沖へ沖へと吹き流されて行った。

事の大事を知っていたのは藤兵衛だけであった。南部地方では、この風を「あかんぼ風」と称して、この風で沖へ二、三里吹き流されれば、もはや本土へ着くことは覚つかないと、昔から言われていた。

いつか帆綱も切れて、船が流れて行くのを停める手だてというものは全くなかった。沖へ沖へと矢のように押し流された船は、その日の昼頃は、大風浪に弄ばれて、木の葉のように揺れていた。全員生きた気持はなく、陸地へ近づくことは諦めて、ただ難破しないことだけを専ら心掛けた。海水が滝のように船内へはいるので、全員桶でそれをかい出す作業に没頭した。

午過ぎに源太郎の命令で塩鮪、昆布百石目ばかり海中に棄てられ、更にその夕刻、昆布二百石目が棄てられた。

夜になっても風波はしずまらなかった。一同は終日の風波との闘いに疲れて、交替で、海水の飛沫《しぶき》を浴びながら眠った。

藤兵衛はその夜半眼を覚ました。自分だけは起きているつもりだったが、昼の疲れで、いつか睡《ねむ》ってしまったものと見えた。船は依然として大きく揺れている。交替で起きている筈の連中も、みんな倒れてしまったのか、たれの声も聞こえなかった。

藤兵衛は、源太郎が出帆を見合わせようと言ったのを自分が勧めて出した手前、こんどの遭難には責任を感じていた。彼は起き上がると船の動揺でよろめきながら船内を一巡した。そして最後にてんま組（船の中央の荷物置場）へ入って行った時、

「もし」

という声を聞いたような気がした。ぎょっとして立ち止まっていると、また同じ声が聞こえた。

「誰だな」

藤兵衛は暗い辺りを窺《うかが》った。

「怪しい者ではない。お頼み申す」

藤兵衛はびっくりした。声の様子では、乗組員でないことは明らかだった。藤兵衛は舳先へ取って返すと、手探りで、燈火を探し、それを持って、再びてんま組へ降りて行った。

三十歳前後の武士である。昆布と昆布の束の間に挟まって、青白い顔をして横たわっている。横たわっているのは、船に酔って起き上がることができないためであるらしい。昼間、殆ど全員総掛りで、海へ棄てるためにここから昆布を運び出したが、その時、この人物の存在に気付かなかったのが不思議である。誰もが、申し合わせたように気も動顚《どうてん》していて、眼は眼の役をしていなかったのであろう。

「一体、どうしてこんな所に居るんだ」

と、藤兵衛は訊《き》いた。

「塩釜で一晩厄介になろうと思って、無断で乗り込んだのが不可《い》けなかった。ぐっすりと寝込んでしまって、眼が覚めた時は、船は走り出していた。困ったことになったと思っているうちに凄い揺れ方で、頭が上がらなくなった」

若い武士は仰向けに横たわったまま答えた。

「もう帰れんぞ」

藤兵衛は言った。

「運の悪いことだが、この船はこれからまだどこまで流されて行くか判らぬ。それにこの波ではいつひっくり返らぬとも限らぬ。所詮生きて帰ることは覚つくまい」

若い武士は、黙って聞いていた。

「それに」

藤兵衛はちょっと口を噤《つぐ》んでから、

「昼間、ここから昆布を引き出して海へ棄てたのを知っておろう。いま船は一貫目の荷物でも棄てたいところだ。静かにしておれ」

そう言って、出て行きかけたが、

「どこの武士《さむらい》じゃ」

「会津藩、片瀬半四郎と申す」

「ほう、会津か。わしも会津じゃ。何とかして助けてやりたいがわし一存ではどうにもならぬ」

それから藤兵衛はてんま組を出ると、方部屋へ行って、そこに死んだようになって睡っている船頭の源太郎を揺り動かした。

「ちょっと来てくれ」

「なんじゃ」

源太郎が飛び起きると、藤兵衛は先に立って、てんま組へ降りて行き、源太郎に、武士を発見したことを話した。

「何とかして助けてやれぬか」

藤兵衛は言った。

「他の奴らが知ったら海へ投げこむだろう。縁起でもねえ」

源太郎は、武士の枕許《まくらもと》にあった大小を足蹴《あしげ》にしながら、

「それに、船が運よく顚覆《てんぷく》を免れたとしても、食糧のことがあるぞ」

と言った。

それから、源太郎と藤兵衛は暫く対《むか》い合って黙ったまま立っていたが、藤兵衛が、

「難破船の漂流者にしたら、みなが納得するか?」

と訊いた。

「そうだ喃《のう》、それ以外術《て》はあるまい」

源太郎はそう言うと、武士に、

「起きて裸になれ、名前は秋田の半四郎ということにしろ、いいか」

と言った。

「余り口をきくな」

藤兵衛も言った。

若い武士は、源太郎と藤兵衛のあとから蹣跚《よろめ》きながらてんま組から出ると、そこで言われるままに着衣を脱いで裸になった。藤兵衛が武士の頭髪を解いて、さんばら髪にしてや

った。

「ここに寝ておれ」

源太郎が命じた。舷側に若い武士は横たわった。潮の飛沫が忽ちにしてその長身を洗った。武士の大小は源太郎の手に依って海中に投じられた。それから一刻ほどして、若い武士は、本当に死んだようになって、他の乗組員の居るたかの間へ運ばれて行った。

夜が明けると、炊《かしき》の三郎という若い者がはるか遠くに、金華山が見えると言い廻った。一同帆柱のところに集まって、三郎の指さす方向へ視線を遣った。なるほど金華山らしいものが、船が波の背に乗った時だけ、盃をふせたような小さい形に見えた。藤兵衛はそれから判断して、船が金華山の沖三十里近くに吹き流されていることを知った。併し、それもそれから一刻後には、全く見えなくなった。

藤兵衛は、もはや本土へ着くことは不可能だから、せめて船だけでも助かるために、帆柱を切って、船の舳先の方に碇 梃《いかりてこ》を降ろすことを源太郎に提案した。こうすると、船が風の吹くままに流されることを幾らかでも防げるからである。

源太郎は帆柱を切ることを一同に謀り、ついにそれを切ることにした。

碇の揚げ下ろしを役とする片表《かたおもて》の大八という三十歳の大兵の男が、斧を揮った。一同は黙ってそれを見守っていた。大八は、斧を両側から二つずつ帆柱に打ち込んだ。やがて、あとは風の力で、帆柱は横に倒れた。

海神丸で、漂着人の秋田の半四郎ということにされた若い武士片瀬半四郎にとっては、塩釜で、一夜を明かすために碇泊中の海神丸に乗り込んだことが、そもそもの間違いのもとだった。彼の生涯は、ここで、このために大きく捻《ね》じ曲げられることになったのである。

海神丸が塩釜港を出港したのは十一月二十三日の朝であるが、それから半カ月前の十一月八日に、彼は同輩の宮部隼人《はやと》と一緒に若松の城下町で、上司岡部帯刀《たてわき》を斬っていた。当時、会津藩は樺太《からふと》の警備の役を命じられていて、若松から数百名の藩兵が北辺に派遣されていた。岡部帯刀はその派遣部隊の隊長株の一人であった。

片瀬半四郎と宮部隼人が、たまたま事務の打合せのため若松に帰って来た岡部帯刀を襲ったのは、岡部が、前年任地で来航した露船を追い払うことなく、その要求に応じて水を供し薪を与えたことを怒ったからである。

尤《もっと》も片瀬半四郎も宮部隼人も必ずしも初めから、岡部を斬るつもりで彼の家を訪ねたわけではなかった。単にその事実を確かめ、若《も》し事実であったら、彼からその申し開きを聞こうと思ったに過ぎない。

併し、岡部から現地の事情を知らずして、それを批判する非を詰《なじ》られ、しかも血気にはやって、一概に外船と見ればこれを仇敵視する愚を罵られるに到って、かっとして斬ったのである。

初め短慮一徹な宮部があっという間に抜刀して、岡部に一太刀浴せた。血の飛沫が白い唐紙と半四郎の顔に飛んだ。それで半四郎も逆上して、自分の知らない間に亦抜刀して、逃げようとする岡部の肩を背後から斬り下げた。

半四郎と宮部は、そのまま岡部邸を出ると、折しも降り出した雨の中を二丁ほど駈け、屋敷町の尽きるところで、二人は立ち止まった。

「どうする?」

半四郎はかさかさに乾いた声で宮部に訊いた。

「俺は江戸へ行く。江戸へ行けばどうにかなるだろう」

と宮部は言った。半四郎も咄嗟《とっさ》に江戸へ行くことにした。併し、二人一緒の行動を取っては、直ぐ追手につかまる虞《おそ》れがあるので、別途に江戸を目指すことにした。そして江戸では、会津出の商人で成功しているまる甚という金物屋を連絡先に選ぶことにした。

片瀬半四郎は、その足でそのまま一路江戸へ向かう宮部隼人とそこで別れた。

半四郎は一人になると、そこから程遠からぬ伯父の真門甚左の家を訪ね、家には入らないで、婚約者であるぬいを招び出して、興奮で震えている声で、

「いま岡部帯刀を斬って来た」

と言った。

「どうなさいます？」

十九のぬいは、半四郎よりずっと落ち着いていた。

「ひとまず江戸へ逃げる」

半四郎が言うと、

「わたしも御一緒に参ります」

とぬいは言い、いきなり江戸を目指すのは危いから、道を逆に取って、仙台へ出て、塩釜から船の便を得て、江戸へ向かうのがいいと言った。

半四郎はそのぬいの言葉に従った。生まれて初めて自分の刀を血ぬった興奮が、彼から思考力というものを全く奪っていた。ぬいのいいなりだった。

ぬいは半刻後《はんとき》着衣から路銀までを用意して、自家の裏庭の一隅でそれを半四郎に手渡すと、半月後、仙台の在の、昔ぬいの家に奉公していた下婢の家で落ち合うことを約した。

半四郎は、柔らかいぬいの手で肩を押されるようにして、ぬいの家の裏木戸を出た。その頃から雨はひどくなった。

半月経って、半四郎が約束の日に、仙台在の約束の場所へ行ってみると、ぬいはちゃんと旅装を整えて待っていた。そして、どういう方法を採ったのか、翌日午下がり塩釜を出る船へ便乗の手筈まで整えてあった。

「今晩一晩ですから、くれぐれも注意して下さい。明日出帆間際に、船へ飛び乗って下さい」

とぬいは言った。その船はにしき丸という船で、漁船らしかった。

半四郎は、そのぬいに逢う日までは、果してぬいに会えるかどうか判らないと思っていたが、いざぬいに会ってみると、その夜一晩の過ごし方が急に怖くなった。監視の眼が、彼の行く先々の到るところに張り廻らされているような気がした。

半四郎はその日のうちに明日の乗船地塩釜へ行くと、わざわざ旅宿を避けて、碇泊中の一艘の船を、その日の宿泊所と定めた。

船にはたれも乗っていなかったし、その近くで積荷をしている他の船の船頭たちに訊《たず》ねてみると、その船は港へはいった許《ばか》りだから、まだ二、三日は碇泊している筈だということだった。それで半四郎は安心して船へ乗りこむと、てんま組へはいって、荷物に埋まって、それで僅かに暖を取りながら眠った。

半カ月人目を避けて、うろつき廻っていた疲れが、一時に彼を襲ったようである。前後不覚に何時間かを眠った。沖の小さい島の燃えるのも知らなかったし、出帆の騒ぎも知らなかった。

眼が覚めたのは、大きい船の揺れで、どこからか板子《いたご》が飛んで来て、それで頭を強か打《したた》ったからである。立とうとしたが立てなかった。五、六回、立ったり転んだりしている間に、急に嘔吐が烈しく胸を衝《つ》き上げて来た。頭の痛みと、胸の苦しさの中で、事態が取り返しのつかぬことになったという思いだけが、冴え冴《さざ》えとして彼を見降ろしていた。

今更、騒いでもどうなるものでもないと思うようになったのは、どこからともなく波の飛沫が飛び込んで来て、あたりに詰め込まれている荷物が絶えずその位置を移動し始めてからである。半四郎は、船酔いの躰《からだ》を動かして、そこだけ荷物の動かない隅の場所を発見すると、そこへ移動し、初めて経験する船酔いの孤独な苦しみと闘った。そしていつか眠った。眼が覚めると、南無阿弥陀仏《なむあみだぶつ》を唱えている何人かの声が遠くから聞こえて来た。そして、その唱和は船が波の上に乗って高く持ち上がり、それから急に谷底へ落下するまでは、風と浪の音に打ち消されて聞こえなかったが、波の底に漂う極く短い時間だけ、明瞭に聞き取れた。

半四郎はまた眠った。多勢の船乗りたちが昆布や塩鮪を運び出す必死の作業も半ば知っていたが現実の世界の出来事であるか、夢の中のそれであるか、はっきりと区別出来なかった。

半四郎は夕刻からは仮死状態にはいったように眠った。そして次に眼覚めた時、たまたまそこへ入って来た人物へ声を掛けたのであった。片瀬半四郎が抹殺され、漂着人の秋田の半四郎が誕生する運命を彼に与えるために、まさしくそのために、藤兵衛はそこへ蹣跚《よろめ》きながらはいって来たのであった。

八日の間、同じ西風が吹き荒れ、烈しい時は高波が船を越した。船は水船同様になったので、毎日一人何十杯かの割で手桶で海水を汲み出した。半四郎も他の連中と同じように懸命にこの作業に従事した。この間に、てんま組も、たかの間も破損した。

九日目に漸く風は静まり、浪もやや静かになった。二十三日以来殆ど不眠不休で働いたので、風が静まったとなると、一同はまる二日というもの死んだように眠った。炊の三郎と留吉が若いだけに、朝と晩の二回起き出して、自分の任務を遂行し、粥《かゆ》を造って一同に分配した。風が静まった翌日から霙《みぞれ》が降り始め、一同は暖を取るためにも、夜も昼も、身をつけ合って眠った。

霙がやむとまた風が吹いた。風は決まったように西風であったが、二日だけ東風が吹いたことがあった。この時は一同生色を取り戻し、碇を上げ、帆桁《ほげた》で帆柱を作り、帆を上げ、少しでも本土に近づくように工夫したが、やがて、また烈しい西風に変わり、西風は数日吹きづめに吹いた。そしてそれが止むと、また霙が降った。

この頃から一同はそれぞれ本土へ帰着することはあるまいと自分に言いきかせた風で、船頭の源太郎が言い出して、食物の一日の量を決めた。一日二回ずつ薄い粥をすることにした。船中に於ける米の貯えは一俵半程しかなかった。

半四郎は他の連中より諦めがよかった。もはやこの船が本土へ帰着することは絶対にないと判断した。若し助かるとすれば異国に漂着するか、異国の船に発見されるか、二つに一つしかない。それも頗るはかない望みである。併し、それにしても、今日が何日であるか、それだけは見失わないでおこうと思った。そして毎日のように板子に月日の目盛りを刻みつけた。半四郎はぬいのことは考えなかった。考えても、どうすることも出来なかったからである。併し、毎晩のようにぬいの夢を見た。

十二月中旬を過ぎてから、また大西風が吹いて、ために帆桁も吹き折られてしまった。この時は誰も生きた気持はしなかった。が、それも無事におさまり、少しでも東風が吹くと、源太郎は櫂竿《かいざお》などを立てて、本土へ近づくように工夫したが、それは誰の眼にも、もはや無駄な努力にしか見えなかった。

「やめろや」

そうした操作を見るのが辛いので、必ず誰からか抗議が出たが、源太郎は押し黙ってのろのろと手足を動かしてその仕事に従事した。源太郎はいつか誰とも口をきかなくなっていた。

天保十二年一月一日、雪が降った。この日、藤兵衛が言い出して、一同髪を切り、願をかけて、金毘羅《こんぴら》を念じることにした。これまで大抵の者が昼となく夜となく、暇さえあれば念仏を唱えていたが、念仏をやめて、金毘羅を祈った。

更に一カ月経って、二月になると寒気は衰えたが、一同の衰弱が目立って来て、船頭についでの次席格である親司《おやじ》の六十歳の為次が、誰も気付かないうちにたかの間の隅で息絶えていた。既に死期を知っていたのか、ひと握りほどしかない細い腕には数珠がかけられてあった。死体は二日船中に置いて供養し、三日目に海中に投じた。誰も他人事《ひとごと》とは思えなかった。

為次の亡くなった日に残りの米を全員で分けて、各自自由にすることにした。一人当り三升ずつあった。これは毎日のように起る食物についてのあさましい口論と猜疑《さいぎ》を防ぐためであった。もはや残り少ないので、各自めいめいが自分の生命を自分で納得の行く方法で守る以外仕方がなかった。

米が分配されると、誰も粥に炊かず生米を囓《かじ》ったが、船頭の源太郎だけが、一日一合の割で粥を炊き、十日目に二升残してぽっくりと死んだ。この前の為次の場合と同じように誰も知らなかった。

併し、源太郎は死ぬ日に、これも全部分配してあった塩鮪の分け前を、船縁《ふなべ》りに乗せ、それを石でこつこつ叩き、丹念に柔らかくしてから口に運んで、

「米も、塩鮪もあと二十日間や、二十日の生命や」

と言った。併し、あと二十日間の食糧を食べ尽すことなく彼は死んだのであった。

その次に亡くなったのは炊の留吉で、これは船中で一番若かったが、潮のはいった味噌で使いものにならなくなったものを他の連中のとめるのも聞かず、腹いっぱい食べ、一日一晩渇《かわき》を訴えて苦しがり、その挙句《あげく》の果てに息を引きとってしまった。

三月からは陽気は一変して真夏の気候になり、雨は全く降らなくなった。源太郎、為次、留吉の三人が亡くなって、八人になった仲間は、連日渇に苦しんだ。船中には一滴の水もなくなり、一同は、船頭も、為次も、留吉も、こんな苦しみを知らずいい時に死んだと話し合った。

この頃から、死が唯一の共通の話題になった。誰もが死以外のことは考えていなかったので、それ以外の話題はないわけだった。半四郎は死ぬ死ぬという言葉を耳にする度に、他の連中とは反対に、どんなことをしても生きたいと思った。生きてぬいに遇って、事の始終を話さなければ、死んでも死ねない気持だった。死の恐怖が押しかぶさって来れば来る程、彼は生への執着が強くなり、それまでそれ程でもなかったぬいの面影が執拗に彼の瞼に浮かんだ。

一同はいつか金毘羅を念じることをやめて、また念仏を唱えていたが、その念仏の力のない弱々しい声が聞こえる度に、半四郎はそれに合わせて、生きたい生きたいと口の中で唱えた。

渇に苦しめられた何日かが続いたが、その月の二十日に久しぶりで雨が降った。一同は何日かぶりでたらふく水を飲み、器という器に雨を貯えた。

そして、その翌日から一人一日の飲み量を、小さい茶碗へ三杯ずつと決めた。これは半四郎が言い出して一同の賛成を得、大八と三郎が水桶の傍に坐って、終日水を飲みに来る者を監視した。

この頃は、船頭と親司のないあと当然一同を指揮すべき表の藤兵衛が、人が変わったように意気地がなくなり泣いて許りいた。が、何を話しかけても、彼はそのひとことひとことに胸を打たれでもするように、めそめそと泣いた。そしてこんなひどい事になったのは、全く自分が到らなかったためだと、くどくどと詫びた。丁度酒呑みの泣き上戸《じょうご》のように、彼は何度でも、同じことを滅入るような口調で繰り返しては喋《しゃべ》った。誰もそれを聞くのが嫌で彼を避けた。

半四郎は、藤兵衛に生命を助けられたと言えば言えなくもなかったので、彼にはできるだけ尽した。割当の三杯の水の中の一杯も彼に与えた。彼はその度にすまないと言っては押し戴いて泣きながら飲んだ。

日中はひどく暑くなっていた。半四郎と炊の三郎と片表の大八は躰に縄をつけて、日に何回となく海中につかった。こうすると幾らか楽だった。併し他の連中は、すでにこうしたことが出来ぬほど弱っていた。

三月二十五日に、半四郎は藤兵衛のところへ招ばれた。行ってみると、彼は自分を櫓のところへ連れて行ってくれと言った。

「何をするんだ」

と、半四郎が訊くと、

「三十余年も東廻りの船頭をやっていて、こんなことになったのも、船頭としての、わしの命数が尽きたことだと思う。もういつ死ぬか判らぬから、気持の確かりしているうちに、もう一度櫓へ上がってみたい」

と言った。

油を流したように艶のある紺青の波が、ゆるく大きくうねっている日であった。半四郎も、その頃は毎日のように生米を何粒かと、あとは割当の昆布と流れて来る藻を食べていたので、自分の躰を持ち運ぶだけがやっとで、とても藤兵衛を櫓の上に連れて行くことはできなかった。大八と三郎に加勢を頼んで、三人で藤兵衛を櫓の上に押し上げた。

藤兵衛は櫓の上で、分け前の水を飲むと、

「みんな、長いこと、お世話になりました」

と、暇乞いらしい言葉を吐いていたが、いつものことだったので、誰も気にかけなかった。するとやがて、彼はひょろひょろと立ち上がった。木の葉でも舞うように、重量感の感じられない軽さで、藤兵衛の躰は左舷から海上へ舞った。落ちたのか、飛び込んだのか、それを見ていた誰もが判断に苦しむようなそんな落ち方だった。潮は忽ち彼を呑み込み、瞬時にして、彼の姿を船の背後遥か遠くへ連れ去って行った。

残りの連中は、藤兵衛の入水《じゅすい》を知って、念仏を唱え出したが、大八は、半四郎に、

「どうせ死ぬんじゃ、早く死んで貰った方がいい。これでこの船の魔ものも落ちたかも知

れんぞ」

と言った。大八は海神丸の非運は全く他国者の藤兵衛が権次に替わって途中から乗り込んで来たためだと信じている風だった。半四郎は黙っていたが、その時初めて、魔がついているとすれば、それは自分ではないかと思った。自分さえこの船に乗り込まなければ、この船はこんなことにならなかったような気がした。岡部帯刀に背後から一太刀浴びせた時の、不快な手応えが、彼の痩せた躰を悪寒《おかん》となって走った。併し、その悪寒も長く彼を苦しめはしなかった。間もなく烈しい飢渇がそれを彼から奪った。

源太郎が死に、藤兵衛が入水して、船中には半四郎が武士だったことを知っている者はなくなった。船中に生き残っている七人は誰も殆ど話をしなくなった。みんな一日中寝ていた。見張り当番に当たったものだけが、時折這い出して行っては、視力の衰えた眼で、舳先から海上を眺めた。

半四郎は一日が過ぎると、板子に一つの日盛りを刻んだ。見張りの時以外は、それが彼の唯一の日課だった。

半四郎はある日見張りの時、畳二畳敷程の大亀が船と触れ合うようにして泳いでいるのを見た。みんなに話すと、幾つかの首がもたげられたが、そのうちの一つが縁起がいいと言った。

そしてその言葉で、他の幾つかの首は安堵《あんど》したようにまたもとの座に並んだ。板子の日盛りを数えると、十一月二十三日から百三十一日目であった。大亀は四日目に姿を消した。

大八が船の周囲にはまちの大群を見付けたのは百三十七日目である。そして翌日の百三十八日目に、追廻のびっこの六蔵が死んだ。六蔵の死体は、はまちの遊泳している中を、魚体にぶつかるようにしてゆっくりりと沈んで行った。藤兵衛の投身した場所とは違って、潮の流れは澱んだようにゆるかった。

百四十二日目から三日間、船は大暴風雨に遭ったが、一同は何をする気もなく運を天に任せた。暴風雨が静まると船は水船になっていた。みんな這うようにして水を汲み出したが、水は減らなかった。船底の釘の穴や板と板との間から、水は少しずつ浸入しているらしかった。船が沈むので、船中に残っている唯一の食糧である水浸けになった昆布も棄てなければならなかったが、半四郎と大八以外その昆布を運べる者はなかった。一把三貫目以上の目方があった。その夜一同は寄り添って寝た。みんなぼそぼそお互いに暇乞いを交した。

翌早朝、もはや今日が最後だと言って、こざっぱりした着物を着た岡使の治郎左衛門が、見張りに這い出して行ったが、直ぐ戻ってくると、一同に「船が、船が！」と告げた。一同は転び出るように舷側に出た。なるほど四、五千石はあろうと思われる異国の船が西方の海上をゆるやかに動いているのが見えた。

治郎左衛門は狂ったように何事かを唱えながら四方に向かって礼拝し、大八と三郎がその傍に立って着衣を脱いで振った。半四郎は、突然の船影を見て狂気した追廻の万吉が、海へ飛び込みそうなので、それを背後から抱えていた。

異国船は大きく海神丸の周囲を廻った。一同は見棄てられはせぬかと思って、それが心配だった。恐怖と不安の時間が過ぎて、やがて、異国船からは半四郎が見たこともない短艇《ボート》が二隻降ろされ、それが海神丸の方へ漕ぎ寄せて来た。

生き残りの六人は、短艇に移された。半四郎と大八の二人だけが、どうにか人手を借りずに短艇へ移ったが、他の四人は担架に載せられて、彼等には筒袖と股引きにしか見えなかった異様な着物を着た多勢の紅毛人の手に依って運ばれた。治郎左衛門だけが三つの小さな包みを後生大事に抱えていた。雨合羽《あまがっぱ》とそれまで誰にも見せなかった梅干を入れた小箱と、もう一つは経文であった。

母船へ乗り移る時は階段を登るのが危かったので、みんな綱で体を縛って、半ば引きずり上げられるようにして乗船した。

幅七、八間、長さ二十四、五間の大きい船であった。直ぐ櫓の下の部屋に入れられ、一同はそこで粥《スープ》を与えられた。

その日の夕刻、一同が舷側へ這い出して見ると、海神丸の碇、亡くなった源太郎の所持品であった仏壇、それからその横の台の上に、藤兵衛にいつか見せて貰ったことのある脇差、根付け、その他こまごましたものが五、六点並べられてあった。紅毛人たちが海神丸から運んで来たものらしかった。

海上に暮色が立ちこめる頃、五、六丁離れている海神丸の艫《とも》の方に火の手が上がったと見ると、それは忽ち他へ燃え拡がって行った。

炊の三郎が、塩釜を出帆する前夜に島の火事を見たが、丁度こんなようだったと言った。半四郎はそれを見ていなかったので判らなかったが、他の四人の者は口々に、そうだ、あの火事もこんな色をして、こんな燃え方をしたと言った。

半四郎等が救助されたのはアメリカの捕鯨船で、救助された地点はハワイ諸島のオアフ島南方の洋上であった。

その時岡使の治郎左衛門は四十二歳、片表の大八は三十一歳、追廻の万吉と大作が共に二十八歳、最年少者は炊の三郎で十九歳、それに三十二歳の半四郎であった。

アメリカの捕鯨船に救われた海神丸の六人の漂流者たちは、ハワイ付近の漁場で三年間を捕鯨船の仕事に従事した。六人一緒の船に乗っていることもあれば、分散させられて、別々の船に乗ることもあった。

それからハワイ島の南海岸で、二年余り砂糖の工場で雑役として働いた。この間に、一番若い三郎が原因不明の高熱で死亡し、一年置いて、残った者の中での年少者である大作が、これまた一晩病んで死んだ。

残りの半四郎と治郎左衛門と大八と万吉が、再度アメリカの捕鯨船に乗せられたのは、嘉永元年の夏である。

四人はまた九カ月捕鯨船で働き、露船に引き渡されたのは嘉永二年の春である。露船に乗ってからは殆ど仕事というものはしなかった。カムチャツカの港々を転々として一年送り、次はシベリヤのオホーツクに移り、そこでまた一年余り滞留、日本領である蝦夷地《えぞち》へ送り届けられるため、オホーツクを出帆したのは嘉永四年四月である。半四郎は四十二歳、治郎左衛門は五十二歳、大八は四十一歳、万吉は三十八歳になっていた。

船は二千石積み程の大きさの漁船であったが、櫓の上と艫の方左右へ一梃ずつ長さ四尺径一尺の大筒が設けられてあった。途中で三日続けて氷雨が降り、氷雨の降りしきる中で、どこの国か不明の鯨船に出遇った。

もう二、三日で日本の島が見えると露人の船頭に言われると、半四郎とて嬉しくないことはなかったが、治郎左衛門等のように無心に悦ぶことはできなかった。ぬいのことは十年の歳月が総てを遠くへ押しやっていたが、岡部帯刀を殺害したことは、国土が近づくにつれて半四郎の心に重くのしかかって来た。十年の間、半四郎は三人の仲間を完全に欺き通していた。彼は秋田生まれの商人ということになっていた。彼が武士であることを知っている者は一人もなかった。半四郎は日本の国に帰っては、ばれるまでは強引に秋田生まれの半四郎で押し通そうと決心していた。

船は国後島《くなしりとう》と択捉島《えとろふとう》の間を抜けて、いったん北海道の東海岸に出た。この露船の船長の考えは厚岸《あつけし》の港へ四人を送り込むことであったらしいが、ついに厚岸の町を発見することはできなかった。あとで判明したことだが、港湾の入口を塞いでいる大黒島の蔭になって、厚岸の町は見えなかったのである。

船はそれから北上して再び択捉島と国後島の間を抜けて、択捉島の振別の沖合へ出た。いつ発砲されるか判らなかったので、船は陸地へ近寄ることはできなかった。それまでも国後島の部落部落が極く近くに見えたが、部落のあるところは発砲される恐れがあり、部落のないところは、送人を降すことを躊躇される荒磯であった。幾度も下船の準備がされては、その度に中止された。熊の餌食にするために送って来たのではないからと、何度目かの無駄な別れの挨拶の果てに、船長は四人の日本人に言った。

振別の沖合一里程のところに停留した時、思いがけず小さい蝦夷船が一艘近づいて来るのが見えた。船には四人の人間が乗っていた。その船が近づいて来ると、治郎左衛門は舷側から、

「わしたちは、十年前金華山沖で難船し、この船で送り返されて来たもんじゃ」

と大声で叫んだ。同じことを大八も夢中で叫んだ。

すると蝦夷船は近づいて来て、舳先につっ立っている一人が、

「船へ上げてくれ」

と下から叫んだ。

やがて縄梯子が降ろされると、四人の男たちは次々に上がって来た。一番の首領株は半《はん》纏《てん》、股引の下級武士の服装の中年の男で、択捉島の警備に当たっている境小五郎という武士だった。他の三人は商人風の男だった。

露船では境等四人を歓待し、櫓の下で、煙草、酒、塩漬の豚等を出した。境の質問に答えて、治郎左衛門が金華山沖の難船から今日までのことを話した。

境小五郎は、白紙に、半四郎等四人の名前を書きつけ、「四人の者請取候、松前志摩守内境小五郎」と認《したた》めた。

境小五郎等四人の者は、露人たちの身につけているものを何でも欲しがり、それを自分たちの所持品と交換した。

下船する間際に、露船の船長は、飲料水を欲しいので、それの提供方を、境に頼んだ。併し、境は、外国船が本土の一里以内に近づいたら打ち払うことになっており、自分がここへ来たのは全くの自分の一存で来たので、飲料水を提供することは難しいと断わった。

半四郎が、境小五郎の言葉を通訳して露人に伝えた。事実露船は、飲料水に欠乏していたので、半四郎等も何とかして便宜をはからってやって貰いたかったが、どうすることも出来なかった。

四人の漂流人は足掛十一年振りで、日本の小舟に乗った。治郎左衛門はそれまで肌身離さないで持っていた経文を、下船の際、記念として露船の船長に与えた。小舟が露船を離れると、露船の帆柱には白旗が掲げられた。露船では何か祝事があると白旗を掲げる風習であった。

振別の浜には、鉄砲を持った足軽が十数人出張っていて、半四郎等は懐中物などを改められて、直ぐそこから二丁程のところにある台場へ連行された。

台場は高さ二十間、縦横六十間程ある海中へ突き出された桟敷で、足軽四十人ばかりが固めており、そこで半四郎等四人はここの警備隊の隊長と思われる床几《しょうぎ》に腰かけている人物から取調べを受けた。台場の桟敷の横手に大筒が九梃、車懸りに備えられてあるのが見えた。

夜になると、台場の取調べの場所には幕が張られ、高提燈《たかぢょうちん》が燈され、ものものしい感じだった。半四郎はここへ移されてから境小五郎がこの台場の副隊長格の人物であることを知った。

半四郎は、露船で初めて会った時は気付かなかったが、台場での取調べの際、正面に坐っている境小五郎の顔に見憶えがあるような気がした。どこかで会った人物に違いないと思って、それを考えていたが、そのうちに彼の顔が自分が斬った岡部帯刀のそれに似ていることに気付いて愕然とした。

併し、岡部の血縁の者が、こんなところにいる筈はなかった。ここは松前藩の指揮下にある部隊であった。他人のそら似と考えるほかはなかった。強いて考えれば、岡部帯刀も樺太に派遣されていたので、北辺の気候が、その二人の表情にどこか共通したものを造り上げていたのかも知れなかった。

その夜、半四郎等四人は、綿入れの袷、肌着、下帯等を支給され、異国の着衣や、所持品は尽く取り上げられ、振別の町の空家へ移された。十年振りに故国で眠る夜は、海から烈しい風が吹き、終夜板戸ががたがたと音を立てたので半四郎は殆ど眠れなかった。半四郎が目覚めると、必ず他の誰かも眼を開けていた。

翌日起きて海上を見ると、すでに自分たちの乗っていた露船の姿は見えなかった。

それから、ここに逗留《とうりゅう》中五回台場へ呼び出され、取調べを受けた。半四郎は前身の取調べを気に病んでいたが、秋田在の商人というだけで通り、それ以上の詮議はなかった。

松前から四人を受け取るために二人の武士と三人の足軽が来たのは七月末であった。

半四郎等は、国後島を経て、北海道の根室へ渡り、途中泊まりを重ねて、一カ月余の日子を費して九月の初め松前城下へ到着した。

松前へ到着すると、直ちに御役人所へ出頭し、その日はひと先ず旅館へ移されたが、その翌日から連日のように取調べがあった。そして同月九日、松前の武士足軽たち十一人に護衛されて江戸へ向けて出帆した。

松前での取調べの際、露船へ境小五郎が乗りつけて、四人を引き連れて来たことを、公儀の席では言わないようにと、係りの者から口止めされた。そんなことが今頃になって問題になって来たようであった。

半四郎等四人は相談して、以後は境小五郎に引き連れられて上陸したことは内密にし、露船の短艇で、振別付近の海岸へ降ろされたと申し立てることを約束した。境小五郎という武士のために、無事に故国の土を踏むことが出来たので、四人にはなるべくなら彼の難儀にならぬようにしてやりたい気持があった。

治郎左衛門、大八、万吉の三人とは少し違った意味で半四郎は別にまた境小五郎をかばってやりたい気持を持っていた。公儀の掟など無視して、異国船に乗りつけて行く、軽率と言えば軽率だが、上司を何とも思わぬ辺境警備の武士らしい不逞《ふてい》なところも好きだったし、異国人の所持品をやたらに欲しがっていたところなども、妙に憎めない印象になっていた。

それからもう一つ、他人のそら似ではあるが、境が岡部帯刀に似ているということが、半四郎には強く響いていた。岡部その人に対する供養のような気持もあって、できるだけ境小五郎をかばってやりたかった。

異国人に混じって送った十年の歳月は、半四郎を若い頃の攘夷一点張りの、狷介《けんかい》な彼とは全く別人にしていた。

半四郎等四人が江戸へ着いたのは松前を出てから二十八日目の十月六日であった。直ちに千住の松前屋敷に伺候し、同夜はそこの長屋に泊まり、翌日半四郎等も付人の武士たちも、いずれも旅装のままで、勘定所へ出頭した。その日は型ばかりの取調べを受け、小石川の旅宿弁天屋へ預けられた。

「これで、一月もしたら、七尾へ行って、かかあと子供の顔が見られる」

と、治郎左衛門は言った。

「年内は危いもんだ。ゆっくり江戸を見物しておくこった！」

大八は言いながら、御籤《おみくじ》を造って、江戸滞留の日を占った。御籤には三年と出た。治郎左衛門は真剣に怒って、御籤の紙を破った。

半四郎は、勘定所での取調べがすんで自由になったら、郷里の秋田に身寄りがないということを理由にして、他の三人と一緒に、彼等の郷里である能登の七尾へ行くことにしていた。三人は三人で、半四郎に是非そうするようにと勧めていた。

半四郎等は弁天屋に預けられたまま、一年半の歳月を無為に送った。時折、思い出したように勘定所へ出頭を命じられ、同じようなことを繰返し調べられた。勘定奉行も、その間に佐々木近江守《おうみのかみ》から江戸川播磨守《はりまのかみ》にと替わった。

江戸川播磨守の最初の取調べの時、治郎左衛門は風邪をこじらして発熱しており、弁天屋から駕籠《かご》に乗って出頭したが、それから二日目に半四郎、大八、万吉の三人に看取《みと》られて他界した。

治郎左衛門の病勢が急に革《あらた》まったのは、取調べの時、初めて境小五郎の名が持ち出され、そのようなものが露船に出迎えに行かなかったかと訊ねられたためであった。

その時、半四郎は、

「そうした記憶はございませぬ」

と答えた。治郎左衛門も大八も万吉も同じように答えたが、治郎左衛門は宿に帰ってから、そのことを気にし、

「遅かれ早かれ小五郎のことは判るに違いない。お上を偽った以上、もう一生帰村は覚つかない」

と言って、急に力を落したのであった。

治郎左衛門の死には検屍《けんし》の役人が立ち、骸《なきがら》は安養寺という寺に葬られた。治郎左衛門が死ぬと、大八も万吉も急に怯《おじ》けづいて、いっそ境小五郎のことを訴え出ようかと、半四郎に謀った。半四郎は、

「もうこうなったからには、訴え出ても出なくても同じことだ、知らないことに押し切るほかはない」

と言った。

治郎左衛門の死から半年程してからのことである。半四郎は弁天屋に止宿した国が会津

だと言う商人の口から、思いがけず昔の同僚宮部隼人の名前を聞いた。宮部は弁天屋とは余り隔たっていない春日町の会津屋敷に居て、江戸に於ける事務を一手に切り廻している人物であるということだった。宮部が会津に帰参していることも意外だったし、彼が出世して江戸詰めになっていることも意外だった。

併し、考えてみれば、異国船打払いが国の方針になっている今日、岡部帯刀を斬った行為は、宮部に取って、功績ではないにしても、別に黒星にはなっていないのかも知れなかった。

半四郎は宮部のことを聞いた夜眠られなかった。自分も若しあの時、海神丸などに乗り込まず、江戸へ逃亡していたら、やはり藩への帰参は許され、宮部と同じように、今日ちゃんとした地位を築いていたかも知れないと思った。

半四郎は、一生武士片瀬半四郎の存在を埋没させて、漂流人の半四郎として押し通す決心でいたが、この時、その気持が揺らいだ。出来ることなら、もう一度、武士片瀬半四郎として生きてみる方法はないものであろうか。振別上陸以来、ずっと前身を匿し、公儀を偽って来たが、併し、これに対しては、弁解の方法はあると思った。

半四郎はその翌日昔の同僚宮部隼人に会うために、会津屋敷の直ぐ隣にある宮部の家を訪ねた。

晩秋の風が砂塵を巻き上げている日であった。半四郎は町人風の自分の姿を気恥ずかしく思いながら、勇を振って、宮部の家の門をくぐった。

丁度その時、玄関口から二人の下婢に送られて一人の婦人が出て来た。半四郎は何となく気おくれして、いったんくぐった門を出ると、門の横手の路地に身を匿した。

下婢に送られて出て来たのは宮部隼人の妻女らしかった。半四郎は何気なく、その婦人の方へ眼を遣ってはっとした。殆ど自分の眼を信じることはできなかった。それはぬいであった。服装も違い、体つきも昔よりはずっと肥っていたが、半四郎の眼は見違える筈はなかった。ぬいは屋敷を出ると、だらだら坂を下って行ったが、半四郎は勿論宮部に会う気持は失くして、そのまま反対の方角へと歩いて行った。

そんな事があってから、半四郎は別人のような不機嫌な固い面貌になった。海神丸の漂流も異境における十年の生活も、さして彼の表情も性格も変わらせなかったが、宮部の妻女となっているぬいを見掛けた事件は、彼の顔を気難しく、彼の姿を年寄じみたものにさせた。

彼はその頃から左手を絶えず懐中にして歩くようになった。アメリカの捕鯨船で働いていた頃、彼は短艇に乗って、銛《もり》を打たれていったん海中に沈んだ鯨が再び海面に浮かび上がるところを、三間余の鉾《ほこ》のような槍で突く仕事を受け持っていたが、ある時槍を突き出す拍子に躰の中心を失って短艇の上に倒れ、左の腕首を船縁りで打って骨を折ったことがあった。

その左手の痛みが、江戸へ着いて迎える二度目の暮から痛み始めたのであった。四六時中左手を懐ろにして黙っている半四郎の顔は、次第に醜さと不気味さを加えて行った。

最後に、半四郎たちが勘定所で取調べを受けたのはその年の暮の押しつまった頃であった。勘定所へ出頭する前夜、大八と万吉は口々に、境小五郎のことを正直に訴えようと半四郎を説いたが、彼は二人に一言も返事をしなかった。その態度は全く依怙地《いこじ》であった。

「俺たちを、七尾へ帰してくれ」

大八は大きい図体を揺すぶって半ば泣きながら言った。

「早く帰りたいと思ったら、黙っていろ。死んだ奴等のことを思え」

半四郎は最後に、二人を睨《にら》みつけるようにして言った。半四郎は自分でも境小五郎をかばうことが、彼への愛情のようなものからであるか、自分の依怙地からであるか確《しか》とは判らなくなっていた。

翌日、思いがけず、三人は一応の取調べがすんだからということで、長々御苦労であったという彼等にとっては三代目の勘定奉行石河土佐守の言葉を貰って、帰村を許されることになった。三人は足軽を付けられて能登の七尾へ向けて出発、翌安政元年の正月中旬七尾の役所へ引き渡された。

半四郎は、初め、海神丸の船乗りたちの遺族の家で厄介になったり、大八、万吉の家などで次々に厄介になっていたが、伏木に小さい家を持って、漁師となって生活を営んだ。源太郎の娘で、一度嫁いだが不縁になって帰って来たたけという女を、世話する人があって迎え、妻とした。生活は貧しくはなかったが、どういうものか、たけは三年目に家を出た。暴風雨の翌日など、たけに逃げられる頃から半四郎は村人とも余り交際しなくなった。魚を獲るのを村人はよく見掛けた。半四郎が海岸の岩の上に立って、見慣れぬ漁具を使って、魚を獲るのを村人はよく見掛けた。先が銛のような形をした槍であった。不自由な左手を相変らず懐中にしたまま、彼は右手に槍銛を握って、長いこと海面を睨んでは、ふいに躰を右から左へ捻《ね》じった。その度に、槍銛は彼の手を離れて潮の中へ奔った。槍銛が細い紐でたぐり寄せられると、はまちとかめじとか、そんな種類の魚がその先端に突きさされて上がって来た。

村人は、半四郎がそれを鍛冶屋《かじや》に頼んで作ったことは知っていたが、どこの国の漁法か知らなかった。そんな半四郎の噂を耳にした大八も万吉も詳しくは知らなかった。大八は結局は鯨を刺す銛から考案した半四郎独特の漁法だと言い、万吉は、カムチャツカで、土人が同じようにして、氷を割って魚を獲っていたと言った。

半四郎は長く伏木に住んでいたが、その晩年は明らかでない。

後記——この作品の、漂流中の記述は『時規物語』の漂流記録に負うところ多かったことを付記しておきます。

解説
島内景二

「もののあはれ」の烈風

井上靖の歴史小説の行間からは、共通する通奏低音が聞こえてくる。それは、「豊かな詩情」と称されることが多い。

詩的であるのは、井上が若い頃に散文詩を書いていた事実と関わっている。散文詩が小説へと、ジャンルの垣根を突き破って発展してゆく直前、あるいは突き破った直後の「破壊感」と「新生感」が、井上文学の尽きせぬ魅力である。

その詩情の中味は、「虚無的」と解説されることが多い。ただし、虚無的と言っても、決して消極的なニヒリズムではない。むしろ、積極的ニヒリズムと呼ぶしかない、能動的な側面が強いように私は感じる。散文詩を破壊して小説へと脱皮する勢いが、そのまま積極的なニヒリズムとなって噴出したのである。

圧倒的な力で人類を押し流す苛烈な運命に対し、必死に抗う、個々の人間たちの戦いのドラマが、井上の歴史小説のテーマである。

それでは、積極的ニヒリズムの正体は、何なのか。そして、それは、どこから来ているのか。私が思うに、視点の据え方に秘密があるのではないか。

この短篇集を例に取ってみよう。ここには、中国の西域、旧ソ連の中央アジア、そして日本に及ぶ、広大な空間が描かれている。中国の西域物から日本の戦国物への視点の移動は、元の都を訪れた日本人を描いた『塔二と弥三』が、緊密に繋いでいる。そして、日本史物の最後には、『漂流』が置かれており、日本から世界へと、再び視点が移動する。

これだけ広大な空間を見渡すためには、さしずめ、宇宙船から地球を遠望するような高みに、視点を据える必要がある。日本の歴史を世界化するだけでなく、宇宙化することも企図されている。鳥の視点を意味する「鳥瞰」を超えて、はるかに高い、宇宙からの視点である。だからこそ、西域と日本との空間の隔たりが縮められ、一冊の短篇集の中で調和している。

わが国には、平安時代の能因、中世初頭の西行、室町時代の宗祇、江戸時代の芭蕉など、都から遠く離れた白河の関を越え、「みちのく」を旅した人々は多い。彼らは、新しい生き方を実践し、新しい文学を作り出した。井上靖は、古典文学が時代の変化に適応して再生する母胎であった「みちのく」を、西域や中央アジア、さらには環太平洋の国々に求めているのだ。

中央の停滞を打破し、新しい文化を作り出す生命力は、異界からもたらされる。そのシンボルが、みちのくの「黄金」や、西域に産する「玉《ぎょく》」など、異国の産物なのだ。

しかも、井上の歴史小説では、時間軸も壮大なスケールである。古代の西域、戦国時代の日本、江戸時代の太平洋、そして戦後の旧ソ連。読者はあたかも、タイムマシーンに乗っているかのように、めまぐるしく変化する窓外の光景を眼にすることになる。

巨大な空間軸と時間軸とが作り出した井上文学の時空では、人間の命は当然のこと、国家や文明までも、次々と生まれては亡んでゆく。栄枯盛衰が定めない「世の姿」を見下ろし、映し出す「荒城の月」こそが、井上靖の視点なのだろう。

ところが、井上は、空間軸と時間軸を拡大する一方で、一人一人の人間の心の中へも入り込み、その内面を詳細に覗き込む。この時の井上の微視的な視点は、人間の心の深奥に棲息する「何ものか」に注がれる。

この「何ものか」が、人間の命を亡ぼし、人間の住まいである城を亡ぼし、国を亡ぼし、文明を亡ぼすのだ。なおかつ、その「何ものか」は、亡びても亡びても、人間や国家や文明の営みを、新たに再開させるエネルギーにもなっている。

亡びの本質を見届けた井上は、何かを新たに生みだしたいと願っている。これが、井上文学の通奏低音である積極的ニヒリズムの正体である。

全部で十一篇の短篇を収録した本書の要の位置にあるのが、三番目に置かれた『古代ペンジケント』である。作品自体の完成度としては、秀作・佳作とは呼べないかもしれないが、井上文学の生成地点を見届け、観測する際には、最適な「標本作」だと思われる。

『古代ペンジケント』では、井上靖その人を思わせる現代人の「私」が、旧ソ連を訪問し、案内役を務めた一人の青年が語る、七世紀の終わりから八世紀にかけて起きた、領主デワシュチチの亡びの物語を聞く、という内容である。

諸国一見の僧の語りが、いつのまにか、亡魂の語りへと移り変わってゆく、能の「複式夢幻能」のスタイルである。案内役の若者は、旅の僧に歴史的な出来事を説明する「里人」の役どころである。悲劇の主人公（＝シテ）がデワシュチチである。彼の悲劇は、戦に敗れたので、『平家物語』に題材を得た『忠度』や『敦盛』などの「修羅物《しゅらもの》」、厳密には「負修羅《まけしゅら》」に分類できる。

井上靖が能・謡曲に影響を受けたかどうかではなく、井上の歴史小説のスタイルが、死者の無念を語る能・謡曲の様式と近いことに、注目したいのである。死者たちは、今も生きている。そして、現代人に、何かを強く訴えている。言わば、亡びた者たちの声の探索を、遠い過去、遥かな異国にまで広げるのが、井上の姿勢なのだ。

『古代ペンジケント』では、日本と中央アジア、古代と現代との垣根が融解している。古代のペンジケントに住んでいた人々は、アラブ兵の侵入から逃れるために城を放棄し、滅亡した。その古代遺跡に立つ青年は、自分の血の中を流れる古代の英雄を蘇らせて、その死の真相を語ってやまない。

デワシュチチの悲劇は、この短篇集で、場所を変え、時代を変えて、何度も立ち現れる。『信康自刃』では、織田信長の武力の前に、松平信康が亡ぶ。『天目山の雲』では、やはり信長の前に、武田勝頼が亡ぶ。そして、『利休の死』では、豊臣秀吉の威圧の前に、千利休が亡ぶ。

容赦なく他人を亡ぼした側である織田信長や豊臣氏もまた、自らを待ち受ける亡びの到来を免れなかった。ここで終われば、無常の追認であり、消極的ニヒリズムの物語である。しかし、「亡びは必然であり、不可避のものなのか」と反問するところから、積極的ニヒリズムへの扉が開かれる。

『古代ペンジケント』は、デワシュチチの非運を語り終えた若者が、ペンジケントには全部で四つの遺跡が複合・堆積しており、四つのペンジケントには、それぞれの時代の「デワシュチチ」がいた、と語って終わる。現代には、現代のデワシュチチがいて、それが自分である、と若者は言っているのだ。

人間は、亡び続ける存在である。だが、亡びても亡びても、そのたびに生まれ変わって運命に立ち向かう存在が、人間なのである。

デワシュチチの悲劇を語る若者について、「私」は、「何ものかに反抗しているに違いなかった」、「一種の気概のような烈しさがその口調にはあった」と観察している。若者は、ゆえ知らぬ怒りを武器に、自分自身の亡びをかえりみず、現実世界と戦っているのだ。

亡びの運命を一身に担うのは、男だけではない。複式夢幻能のシテには、女性が多い。それらは、「鬘物《かずらもの》（女物《おんなもの》）」と呼ばれている。井上の歴史小説は、女性の哀しみを結晶させたものが多い。

『永泰公主の頸飾り』は、非運の「公主＝皇帝の娘」の埋葬墓をめぐる、盗掘のドラマである。『信康自刃』の徳姫もまた、夫の亡びを目撃した非運の女性だった。『天目山の雲』に登場する武田勝頼の「室《しつ》＝妻」も、亡びを受け入れて、夫と共に死を選んだ。人間や文明は、なぜ亡びるのか。井上は、それを、人はなぜ、亡んでも亡んでも興ってくるのか、という問題意識に反転させた。

亡んでいった者たちは、死の瞬間に何を考えていたのか。何が、彼らの亡びを呼び込み、何が、彼らの無念を現代にまで語り伝えようとさせたのか。いつのまにか井上靖は、非運・悲境のヒーロー・ヒロインの思いを読者に伝える「里人」の立場に身を置いている。

人間は、ある時、ふとしたきっかけで、崑崙の玉を我が物としたいという、強い思いの虜《とりこ》になってしまうことがある。その思いは、人間の果てしない「慾」の別名である。だから、理性では制御できない。まるで、「憑き物」のようなものだ。『崑崙の玉』に登場する盧も、慾に取り憑かれた一人だった。

至宝、すなわち富と幸福のシンボルである「崑崙の玉」は、そのありかである黄河の源流に近づけば近づくほど、人間の手からは遠のいてゆく。

玉は、自分がこの世に生まれてきた目的、つまりは「真実の自分」なのだろう。自分の真実を知りたいという情熱の虜となった瞬間に、人間は夢と現実の区別が付かなくなる。それは、亡びへと到る最初の門である。同時に、真実と虚構、歴史と文学、古代と現代、日本と異国との垣根が消滅する奇蹟の入口なのでもある。つまり、亡びを代償として、人間は永遠を摑み取ることができる。

読者もまた、無限に拡大してゆく空間軸と時間軸の交叉する原点に立たされる。そこから、どこへでも、いつへでも行ける広大無辺の自由を手に入れる。真実の自分という「玉」は、どこから発掘できるのか。自分の運命との闘いが始まる。

『佐治与九郎覚書』は、浅井長政とお市の方の間に生まれた三姉妹の一人「小督《こごう》」（お江《ごう》）と結婚した与九郎の、あやにくな人生を語っている。

小督は、最終的には徳川二代将軍秀忠の妻となって、幸運を摑み取った女性である。小督との別れは、与九郎の非運の始まりだった。彼女との別れは、言うならば「崑崙の玉」の喪失だった。むろん、与九郎とても、指をくわえて玉を奪われたのではない。

《小督の旅立ちの支度が調えられている間、与九郎の気持は複雑だった。権力者に対する反抗と諦めの気持が交互に若い武将の心を襲っていた。そしていよいよ小督が出発す

る日の朝、烈しい怒りが与九郎を襲った。》

諦めようとしても諦めきれない無念さが、「反抗心」を掻き立てる。「烈しい怒り」は、権力者だけでなく、自分自身へも、そして権力者と自分が住む世界をまるごと破壊したいという衝動へと発展してゆく。

反抗とは、世界が狂気に満ちているならば、その破壊を志す側もまた、狂気を武器としなければならない、という気概のことである。

『桶狭間』は、今川義元を倒して、天下人への道を歩み始めた織田信長の心を凝視する。信長には、生まれながら、「自分の身内にある荒々しい得体の知れぬものを少しも弱めることなく沈める力」があった。

その信長が、桶狭間の合戦での勝利を知った瞬間に、「一種言い知れぬ悲哀の感情」が湧いてきた。そして、その悲哀の感情は、「彼が二十七歳の生涯で曾て感じたことのなかった得体の知れぬ力強く充実したもの」へと、徐々に変わっていった。それが、古い日本文化を破壊する信長の行動となって、安土桃山時代へと日本を作りかえてゆく。

言い知れぬ悲哀の感情、あるいは得体の知れぬ力強いものは、人間存在の根底に根ざしている。

この感情を、美しい日本語で言い据えた思想家が、江戸時代にいた。『源氏物語』を最も深く愛した日本人である本居宣長が、その人である。彼が日本文化の本質であると考えた「もののあはれ」こそ、井上靖文学の通奏低音である「積極的ニヒリズム」の別名ではなかっただろうか。

井上靖は、自分の創作について、『源氏物語』から直接にヒントを得たのではないだろう。彼の独自の思索が、結果的に『源氏物語』に近づいたのだ。

井上靖は、金沢の第四高等学校から、京都帝国大学の学生時代に、散文詩を書いていた。初期の散文詩を読むと、彼には、恋多き人生を生き、悲劇的な死を遂げる女性に強く引きつけられる傾向があったことがわかる。

「さくら散る」（詩集『北国』所収）という散文詩では、「数多き醜聞《スキャンダル》」に包まれて死んだ女性の亡骸が、描写されている。

三角関係ゆえに破滅する男女というモチーフは、『源氏物語』のストーリーの根幹である。夫の桐壺帝を裏切り、光源氏と関係を結んだ藤壺。光源氏の正妻でありながら、柏木の子どもを宿した女三の宮。

光源氏と藤壺、柏木と女三の宮を結びつけたのは、厳密に言えば「欲望＝情欲」であろう。だが、この衝動・激情を、「もののあはれ」と名づけて擁護したのが、本居宣長だった。しかも、宣長は、この破滅的な衝動に、日本文化の最も優れた美質を見た。

井上靖の「さくら散る」では、女の側が破滅して亡んだ。また、井上の初期の散文詩「梅ひらく」（詩集『北国』所収）では、「不幸な姉」が凍死している。この事実を知った十六歳の「私」は、「ドス」を懐にして街に出て、「復讐すべき仇敵は誰であろうか」と、ドスを向ける相手を探し回るのだった。詩の表現には、「ドスをのんで」とある。まさに、凶器を手にして生きる人間の修羅を、井上は描いている。

この解説の冒頭でも書いたように、井上靖は「虚無的」な作風だと思われている。また、井上の文学は「美学への昇華」を達成しているという批評も、しばしば見受けられる。

確かに、「もののあはれ」には、季節の移ろいの美学という、静的な側面もある。けれども、純愛を貫くためには、道徳も法律も超えてもよいという動的な側面もまた、宣長の「もののあはれ」の重要な側面である。井上が散文詩から小説へと、活動の本拠を転じたのは、動的、すなわち、破壊的な衝動としての「もののあはれ」を、深く凝視したかったからではあるまいか。

小説『あすなろ物語』に登場する冴子は、天城山で心中してしまう。冴子たちは、破壊衝動を自分たちの命へと向けたが、それを他者や社会にぶつければ、光源氏や在原業平の「色好み」となる。

井上の初期散文詩「猟銃」（詩集『北国』所収）では、猟銃を持って天城山に入る男の後ろ姿が描かれる。芥川賞候補作である小説『猟銃』では、一人の男と三人の女たちとの恋愛模様が描かれる。小説『猟銃』の冒頭に挿入された散文詩「猟銃」には、猟銃の放射する「ふしぎな血ぬられた美しさ」という表現がある。「血ぬられた美しさ」とは、散文詩でも小説でも、「精神と肉体の双方」に向けられた形容である。だが、「美しさ」は詩の方が結晶させやすく、「血ぬられた」心の痛みは小説の方が表現しやすい。

いつでも猟銃を撃つ覚悟があるという激越な破壊衝動を秘めて、人間は、外見的には平穏に、複雑な恋愛生活を生きてゆく。これが、井上靖にとっての「もののあはれ」であり、井上本人も意識しない『源氏物語』の戦後日本における復活であった。

井上靖は、晩年に、何度もノーベル文学賞の最有力候補と噂された。この評価は、『源氏物語』を静的な美学ではなく、破壊衝動を秘めた現代文明に対する美しい凶器として、井上靖の作品が蘇らせたことと、文学史の深い地点でつながっていると思われる。『源氏物語』が、現代の日本文化だけでなく、世界の文明を更新する力を秘めていることを認めるならば、井上靖の文学にも「もののあはれ」の烈風が吹いている。

この短篇集に播かれている「もののあはれ」の種子は、読者の心で発芽し、読者の人生と現代世界を変える激しい衝動へと成長してゆく。

年譜　井上靖

一九〇七年（明治四〇年）
五月六日、北海道石狩国上川郡旭川町第二区三条通一六番地二号の旭川第七師団官舎で二等軍医井上隼雄・やゑの長男に生まれる。井上家は伊豆湯ケ島で代々医を業としてきた家柄で、父隼雄は入婿。〇八年、満一歳のとき、父が第七師団第二七聯隊付で韓国に従軍したので、母と伊豆湯ケ島に移り、翌〇九年、父の転任に伴い静岡市に転居。
一九一〇年（明治四三年）　三歳
九月、妹の出産のために里帰りした母とともに湯ケ島に移り、亡曾祖父潔の妾で祖母として入籍し土蔵に一人で暮らしていたかのに育てられる。その後、一時、父母とともに東京、静岡、豊橋で過ごすが、就学前にかののもとに戻る。
一九一四年（大正三年）　七歳
四月、湯ケ島尋常高等小学校に入学。
一九一五年（大正四年）　八歳
九月、曾祖母ひろ死去。この頃、湯ケ島小学校の代用教員となった母方の叔母まちを慕うが、一九年まち病死。
一九二〇年（大正九年）　一三歳
一月、祖母かの死去。二月、浜松の両親のもとに移り、浜松尋常高等小学校に転校。四月、浜松師範附属小学校高等科に入学。

一九二一年（大正一〇年）一四歳
四月、静岡県立浜松中学校に首席で入学、級長になる。この年、父、満洲に出動。
一九二二年（大正一一年）一五歳
三月、父が台湾衛戍病院長の内示を受けたので、三島町の叔母の婚家に寄宿、四月、県立沼津中学校（現・沼津東高校）に転校。
一九二四年（大正一三年）一七歳
四月、他の家族全員が台湾の父のもとに移ったので、三島の親戚に預けられる。夏、台北の両親のもとに旅行。この頃、図画と国語の教師前田千寸、学友の藤井寿雄、岐部豪治らの影響で詩歌や小説に興味を持ちはじめる。
一九二五年（大正一四年）一八歳
四月、沼津の妙覚寺に下宿。秋、学校の寄宿舎に入る。間もなく、ストーム騒ぎを起こし、首謀者の一人として近くの農家に預けられ、教師の監視下に置かれる。
一九二六年（大正一五年・昭和元年）一九歳
二月、短歌「衣のしめり」九首を沼津中学校『学友会々報』に発表。三月、沼津中学校を卒業。山形、静岡の高等学校を受験したが、いずれも失敗。台北の家族のもとに行ったが、父の金沢衛戍病院長転任に伴って金沢に移り、高等学校の受験準備をする。
一九二七年（昭和二年）二〇歳
四月、金沢の第四高等学校理科甲類に入学。柔道部に入る。この年、徴兵検査甲種合格。
一九二八年（昭和三年）二一歳
五月、応召、静岡第三四聯隊に入るが、柔道で肋骨を折っていたので即日帰郷となる。七月、京都で行われた柔道インターハイに出場、準決勝まで進む。八月、京都に住む遠縁の足立文太郎を訪れ、長女ふみと初めて会う。この頃より詩作をはじめる。
一九二九年（昭和四年）二二歳
この年より詩の発表盛ん。二月、富山県石動町の大村正次主宰の詩誌『日本海詩人』に井上泰の筆名で詩「冬の来る日」を発表。以後、三〇年末まで同誌に詩を発表。四月、柔道部の主将になるが、部の古い伝統と左翼学生運動の煽りを受けた急進派の間で苦労し、間もなく退部。五月、東京の福田正夫主宰の詩誌『焰』にも加わり、三三年五月頃まで同誌に詩を掲載。『高岡新報』『宣言』(内野健児主宰のプロレタリア系詩誌)『北冠』(宮崎健三主宰、一一月創刊)などでも活躍。

一九三〇年(昭和五年) 二三歳

三月、四高卒業。九州帝国大学医学部を受験したが失敗。四月、同大法文学部英文科に入学、福岡に移ったが、間もなく大学に興味を失って上京、文学に傾倒。この年、父が弘前の第八師団軍医部長になったので、夏と冬、弘前の家族のもとに滞在。九月より筆名井上泰を本名に改める。一〇月、九大を中退。一二月、弘前で白戸郁之助らと同人誌『文学abc』を創刊。

一九三一年(昭和六年) 二四歳

三月、父、軍医監(少将)で退職、金沢を経て伊豆湯ケ島に隠退。九月、満洲事変勃発。

一九三二年(昭和七年) 二五歳

一月、雑誌『新青年』が平林初之輔の未完遺作探偵小説「謎の女」の続篇を募集、冬木荒之介の筆名で応募して入選、三月号に掲載される。以後、『探偵趣味』『サンデー毎日』等の懸賞小説に相次いで応募、当選。二月、静岡第三四聯隊に応召、半月で解除。四月、京都帝国大学文学部哲学科に入学するも、講義にはほとんど出ず。夏頃から詩風を変え、行分け詩から散文詩に移行。

一九三三年(昭和八年) 二六歳

九月、『サンデー毎日』の「大衆文芸」に澤木信乃の筆名で応募した小説「三原山晴天」が選外佳作に入る。一一月、「三原山晴天」が大阪の劇団「享楽列車」(野淵昶主宰)により劇化され、道頓堀角座で上演される。

一九三四年（昭和九年）二七歳
三月、『サンデー毎日』の「大衆文芸」に同じく澤木信乃名で応募した「初恋物語」が入選、賞金三〇〇円を得る。四月、小説の才能を買われて大学在学中のまま東京の新興キネマ社脚本部に入り、京都と東京を往復。
一九三五年（昭和一〇年）二八歳
六月、初の戯曲「明治の月」を『新劇壇』創刊号に発表。八月、京大哲学科の友人高安敬義らと同人詩誌『聖餐』を創刊（全三号）、創刊号に詩七篇を載せる。一〇月、『サンデー毎日』の「大衆文芸」に本名で応募した探偵小説「紅荘の悪魔たち」が入選、賞金三〇〇円。「明治の月」が新橋演舞場で守田勘弥、森律子らによって上演される。一一月、湯ケ島出身で遠縁の京大名誉教授（解剖学）足立文太郎の長女ふみと結婚、京都市左京区吉田浄土寺に新居を構える。
一九三六年（昭和一一年）二九歳
三月、京大哲学科卒業。卒論は「ヴァレリーの『純粋詩論』」。口頭試問で九鬼周造の質問を受ける。この頃、野間宏と知り合う。七月、『サンデー毎日』の「長篇大衆文芸」に応募した「流転」が時代物第一席に選ばれて第一回千葉亀雄賞を受け、賞金一〇〇〇円を得る。八月、「流転」入選が機縁となって大阪毎日新聞社編集局に就職、学芸部サンデー毎日課に勤務。一〇月、長女幾世生まれる。西宮市香櫨園川添町に移る。
一九三七年（昭和一二年）三〇歳
六月、学芸部直属となる。九月、日中戦争に充員として応召。「流転」、松竹で映画化、主題歌（唄・上原敏）とともにヒット。名古屋第三師団野砲兵第三聯隊輜重兵中隊の一員として北支に渡るが、一一月、脚気にかかり、野戦病院に送られる。
一九三八年（昭和一三年）三一歳
一月、内地に送還され、三月、召集解除。四月、学芸部に復帰し、宗教欄、のちに美術欄を担当。大阪府茨木町下中条一七五に転居。一〇月、次女加代、生後六日で死亡。
一九四〇年（昭和一五年）三三歳
安西冬衛、竹中郁、小野十三郎、伊東静雄、杉山平一らの詩人と交わる。九月、職制変更により文化部勤務となる。一二月、長男修一生まれる。
一九四三年（昭和一八年）三六歳
一月、『大阪毎日新聞』が『東京日日新聞』を吸収合併、『毎日新聞』となる。四月、整理部の浦上五六との共著『現代先覚者伝』を浦井靖六の名で大阪の堀書店から刊行。一〇月、次男卓也生まれる。
一九四五年（昭和二〇年）三八歳
一月、毎日新聞社参事になる。四月、社会部に移る。岳父足立文太郎死去。五月、三女佳子生まれる。六月、家族を鳥取県日野郡福栄村神福の農家の空家に疎開させ、大阪茨木から出社。八月一五日、終戦記事「玉音ラジオに拝して」を執筆。一一月、社会部より文化部に復帰。一二月、家族を妻の実家足立家に預ける。
一九四六年（昭和二一年）三九歳
一月、大阪本社文化部副部長になる。詩作を再開。
一九四七年（昭和二二年）四〇歳
一月、小説「闘牛」を『人間』第一回新人小説募集に井上承也の筆名で応募、九月、当選作なしで、選外佳作に入る。四月、大阪本社論説委員を兼務。八月、家族を湯ケ島に移す。
一九四八年（昭和二三年）四一歳
一月、小説「猟銃」を脱稿、『人間』第二回新人小説募集に応募したが、選に洩れる。二月、竹中郁らを助けて童詩・童話雑誌『きりん』を創刊、詩の選に当る。四月、東京本社出版局書籍部副部長になり、単身上京、葛飾区奥戸新町の妙法寺に投宿。
一九四九年（昭和二四年）　四二歳
一〇月、「猟銃」、一二月、「闘牛」を『文学界』に発表。品川区大井森前町に移り、湯ケ島から家族を呼び寄せる。
一九五〇年（昭和二五年）　四三歳
二月、「闘牛」により第二二回芥川賞を受賞。三月、東京本社出版局付となり、創作に専念。四月、短篇「漆胡樽」を『新潮』に発表。五月、初の新聞小説「その人の名は言えない」を『夕刊新大阪』（〜九月）に、七月、長篇「黯い潮」を『文藝春秋』（〜一〇月）に連載。八月、「井上靖詩抄」を『日本未来派』に発表。
一九五一年（昭和二六年）　四四歳
一月、長篇「白い牙」を『新潮』に連載（〜五月）。五月、毎日新聞社を退社、社友となる。八月、「戦国無頼」を『サンデー毎日』に連載（〜五二年三月）、「玉碗記」を『文藝春秋』に、一〇月、「ある偽作家の生涯」を『新潮』に発表。
一九五二年（昭和二七年）　四五歳
一月、「青衣の人」を『婦人画報』（〜一二月）に、七月、「暗い平原」を『新潮』（〜八月）に連載。
一九五三年（昭和二八年）　四六歳
一月、「あすなろ物語」を『オール讀物』（〜六月）に、五月、「昨日と明日の間」を『週刊朝日』（〜五四年一月）に連載。七月、「異域の人」を『群像』に発表。一〇月、「風林火山」を『小説新潮』（〜五四年一二月）に連載。一二月、「グウドル氏の手套」を『別冊文藝春秋』に発表。品川区大井滝王子町四四八三に転居。
一九五四年（昭和二九年）　四七歳
三月、「あした来る人」を『朝日新聞』に連載（〜一一月）、「信松尼記」を『群像』に、「僧行賀の涙」を『中央公論』に発表。

一九五五年（昭和三〇年）四八歳
一月、「姨捨」を『文藝春秋』に発表。昭和二九年度下半期（第三二回）より昭和五八年度下半期、第九〇回）まで芥川賞の銓衡委員になる（〜昭和五八年度下半期、第九〇回）。八月、「淀殿日記」（のち「淀どの日記」）を『別冊文藝春秋』（〜六〇年三月）に、「真田軍記」を『小説新潮』（〜一一月）に、九月、「満ちて来る潮」を『毎日新聞』（〜五六年五月）に連載。一〇月、書き下ろし長篇『黒い蝶』を新潮社より刊行。
一九五六年（昭和三一年）四九歳
一月、長篇「射程」を『新潮』（〜一二月）に、一一月、「氷壁」を『朝日新聞』に連載（〜五七年八月）。
一九五七年（昭和三二年）五〇歳
三月、「天平の甍」を『中央公論』に連載（〜八月）。一〇月、「海峡」を『週刊読売』に連載（〜五八年五月）。新聞連載中から話題になった『氷壁』が新潮社より刊行され、ベストセラーになる。月末より約一ヵ月間、初めて中国を旅行。一二月、世田谷区世田谷五ノ三三二二（現・世田谷区桜三ノ五ノ一〇）に転居。
一九五八年（昭和三三年）五一歳
二月、『天平の甍』により芸術選奨文部大臣賞を受賞。三月、「満月」を『中央公論』に、五月、「幽鬼」を『世界』に、七月、「楼蘭」を『文藝春秋』に、一〇月、「平蜘蛛の釜」を『群像』に発表。
一九五九年（昭和三四年）五二歳
一月、「敦煌」を『群像』に連載（〜五月）。二月、『氷壁』その他により日本芸術院賞を受賞。五月、父隼雄を喪う。七月、「洪水」を『聲』に発表。一〇月、「蒼き狼」を『文藝春秋』（〜六〇年七月）に、「渦」を『朝日新聞』（〜六〇年八月）に連載。
一九六〇年（昭和三五年）五三歳
一月、「しろばんば」を『主婦の友』に連載

（〜六二年一二月）。『敦煌』『楼蘭』により毎日芸術大賞を受賞。七月、毎日新聞社よりローマ・オリンピックに特派され、欧米各地を回って一一月末に帰国。

一九六一年（昭和三六年）五四歳
一月、『蒼き狼』をめぐって大岡昇平との間に論争が起こる。「崖」を『東京新聞』夕刊他に連載（〜六二年七月）。三月より七六年二月まで『風景』に詩を発表。六月末より約半月間訪中。一〇月、「憂愁平野」を『週刊朝日』に連載（〜六二年一一月）。一二月、『淀どの日記』により野間文芸賞受賞。

一九六二年（昭和三七年）五五歳
七月、「城砦」を『毎日新聞』に連載（〜六三年六月）。

一九六三年（昭和三八年）五六歳
二月、「楊貴妃伝」を『婦人公論』に連載（〜六五年五月）、「明妃曲」を『オール讀物』に発表。四月、「風濤」取材のため約一週間韓国へ旅行。六月、「宦者中行説」を『文藝』に発表。八月、「風濤」を『群像』に連載（八、一〇月）。九月末より約一ヵ月間訪中。

一九六四年（昭和三九年）五七歳
一月、日本芸術院会員となる。二月、『風濤』により読売文学賞を受賞。五月、「わだつみ」取材のため二ヵ月間アメリカに旅行。六月、「花の下にて」（のち「花の下」）を『群像』に発表。九月、「夏草冬濤」を『産経新聞』（〜六五年九月）に、一〇月、「後白河院」を『展望』（〜六五年一一月）に連載。

一九六五年（昭和四〇年）五八歳
五月、約一ヵ月間ソ連領中央アジアに旅行。一一月、「化石」を『朝日新聞』に連載（〜六六年一二月）。

一九六六年（昭和四一年）五九歳
一月、「おろしや国酔夢譚」を『文藝春秋』（〜六八年五月）に、「わだつみ（第一部）」を『世界』（〜六八年一月中断）に、「西域の旅」を『太陽』（～九月）にそれぞれ連載。
一九六七年（昭和四二年）　六〇歳
六月、「夜の声」を『毎日新聞』夕刊に連載（～一二月）。夏、ハワイ大学夏期セミナー講師に招かれて旅行。
一九六八年（昭和四三年）　六一歳
一月、「額田女王」を『サンデー毎日』に連載（～六九年三月）。五月、「おろしや国酔夢譚」取材のため約一ヵ月半ソ連旅行。一〇月、「西域物語」を『朝日新聞』日曜版（～六九年三月）に、一二月、「北の海」を『東京新聞』他（～六九年一一月）に連載。
一九六九年（昭和四四年）　六二歳
一月、「わだつみ（第一部）」を『世界』（～七一年二月中断）に、「西域紀行」を『太陽』（～六月）に連載。四月、日本文芸家協会理事長に就任（～七二年五月）。『おろしや国酔夢譚』により日本文学大賞を受賞。七月、「聖者」を『海』に、八月、「月の光」を『群像』に発表。
一九七〇年（昭和四五年）　六三歳
一月、「欅の木」を『日本経済新聞』（～八月）に、九月、「四角な船」を『読売新聞』（～七一年五月）に連載。
一九七一年（昭和四六年）　六四歳
一月、美術紀行「美しきものとの出会い」を『文藝春秋』に連載（～七二年七月）。三月、「わだつみ」取材のため約二週間渡米。五月、「星と祭」を『朝日新聞』に連載（～七二年四月）。九月から一〇月にかけてアフガニスタン他に、一一月、韓国に旅行。
一九七二年（昭和四七年）　六五歳
九月、「幼き日のこと」を『毎日新聞』夕刊に連載（～七三年一月）。毎日新聞社主催「井上靖文学展」が池袋西武百貨店で開かれる。一〇月、「わだつみ（第三部）」を『世界』に連載（～七五年一二月中断）。新潮社版『井上靖小説全集』全三二巻刊行開始（～

七五年五月)。
一九七三年(昭和四八年)　六六歳
五月、アフガニスタン、イラン他へ約一ヵ月間旅行。一一月、母やゑ死去。沼津駿河平に井上文学館開く。
一九七四年(昭和四九年)　六七歳
一月、紀行「アレキサンダーの道」を『文藝春秋』(〜七五年六月)に、五月、「雪の面」を『群像』に発表。随筆「一期一会」を『毎日新聞』日曜版(〜七五年一月)に連載。九月末より約二週間訪中。
一九七五年(昭和五〇年)　六八歳
五月、訪中作家代表団の団長として約二〇日間中国を旅行。
一九七六年(昭和五一年)　六九歳
二月、約一週間渡欧。六月、約一〇日間韓国旅行。一一月、文化勲章受章。約二週間訪中。
一九七七年(昭和五二年)　七〇歳
三月、約一〇日間、エジプト、イラク他を巡る。八月、約二〇日間訪中、新疆ウイグル自治区を歩く。一一月、「流沙」を『毎日新聞』に連載(〜七九年四月)。
一九七八年(昭和五三年)　七一歳
一月、「私の西域紀行」を『文藝春秋』に連載(〜七九年六月)。五月から六月にかけて訪中、初めて敦煌を訪れる。一〇月、約三週間、アフガニスタン、パキスタンを旅行。
一九七九年(昭和五四年)　七二歳
三月、毎日新聞社主催「敦煌—壁画芸術と井上靖の詩情展」が大丸東京店その他で開かれる。夏から秋にかけて映画『天平の甍』撮影班、NHKシルクロード取材班などとともに中国、西域各地を数度旅行。
一九八〇年(昭和五五年)　七三歳
三月、平山郁夫とインドネシアのボロブドール遺跡を見学。四月末より約一ヵ月間、NHKシルクロード取材班と西域各地を回る。六月、日中文化交流協会会長になる。八月、訪中。一〇月、NHKシルクロード取材班とともに菊池寛賞を受賞。
一九八一年（昭和五六年）七四歳
一月、「本覚坊遺文」を『群像』に連載（〜八月）。四月、エッセイ「河岸に立ちて」を『太陽』に連載（〜八五年六月）。五月、日本ペンクラブ会長に就任（〜八五年六月）。八月、家族と渡欧。九月末、「孔子」取材のため夫人同伴で中国旅行。一〇月、日本近代文学館名誉館長に就任。
一九八二年（昭和五七年）七五歳
一月より毎月『すばる』に詩を発表しはじめる（〜九一年三月）。五月、『本覚坊遺文』により日本文学大賞を受賞。九月、パリで開かれた日仏文化会議に出席。同月末、一一月末、一二月末から新年にかけて、三度中国に旅行。
一九八三年（昭和五八年）七六歳
六月（二度）と一二月に訪中。
一九八四年（昭和五九年）七七歳
一月〜五月、毎日新聞社主催「美しきものとの出会い 井上靖 忘れ得ぬ芸術家たち」展が横浜高島屋その他で開かれる。五月、国際ペン東京大会を運営委員長として主宰。一一月、訪中。
一九八五年（昭和六〇年）七八歳
一月、朝日賞受賞。六月、『おろしや国酔夢譚』テレビ撮影班と夫人同伴で訪ソ。一〇月、訪中。
一九八六年（昭和六一年）七九歳
四月、訪中、北京大学名誉博士の称号を受ける。九月、食道癌のため国立がんセンターに入院、手術を受ける。
一九八七年（昭和六二年）八〇歳
五月、夫人同伴で渡仏。六月、最後の長篇「孔子」を『新潮』に連載（〜八九年五月）。一〇月、訪中。
一九八八年（昭和六三年）八一歳

五月、「孔子」取材のため一〇日間、中国に二七回目、最後の旅行。
一九八九年（昭和六四年・平成元年）八二歳
一二月、『孔子』により野間文芸賞を受賞。
一九九一年（平成三年）
一月二九日、国立がんセンターで死去。二月二〇日、青山斎場で葬儀。戒名 峯雲院文華法徳日靖居士。

一九九二年（平成四年）〜
三月、井上靖記念文化財団設立。九月から九三年二月まで毎日新聞社・日本近代文学館主催の「井上靖展」が全国各地で開かれる。九四年一月、井上靖記念文化財団による井上靖文化賞発足（〜二〇〇七年）。九五年四月、新潮社版『井上靖全集』全二八巻別巻一の刊行が始まる（〜二〇〇〇年四月）。九八年一二月、岩波書店版『井上靖短篇集』全六巻刊行開始（〜九九年五月）。二〇〇〇年四月〜六月、世田谷文学館で「井上靖展」が開かれる。二〇〇三年一〇月〜一一月、神奈川近代文学館で「井上靖展」が開かれる。二〇〇七年、生誕一〇〇年を記念する催しが各地で行なわれる。『風林火山』がＮＨＫで大河ドラマ化。二〇〇八年一〇月、ふみ夫人死去。九八歳。

（曾根博義・編）

著書目録

井上靖

【単行本】

〈詩集〉

北国　昭33・3　東京創元社
地中海　昭37・12　新潮社
運河　昭42・6　筑摩書房
季節　昭46・11　講談社
遠征路　昭51・10　集英社
井上靖全詩集　昭54・12　新潮社
乾河道　昭59・3　集英社
傍観者　昭63・6　集英社
春を呼ぶな　平1・11　福田正夫詩の会
星闌干　平2・10　集英社

〈短篇集〉

闘牛　昭25・3　文藝春秋新社
死と恋と波と　昭25・12　養徳社
雷雨　昭25・12　新潮社
傍観者　昭26・12　新潮社
ある偽作家の生涯　昭26・12　創元社
春の嵐　昭27・5　創元社
黄色い鞄　昭27・10　小説朝日社
仔犬と香水瓶　昭27・10　文藝春秋新社
暗い平原　昭28・6　筑摩書房
異域の人　昭29・3　講談社
風わたる　昭29・9　現代社
青い照明　昭29・10　山田書店

伊那の白梅　昭29・11　光文社
美也と六人の恋人　昭30・3　光文社
騎手　昭30・10　筑摩書房
その日そんな時刻　昭31・2　東方社
野を分ける風　昭31・4　創芸社
姨捨　昭31・6　新潮社
孤猿　昭31・12　河出書房
真田軍記　昭32・2　新潮社
少年　昭32・12　角川書店
青いボート　昭33・5　光文社
満月　昭33・9　筑摩書房
楼蘭　昭34・5　講談社
洪水　昭37・4　新潮社
凍れる樹　昭39・11　講談社
羅刹女国　昭40・1　文藝春秋新社
月の光　昭44・10　講談社
崑崙の玉　昭45・6　文藝春秋
ローマの宿　昭45・9　新潮社
土の絵　昭47・11　集英社
火の燃える海　昭48・3　集英社
あかね雲　昭48・11　新潮社
桃李記　昭49・9　新潮社
わが母の記　昭50・3　講談社
石濤　平3・6　新潮社

〈長篇小説〉（童話を含む）

流転　昭23・10　有文堂
黯い潮　昭25・10　文藝春秋新社
その人の名は言えない　昭25・10　新潮社
白い牙　昭26・6　新潮社
戦国無頼　昭27・4　毎日新聞社
春の嵐　昭27・5　創元社
緑の仲間　昭27・10　毎日新聞社
青衣の人　昭27・12　新潮社
座席は一つあいている＊　昭28・7　読売新聞社
風と雲と砦　昭28・11　新潮社
花と波濤　昭29・1　講談社
昨日と明日の間　昭29・4　朝日新聞社

あすなろ物語	昭29・4	新潮社
霧の道	昭29・9	雲井書店
春の海図	昭29・11	現代社
星よまたたけ	昭29・12	同和春秋社
オリーブ地帯	昭29・12	講談社
あした来る人	昭30・2	朝日新聞社
黒い蝶	昭30・10	新潮社
夢見る沼	昭30・12	講談社
風林火山	昭30・12	新潮社
魔の季節	昭31・4	毎日新聞社
満ちて来る潮	昭31・6	新潮社
白い炎	昭32・3	新潮社
白い風赤い雲	昭32・4	角川書店
こんどは俺の番だ	昭32・4	文藝春秋新社
射程	昭32・5	新潮社
氷壁	昭32・10	新潮社
天平の甍	昭32・12	中央公論社
海峡	昭33・9	角川書店
揺れる耳飾り	昭33・12	講談社
ある落日	昭34・5	角川書店
波濤	昭34・8	講談社
朱い門	昭34・10	文藝春秋新社
敦煌	昭34・11	講談社
河口	昭35・8	中央公論社
蒼き狼	昭35・10	文藝春秋新社
渦	昭35・12	新潮社
群舞	昭36・6	毎日新聞社
淀どの日記	昭36・10	文藝春秋新社
しろばんば 正続	昭37・10、38・11	中央公論社
憂愁平野	昭38・1	新潮社
風濤	昭38・10	講談社
城砦	昭39・5	毎日新聞社
楊貴妃伝	昭40・8	中央公論社
燭台	昭40・9	講談社
夏草冬濤	昭41・6	新潮社
傾ける海	昭41・11	文藝春秋
化石	昭42・6	講談社
夜の声	昭43・8	新潮社
おろしや国酔夢譚	昭43・10	文藝春秋

西域物語　昭44・11　朝日新聞社
額田女王　昭44・12　毎日新聞社
欅の木　昭46・7　集英社
後白河院　昭47・6　筑摩書房
四角な船　昭47・7　新潮社
星と祭　昭47・10　朝日新聞社
幼き日のこと　昭48・6　毎日新聞社
北の海　昭50・11　中央公論社
花壇　昭51・10　角川書店
崖　上下　昭51・11　文藝春秋
紅花　昭52・1　文藝春秋
地図にない島　昭52・2　文藝春秋
戦国城砦群　昭52・3　文藝春秋
盛装　上下　昭52・4　文藝春秋
兵鼓　昭52・5　文藝春秋
若き怒濤　昭52・6　文藝春秋
月光・遠い海　昭52・7　文藝春秋
わだつみ　第一〜三部　昭52・12　岩波書店
流沙　上下　昭55・6　毎日新聞社
銀のはしご　昭55・12　小学館
本覚坊遺文　昭56・11　講談社
異国の星　上下　昭59・9、10　講談社
孔子　平1・9　新潮社

〈エッセイ集〉

現代先覚者伝＊　昭18・4　堀書店
西域　人物と歴史＊　昭38・4　筑摩書房
異国の旅　昭39・12　毎日新聞社
天城の雲　昭43・12　大和書房
愛と人生　昭44・12　大和書房
わが人生観9
歴史小説の周囲　昭48・1　講談社
六人の作家　昭48・4　河出書房新社
美しきものとの出会い　昭48・6　文藝春秋
カルロス四世の家族　昭49・10　中央公論社
沙漠の旅・草原の旅　昭49・12　毎日新聞社
わが一期一会　昭50・10　毎日新聞社
アレキサンダーの道＊　昭51・4　文藝春秋

四季の雁書＊　昭52・4　潮出版社
過ぎ去りし日日　昭52・6　日本経済新聞社
遺跡の旅・シルクロード　昭52・9　新潮社
歴史の光と影　昭54・4　講談社
故里の鏡　昭54・5　風書房
私の中の風景　昭54・7　日本書籍
現代の随想
きれい寂び　昭55・11　集英社
ゴッホの星月夜　昭55・11　中央公論社
作家点描　昭56・2　講談社
クシャーン王朝の跡を訪ねて　昭57・1　潮出版社
西行　昭57・7　学習研究社
忘れ得ぬ芸術家たち　昭58・8　新潮社
私の西域紀行　上下　昭58・10　文藝春秋
美の遍歴　昭59・7　毎日新聞社
河岸に立ちて　昭61・2　平凡社
レンブラントの自画像　昭61・10　中央公論社

〈談話集〉

わが文学の軌跡　昭52・4　中央公論社
西域をゆく＊　昭53・8　潮出版社
歴史の旅　昭55・9　創林社
歴史・文学・人生　昭57・12　牧羊社

【全集・作品集】

井上靖作品集　全5巻　昭29・4〜8　講談社
井上靖長篇小説選集　全8巻　昭32・4〜12　三笠書房
井上靖文庫　全26巻　昭35・11〜38・6　新潮社
井上靖小説全集　全32巻　昭47・10〜50・5　新潮社
井上靖歴史小説集　全11巻　昭56・6〜57・4　岩波書店

井上靖エッセイ全集　全10巻　昭58・6〜59・3　学習研究社
井上靖自伝的小説集　全5巻　昭60・3〜7　学習研究社
井上靖歴史紀行文集　全4巻　平4・1〜4　岩波書店
井上靖全集　全28巻・別巻1　平7・4〜12・4　新潮社
井上靖短篇集　全6巻　平10・12〜11・5　岩波書店

【文庫】

猟銃・闘牛（解＝河盛好蔵）　昭25　新潮文庫
黯い潮（解＝浦松佐美太郎）　昭27　角川文庫
戦国無頼　前・中・後篇　昭28〜29　春陽文庫
白い牙（解＝高橋義孝）　昭30　角川文庫
戦国無頼　上下（解＝小松伸六）　昭30　角川文庫
貧血と花と爆弾（解＝十返肇）　昭31　角川文庫
青衣の人（解＝亀井勝一郎）　昭31　角川文庫
ある偽作家の生涯（解＝神西清）　昭31　新潮文庫
楼門（解＝小松伸六）　昭31　角川文庫
あした来る人　上下（解＝山本健吉）　昭32　新潮文庫
霧の道（解＝沢野久雄）　昭32　角川文庫
異域の人（解＝山本健吉）　昭32　角川文庫
春の海図（解＝福田宏年）　昭33　角川文庫
真田軍記（解＝小松伸六）　昭33　角川文庫
黒い蝶（解＝十返肇）　昭33　新潮文庫
あすなろ物語（解＝亀井勝一郎）　昭33　新潮文庫
風林火山（解＝吉田健一）　昭33　新潮文庫
春の嵐・通夜の客（解＝小松伸六）　昭34　角川文庫
愛（解＝野村尚吾）　昭34　角川文庫
満ちて来る潮（解＝瓜生卓　昭34　角川文庫

造）
孤猿（解＝進藤純孝） 昭34 角川文庫
満月（解＝佐伯彰一） 昭34 角川文庫
風と雲と砦（解＝杉森久英） 昭35 角川文庫
ある落日 上下（解＝河盛好蔵） 昭35 角川文庫
北国（解＝村野四郎） 昭35 新潮文庫
海峡（解＝山本健吉） 昭36 角川文庫
あした来る人（解＝山本健吉） 昭36 新潮文庫
白い風赤い雲（解＝福田宏年） 昭36 角川文庫
波濤（解＝進藤純孝） 昭37 角川文庫
天平の甍（解＝高田瑞穂） 昭38 学燈文庫
射程（解＝山本健吉） 昭38 新潮文庫
河口（解＝福田宏年） 昭38 角川文庫
氷壁（解＝佐伯彰一） 昭38 新潮文庫
天平の甍（解＝山本健吉） 昭39 新潮文庫
淀どの日記（解＝篠田一士） 昭39 角川文庫
蒼き狼（解＝亀井勝一郎） 昭39 新潮文庫
しろばんば（解＝臼井吉見） 昭40 新潮文庫
敦煌（解＝河上徹太郎） 昭40 新潮文庫
渦（解＝山本健吉） 昭40 角川文庫
憂愁平野（解＝進藤純孝） 昭40 新潮文庫
昨日と明日の間（解＝野村尚吾） 昭41 角川文庫
あすなろ物語（解＝福田宏年、平山信義、角田明） 昭41 旺文社文庫
城砦（解＝福田宏年） 昭41 角川文庫
風濤（解＝篠田一士） 昭42 新潮文庫
姨捨（解＝福田宏年） 昭42 新潮文庫
楼蘭（解＝山本健吉） 昭43 新潮文庫
傾ける海（解＝進藤純孝） 昭43 角川文庫
群舞（解＝進藤純孝） 昭43 角川文庫
天平の甍（解＝山本健吉、河上徹太郎、杉森久英） 昭43 旺文社文庫
しろばんば（解＝小松伸六、福田宏年、巌谷大四） 昭44 旺文社文庫
化石（解＝福田宏年） 昭44 角川文庫
夏草冬濤（解＝小松伸六） 昭45 新潮文庫

天平の甍（解＝中山渡）　昭45　正進社名作文庫
蒼き狼（解＝奥野健男、野村尚吾、岩村忍）　昭45　旺文社文庫
孤猿・小磐梯（解＝佐伯彰一、菊村到、竹中郁）　昭46　旺文社文庫
月の光（解＝中村光夫）　昭46　講談社文庫
洪水・異域の人（解＝高橋英夫、大原富枝、源氏鶏太）　昭46　旺文社文庫
楊貴妃伝（解＝石田幹之助）　昭47　講談社文庫
額田女王（解＝山本健吉）　昭47　新潮文庫
楼門（解＝山本健吉）　昭47　潮文庫
暗い平原（解＝奥野健男）　昭48　中公文庫
傍観者（解＝尾崎秀樹）　昭48　潮文庫
伊那の白梅（解＝尾崎秀樹）　昭48　潮文庫
山の少女・北国の春（解＝高野斗志美）　昭49　潮文庫
おろしや国酔夢譚（解＝江藤淳）　昭49　文春文庫
真田軍記（解＝杉本春生）　昭49　旺文社文庫
崑崙の玉（解＝佐伯彰一）　昭49　文春文庫
天目山の雲（解＝山本健吉）　昭50　角川文庫
その人の名は言えない（解＝小松伸六）　昭50　文春文庫
星と祭（解＝角川源義）　昭50　角川文庫
欅の木（解＝奥野健男）　昭50　文春文庫
満月（解＝奥野健男）　昭50　角川文庫
滝へ降りる道（解＝長谷川泉）　昭50　旺文社文庫
後白河院（解＝磯田光一）　昭50　新潮文庫
花のある岩場（解＝奥野健男）　昭51　角川文庫
緑の仲間（解＝福田宏年）　昭51　文春文庫
こんどは俺の番だ（解＝福田宏年）　昭51　文春文庫
幼き日のこと・青春放浪（解＝福田宏年）　昭51　新潮文庫
西域物語（解＝江上波夫）　昭52　新潮文庫
揺れる耳飾り（解＝福田宏　昭52　文春文庫

年）
わが母の記（解＝中村光夫）　昭52　講談社文庫
白い牙（解＝福田宏年）　昭52　集英社文庫
冬の月（解＝福田宏年）　昭52　集英社文庫
魔の季節（解＝福田宏年）　昭52　文春文庫
四角な船（解＝福田宏年）　昭52　新潮文庫
青葉の旅（解＝奥野健男）　昭52　集英社文庫
花と波濤（解＝福田宏年）　昭53　講談社文庫
燭台（解＝福田宏年）　昭53　文春文庫
オリーブ地帯（解＝福田宏年）　昭53　文春文庫
火の燃える海（解＝進藤純孝）　昭53　集英社文庫
夢見る沼（解＝進藤純孝）　昭53　講談社文庫
白い炎（解＝福田宏年）　昭53　文春文庫
少年・あかね雲（解＝北杜夫）　昭53　新潮文庫
三ノ宮炎上（解＝尾崎秀樹）　昭53　集英社文庫
崖　上下（解＝福田宏年）　昭54　文春文庫
夏花（解＝山本健吉）　昭54　集英社文庫
黯い潮・霧の道（解＝福田宏年）　昭54　文春文庫
楼門（解＝福田宏年）　昭54　集英社文庫
貧血と花と爆弾（解＝福田宏年）　昭54　文春文庫
断崖（解＝福田宏年）　昭54　文春文庫
夜の声（解＝佐伯彰一）　昭55　新潮文庫
紅花（解＝福田宏年）　昭55　文春文庫
花壇（解＝小松伸六）　昭55　角川文庫
地図にない島（解＝福田宏年）　昭55　文春文庫
北の海（解＝山本健吉）　昭55　新潮文庫
北の海（解＝小松伸六）　昭55　中公文庫
盛装　上下（解＝福田宏年）　昭55　文春文庫
北国の春（解＝福田宏年）　昭55　講談社文庫
戦国城砦群（解＝福田宏年）　昭55　文春文庫
西域　人物と歴史＊　昭55　現代教養文庫
自選井上靖詩集（解＝大岡信）　昭56　旺文社文庫
月光（解＝福田宏年）　昭56　文春文庫

四季の雁書＊　昭56　聖教文庫
若き怒濤（解＝福田宏年）　昭56　文春文庫
道・ローマの宿（解＝秦恒平）　昭56　新潮文庫
わが文学の軌跡（解＝福田宏年）　昭56　中公文庫
遠い海（解＝福田宏年）　昭57　文春文庫
兵鼓（解＝福田宏年）　昭57　文春文庫
故里の鏡（解＝福田宏年）　昭57　中公文庫
流沙　上下（解＝諏訪正人）　昭57　文春文庫
遺跡の旅・シルクロード　昭57　新潮文庫
歴史小説の周囲　昭58　講談社文庫
歴史の光と影　昭58　講談社文庫
井上靖全詩集（解＝宮崎健三）　昭58　新潮文庫
西域をゆく＊（解＝陳舜臣）　昭58　潮文庫
きれい寂び（解＝福田宏年）　昭59　集英社文庫
本覚坊遺文（解＝高橋英夫）　昭59　講談社文庫
忘れ得ぬ芸術家たち（解＝高階秀爾）　昭61　新潮文庫
アレキサンダーの道＊　昭61　文春文庫
私の西域紀行　上下（解＝田川純三）　昭62　文春文庫
異国の星　上下（解＝福田宏年　年＝井口一男）　昭62　講談社文庫
星よまたたけ（解＝福田宏年）　昭63　新潮文庫
河岸に立ちて（解＝大岡信）　平1　新潮文庫
カルロス四世の家族　平1　中公文庫
おろしや国酔夢譚　平3　徳間文庫
わが一期一会　平5　知的生きかた文庫（三笠書房）
石濤（解＝曾根博義）　平6　新潮文庫
孔子（解＝曾根博義）　平7　新潮文庫
わが母の記（解＝松原新一　年＝曾根博義）　平9　文芸文庫
補陀落渡海記（解＝曾根博義　年＝曾根博義）　平12　文芸文庫
異域の人・幽鬼　井上靖歴　平16　文芸文庫

史小説集（解＝曾根博義　年＝曾根博義）
楊貴妃伝（解＝曾根博義）　平16　講談社文庫
現代語訳　舞姫＊（解＝山崎一穎）　平18　ちくま文庫
本覚坊遺文（解＝高橋英夫　年＝曾根博義）　平21　文芸文庫
新編　歴史小説の周囲（解＝曾根博義　年＝曾根博義）　平21　文芸文庫

（作成・曾根博義）

【単行本】は原則として初刊本に限った。／【全集・作品集】の項で各種文学全集中の井上靖集の類は省いた。／【文庫】は現在品切れのものも含めて既刊のすべてをあげたが、改版については省略した。／文庫と称しても判型が通常の文庫判と異なるもの、また判型は文庫判でも「――文庫」という名称を用いていないものは省いた。／原則として共著は省いたが、とくに掲げたものには＊印を付した。／解＝解説、年＝年譜を示す。

本書は、新潮社刊『井上靖全集』第二巻、第三巻、第四巻、第五巻、第六巻、第七巻（一九九五年六月～十一月）を底本とし、多少ふりがなを加えました。本文中明らかな誤植と思われる箇所は正しましたが、原則として底本に従いました。また、底本にある表現で、今日からみれば不適切と思われる表現がありますが、作品が書かれた時代背景および著者（故人）が差別助長の意図で使用していないことなどを考慮し、底本のままとしました。よろしくご理解のほどお願いいたします。

崑崙《こんろん》の玉《ぎょく》／漂流《ひょうりゅう》　井上靖《いのうえやすし》歴史小説傑作選《れきししょうせつけっさくせん》

井上靖《いのうえやすし》

二〇一八年五月一〇日第一刷発行

発行者――渡瀬昌彦

発行所――株式会社　講談社

東京都文京区音羽2・12・21　〒112-8001

電話　編集（03）5395・3513
　　　販売（03）5395・5817
　　　業務（03）5395・3615

デザイン―菊地信義

印刷――豊国印刷株式会社

製本――株式会社国宝社

本文データ制作―講談社デジタル製作

定価はカバーに表示してあります。

講談社文芸文庫

ISBN978-4-06-290376-9

講談社文芸文庫

青木淳選	建築文学傑作選	青木 淳——解
青柳瑞穂	ささやかな日本発掘	高山鉄男——人／青柳いづみこ–年
青山光二	青春の賭け 小説織田作之助	高橋英夫——解／久米 勲——年
青山二郎	眼の哲学｜利休伝ノート	森 孝一——人／森 孝一——年
阿川弘之	舷燈	岡田 睦——解／進藤純孝——案
阿川弘之	鮎の宿	岡田 睦——年
阿川弘之	桃の宿	半藤一利——解／岡田 睦——年
阿川弘之	論語知らずの論語読み	高島俊男——解／岡田 睦——年
阿川弘之	森の宿	岡田 睦——年
阿川弘之	亡き母や	小山鉄郎——解／岡田 睦——年
秋山駿	内部の人間の犯罪 秋山駿評論集	井口時男——解／著者——年
秋山駿	小林秀雄と中原中也	井口時男——解／著者他——年
芥川龍之介	上海游記｜江南游記	伊藤桂一——解／藤本寿彦——年
芥川龍之介 谷崎潤一郎	文芸的な、余りに文芸的な｜饒舌録ほか 芥川vs.谷崎論争 千葉俊二編	千葉俊二——解
安部公房	砂漠の思想	沼野充義——人／谷 真介——年
安部公房	終りし道の標べに	リービ英雄–解／谷 真介——案
阿部知二	冬の宿	黒井千次——解／森本 穫——年
安部ヨリミ	スフィンクスは笑う	三浦雅士——解
有吉佐和子	地唄｜三婆 有吉佐和子作品集	宮内淳子——解／宮内淳子——年
有吉佐和子	有田川	半田美永——解／宮内淳子——年
安藤礼二	光の曼陀羅 日本文学論	大江健三郎賞選評–解／著者——年
李良枝	由熙｜ナビ・タリョン	渡部直己——解／編集部——年
李良枝	刻	リービ英雄–解／編集部——年
生島遼一	春夏秋冬	山田 稔——解／柿谷浩一——年
石川淳	黄金伝説｜雪のイヴ	立石 伯——解／日高昭二——案
石川淳	普賢｜佳人	立石 伯——解／石和 鷹——案
石川淳	焼跡のイエス｜善財	立石 伯——解／立石 伯——年
石川淳	文林通言	池内 紀——解／立石 伯——年
石川淳	鷹	菅野昭正——解／立石 伯——解
石川啄木	雲は天才である	関川夏央——解／佐藤清文——年
石原吉郎	石原吉郎詩文集	佐々木幹郎–解／小柳玲子——年
石牟礼道子	妣たちの国 石牟礼道子詩歌文集	伊藤比呂美–解／渡辺京二——年
石牟礼道子	西南役伝説	赤坂憲雄——解／渡辺京二——年

▶解=解説 案=作家案内 人=人と作品 年=年譜を示す。 2018年5月現在

講談社文芸文庫

伊藤桂一──静かなノモンハン　勝又 浩──解／久米 勲──年
井上ひさし-京伝店の烟草入れ 井上ひさし江戸小説集　野口武彦──解／渡辺昭夫──年
井上光晴──西海原子力発電所|輸送　成田龍一──解／川西政明──年
井上 靖──補陀落渡海記 井上靖短篇名作集　曾根博義──解／曾根博義──年
井上 靖──異域の人|幽鬼 井上靖歴史小説集　曾根博義──解／曾根博義──年
井上 靖──本覚坊遺文　高橋英夫──解／曾根博義──年
井上 靖──崑崙の玉|漂流 井上靖歴史小説傑作選　島内景二──解／曾根博義──年
井伏鱒二──還暦の鯉　庄野潤三──人／松本武夫──年
井伏鱒二──厄除け詩集　河盛好蔵──人／松本武夫──年
井伏鱒二──夜ふけと梅の花|山椒魚　秋山 駿──解／松本武夫──年
井伏鱒二──神屋宗湛の残した日記　加藤典洋──解／寺横武夫──年
井伏鱒二──鞆ノ津茶会記　加藤典洋──解／寺横武夫──年
井伏鱒二──釣師・釣場　夢枕 獏──解／寺横武夫──年
色川武大──生家へ　平岡篤頼──解／著者──年
色川武大──狂人日記　佐伯一麦──解／著者──年
色川武大──小さな部屋|明日泣く　内藤 誠──解／著者──年
岩阪恵子──画家小出楢重の肖像　堀江敏幸──解／著者──年
岩阪恵子──木山さん、捷平さん　蜂飼 耳──解／著者──年
内田百閒──[ワイド版]百閒随筆 I 池内紀編　池内 紀──解
宇野浩二──思い川|枯木のある風景|蔵の中　水上 勉──解／柳沢孝子──案
梅崎春生──桜島|日の果て|幻化　川村 湊──解／古林 尚──案
梅崎春生──ボロ家の春秋　菅野昭正──解／編集部──年
梅崎春生──狂い凧　戸塚麻子──解／編集部──年
梅崎春生──悪酒の時代 猫のことなど ─梅崎春生随筆集─　外岡秀俊──解／編集部──年
江國 滋選──手紙読本 日本ペンクラブ編　斎藤美奈子─解
江藤 淳──一族再会　西尾幹二──解／平岡敏夫──案
江藤 淳──成熟と喪失 ─"母"の崩壊─　上野千鶴子─解／平岡敏夫──案
江藤 淳──小林秀雄　井口時男──解／武藤康史──年
江藤 淳──考えるよろこび　田中和生──解／武藤康史──年
江藤 淳──旅の話・犬の夢　富岡幸一郎─解／武藤康史──年
円地文子──虹と修羅　宮内淳子──年
遠藤周作──青い小さな葡萄　上総英郎──解／古屋健三──案
遠藤周作──白い人|黄色い人　若林 真──解／広石廉二──年
遠藤周作──遠藤周作短篇名作選　加藤宗哉──解／加藤宗哉──年

講談社文芸文庫

小田実——オモニ太平記　金石範——解／編集部——年
小沼丹——懐中時計　秋山駿——解／中村明——案
小沼丹——小さな手袋　中村明——人／中村明——年
小沼丹——村のエトランジェ　長谷川郁夫-解／中村明——年
小沼丹——銀色の鈴　清水良典——解／中村明——年
小沼丹——珈琲挽き　清水良典——解／中村明——年
小沼丹——木菟燈籠　堀江敏幸——解／中村明——年
小沼丹——藁屋根　佐々木敦——解／中村明——年
折口信夫——折口信夫文芸論集 安藤礼二編　安藤礼二——解／著者——年
折口信夫——折口信夫天皇論集 安藤礼二編　安藤礼二——解
折口信夫——折口信夫芸能論集 安藤礼二編　安藤礼二——解
折口信夫——折口信夫対話集 安藤礼二編　安藤礼二——解／著者——年
加賀乙彦——帰らざる夏　リービ英雄-解／金子昌夫——案
葛西善蔵——哀しき父|椎の若葉　水上勉——解／鎌田慧——案
葛西善蔵——贋物|父の葬式　鎌田慧——解
加藤典洋——日本風景論　瀬尾育生——解／著者——年
加藤典洋——アメリカの影　田中和生——解／著者——年
加藤典洋——戦後的思考　東浩紀——解／著者——年
金井美恵子-愛の生活|森のメリュジーヌ　芳川泰久——解／武藤康史——年
金井美恵子-ピクニック、その他の短篇　堀江敏幸——解／武藤康史——年
金井美恵子-砂の粒|孤独な場所で 金井美恵子自選短篇集　磯﨑憲一郎-解／前田晃——年
金井美恵子-恋人たち|降誕祭の夜 金井美恵子自選短篇集　中原昌也——解／前田晃——年
金井美恵子-エオンタ|自然の子供 金井美恵子自選短篇集　野田康文——解／前田晃——年
金子光晴——絶望の精神史　伊藤信吉——人／中島可一郎-年
嘉村礒多——業苦|崖の下　秋山駿——解／太田静一——年
柄谷行人——意味という病　絓秀実——解／曾根博義——案
柄谷行人——畏怖する人間　井口時男——解／三浦雅士——案
柄谷行人編-近代日本の批評 I 昭和篇上
柄谷行人編-近代日本の批評 II 昭和篇下
柄谷行人編-近代日本の批評 III 明治・大正篇
柄谷行人——坂口安吾と中上健次　井口時男——解／関井光男——年
柄谷行人——日本近代文学の起源 原本　関井光男——年
柄谷行人
中上健次——柄谷行人中上健次全対話　高澤秀次——解

柄谷行人	反文学論	池田雄一—解／関井光男—年
柄谷行人 蓮實重彦	柄谷行人蓮實重彦全対話	
柄谷行人	柄谷行人インタヴューズ1977-2001	
柄谷行人	柄谷行人インタヴューズ2002-2013	丸川哲史—解／関井光男—年
柄谷行人	[ワイド版]意味という病	絓 秀実—解／曾根博義—案
柄谷行人	内省と遡行	
河井寛次郎	火の誓い	河井須也子—人／鷺 珠江—年
河井寛次郎	蝶が飛ぶ 葉っぱが飛ぶ	河井須也子—解／鷺 珠江—年
河上徹太郎	吉田松陰 武と儒による人間像	松本健一—解／大平和登他—年
川喜田半泥子	随筆 泥仏堂日録	森 孝—解／森 孝—年
川崎長太郎	抹香町|路傍	秋山 駿—解／保昌正夫—年
川崎長太郎	鳳仙花	川村二郎—解／保昌正夫—年
川崎長太郎	老残|死に近く 川崎長太郎老境小説集	いしいしんじ—解／齋藤秀昭—年
川崎長太郎	泡|裸木 川崎長太郎花街小説集	齋藤秀昭—解／齋藤秀昭—年
川崎長太郎	ひかげの宿|山桜 川崎長太郎「抹香町」小説集	齋藤秀昭—解／齋藤秀昭—年
川端康成	一草一花	勝又 浩—人／川端香男里—年
川端康成	水晶幻想|禽獣	高橋英夫—解／羽鳥徹哉—案
川端康成	反橋|しぐれ|たまゆら	竹西寛子—解／原 善—案
川端康成	たんぽぽ	秋山 駿—解／近藤裕子—案
川端康成	浅草紅団|浅草祭	増田みず子—解／栗坪良樹—案
川端康成	文芸時評	羽鳥徹哉—解／川端香男里—年
川端康成	非常|寒風|雪国抄 川端康成傑作短篇再発見	富岡幸一郎—解／川端香男里—年
川村 湊編	現代アイヌ文学作品選	川村 湊—解
上林暁	白い屋形船|ブロンズの首	高橋英夫—解／保昌正夫—案
上林暁	聖ヨハネ病院にて|大懺悔	富岡幸一郎—解／津久井 隆—年
木下杢太郎	木下杢太郎随筆集	岩阪恵子—解／柿谷浩一—年
金達寿	金達寿小説集	廣瀬陽一—解／廣瀬陽一—年
木山捷平	氏神さま|春雨|耳学問	岩阪恵子—解／保昌正夫—案
木山捷平	井伏鱒二|弥次郎兵衛|ななかまど	岩阪恵子—解／木山みさを—年
木山捷平	鳴るは風鈴 木山捷平ユーモア小説選	坪内祐三—解／編集部—年
木山捷平	落葉|回転窓 木山捷平純情小説選	岩阪恵子—解／編集部—年
木山捷平	新編 日本の旅あちこち	岡崎武志—解
木山捷平	酔いざめ日記	

講談社文芸文庫

講談社文芸文庫

井上 靖
崑崙の玉／漂流
井上靖歴史小説傑作選
解説＝島内景二　年譜＝曾根博義
著者の独擅場とも言うべき西域・中国ものと戦乱の世において非運に倒れた武将たちの運命を見据えた戦国もの等をあわせ、透徹した眼と自在な筆致が冴える短篇集。
978-4-06-290376-9
いH6

阪田寛夫
庄野潤三ノート
解説＝富岡幸一郎
文学はすべて人間記録（ヒューマン・ドキュメント）だとする作家庄野潤三の全体像を描く試み。簡潔でありながらあたたかな文章が読者を感動へと誘う。
978-4-06-290378-3
さO2

群像編集部・編
群像短篇名作選 2000～2014
小説とはいったいなにか。書くという行為の意味とは。作家たちは表現の多様さと読みの可能性をどこまでも追求しつづける。現代日本文学の到達点を示す十八篇。
978-4-06-511549-7
くK3